Volker Mauersberger

KALTE WUT

atb aufbau taschenbuch

VOLKER MAUERSBERGER, Journalist und Autor, promovierte an der Universität Göttingen und arbeitete als Korrespondent der ARD. »Kalte Wut« ist sein erster Kriminalroman. Er beschreibt einen Mord im westfälischen Gevelsberg, wo der Autor in den fünfziger Jahren seine Laufbahn als Lokalreporter begann.

»Ich war der Verzweiflung nahe, und in meiner wahnsinnigen Angst habe ich das fast Unglaubliche getan.« Sie ist eine elegant gekleidete junge Frau, sie ist verheiratet und hat ein Kind. Eines Tages ist ihr Mann verschwunden. Sie hat ihn erschlagen und beiseitegeschafft. Sie heißt Ellen Rinsche, ist achtunddreißig Jahre alt und wohnt in einer Villa mitten in der Stadt. Bis dahin war sie unbescholten – jetzt wird sie zur Gattenmörderin und hat eine ganze Stadt gegen sich.

Ein unfassbares Verbrechen aus der Nachkriegszeit, verdichtet in einem Roman.

Volker Mauersberger

KALTE WUT

Der Fall Ellen Rinsche

Roman

atb aufbau taschenbuch

MIX
Papier aus verantwortungsvollen Quellen
FSC® C083411
FSC
www.fsc.org

ISBN 978-3-7466-3003-8

Aufbau Taschenbuch ist eine Marke
der Aufbau Verlag GmbH & Co. KG

1. Auflage 2014

Umschlaggestaltung capa Design, Anke Fesel
unter Verwendung eines Motivs
von ullstein bild – Oskar Pass
Druck und Binden CPI – Clausen & Bosse, Leck
Printed in Germany

www.aufbau-verlag.de

*»Ich war der Verzweiflung nahe
und in meiner wahnsinnigen Angst habe ich
das fast Unglaubliche getan.«*

Ellen Rinsche

Nach Kriegsende erscheint mir die Stadt wie eine Verheißung. Im Herbst 1945 bin ich hier angekommen. Unsere Flucht ist geglückt. Das Leben wird allmählich normal – eine Flüchtlingsfamilie, die den großen Sturm überstand.

Im Jahr 1949 macht der Ort mit Schlagzeilen von sich reden. Es ereignet sich ein grausiger Mord. Weil mich das Verbrechen nicht losließ, fuhr ich wieder hin, studierte Prozessakten, Verhörprotokolle, Zeugenaussagen und Vermerke. Ich grub mich in das Leben von Menschen, deren Namen ich bisher nicht kannte.

Nichts wird beschönigt. Im Gegenteil. Beim Schreiben habe ich mich oft gefragt, wie viel man dem Leser zumuten kann. Die beklemmende Realität dieses Verbrechens erschüttert in seiner Ausweglosigkeit. Wer frei von Sünde ist, der werfe den ersten Stein.

FUNDSTÜCKE

[1]

Wenn er nicht den Wunsch gehabt hätte, sich noch einmal zu erleichtern, wäre ihm der Anblick erspart geblieben. Dann wäre er nicht auf das Grundstück in Wuppertal-Barmen gelaufen, gegenüber der Feldstraße, direkt am »Kino Odin«, wo sein Vater und er, der Hilfsarbeiter Adolf Schmitz, sich einen Film ansehen wollten: »Große Freiheit Nummer 7«.

Es ist Mittwoch, der 7. September des Jahres 1949. Nachkriegszeit in Deutschland. Die Stadt an der Wupper ist immer noch stark zerstört. Der allmähliche Wiederaufbau beginnt. Der neunzehnjährige Adolf war den Tag über als Handlanger auf dem Bau, hat Steine gekloppt, Zementspeis angerührt und den Vogel hinauf auf die Gerüste geschleppt. Nun freut er sich auf den Film, den er schon einmal gesehen hat.

Damals war er sechzehn. Die halbnackten Mädchen, die auf langmähnigen Pferdchen reiten, hat er nicht vergessen. Auch nicht die große Blonde, die mit ihrem Dekolleté und der verrauchten Stimme hinter Hans Albers her ist. Dem mit der Schiffermütze und den stahlblauen Augen.

Er ist nervös. So lässt Adolf auf dem Weg zum Kino den Vater vorausgehen und eilt in ein schwarz verbranntes Trümmerhaus, um das *»kleine Bedürfnis«* zu verrichten, wie das Polizeiprotokoll später vermerkt. Er weiß genau, dass es fünf Minuten nach acht ist, weil er vorher auf die große Turmuhr am Wuppertaler Markt geblickt hat. Zehn Minuten später soll die Vorstellung beginnen. Er tastet sich die Treppe in den Keller hinunter. Als er fertig ist, dreht er sich nach links und entdeckt ein längliches Paket.

»Ich dachte, dass in dem Ding Lebensmittel oder Bekleidungsstücke waren, die man weggeworfen hat.«

Ihm ist unheimlich, und er winkt dem Vater. Sie steigen in den Keller und zerren die Wolldecke zurück. *»Als ich das Paket befühlte, federte es.«* Der Vater drängt den Sohn, nach einer Glasscherbe oder einem Stück Blech zu suchen, um Lederriemen und Bindfaden zu zerschneiden. Sie greifen in Holzwolle und ertasten einen Stoff, der ein Bettlaken sein könnte. Plötzlich entdecken sie Blut.

»Als ich das sah, kam mir die Überzeugung, dass es sich um eine Leiche handelte. Wir überlegten, was wir machen sollten. Wir wollten erst einmal ins Kino gehen, damit uns die Karten nicht verfielen.«

So gucken sie Hans Albers und die Mädchen von der Reeperbahn, hören das Lied von der »süßen Kleinen« und schauen die Wochenschau, wo Konrad Adenauer, ein alter Mann mit unbewegtem Indianergesicht, als Kandidat für das Amt des neuen Bundeskanzlers vorgestellt wird. Adolf erinnert sich, dass der Mann einen schwarzen Anzug trug und rheinisch sprach.

Er denkt an die Leiche, die in der Ruine liegt. Wer tut so etwas? Er ist froh, dass sie nach dem Kino einen Schutzmann finden, der mitkommt und einem Radfahrer zuruft, er möge die nächste Polizeiwache benachrichtigen und mitteilen, sie hätten in einem Trümmerhaus einen Toten gefunden.

Noch in der Nacht wird ein »Angriff« gemacht, wie es im damaligen Polizeijargon heißt. Der Fundort wird gesichert und nach Verdächtigem abgesucht. Der Erkennungsdienst fotografiert. Vor dem Trümmerhaus parkt ein blauer Volkswagen. Auf der Kühlerhaube und am Heck prangt in großen Buchstaben das Wort »Polizei«.

Am nächsten Morgen ruft Kriminaloberinspektor Heinz Gassmann ein halbes Dutzend seiner erfahrensten Mitarbeiter zusammen. Sie bilden die erste Mordkommission. Ab sofort gilt für alle Mitglieder dieser Gruppe strenge Ausgangssperre. Die vier männlichen und zwei weiblichen Beamten arbeiten rund um die Uhr. Der Chef der Kriminalpolizei will den Fall rasch lösen. Deshalb tickt ein sofortiger Vermerk an alle zuständigen Polizei-Dienststellen.

»Sofort nach Hellwerden begab sich Oberinspektor Gassmann zur Fundstelle. In Begleitung zahlreicher Kriminalbeamter wurde der Fundort nach Spuren abgesucht. Anwohner wurden nach verdächtigen Personen befragt. Die Aufklärung dieses Falles hat höchste Dringlichkeit.«

Die Leiche – es ist nur ein Torso – riecht nach faulem Fisch und Ammoniak. Bei der Bergung wird einem der Polizisten so übel, dass er ins Freie muss. Ein Sanitäter übergibt sich, als sie den Torso in den Wagen schieben.

Die erste Spur ist kalt. In unmittelbarer Nähe werden Ausweispapiere gefunden, die auf den Gleisbauarbeiter Alfred Herzog, wohnhaft in der Hugostraße, lauten. Sofortige Ermittlungen ergeben, dass Herzog lebt und bei den Wuppertaler Stadtwerken arbeitet. Ihm wurde vor zehn Tagen ein Rock gestohlen, in dem sich seine Brieftasche mit den Ausweispapieren befand.

Somit kommt Herzog nicht in Frage. Der Oberinspektor beschließt, einen Lautsprecherwagen einzusetzen, um die Bevölkerung um Mithilfe zu bitten und den Täter unter Druck zu setzen.

»Achtung! Achtung!
Gestern Abend wurde in einer Hausruine in der Bredde der Rumpf einer männlichen Leiche gefunden. Kopf, Arme und Beine sind abgetrennt und fehlen.

Es liegt zweifellos Mord vor.
Die Polizei bittet dringend um Mithilfe bei der Aufklärung dieses grausigen Verbrechens.
1. Wo wird seit einigen Tagen ein kräftig gebauter, mittelgroßer Mann vermisst?
2. Wer hat verdächtige Personen in der Nähe des Fundorts gesehen, die ein Paket trugen, transportierten oder in die Trümmer warfen?
3. Wer kann Angaben machen, aus denen geschlossen werden könnte, wo der Mord ausgeführt wurde?«

[2]

Das haben sie schon seit Langem nicht mehr gehabt. Sie haben zwei Tage ununterbrochen ermittelt. Aber die Erkundungen sind mager. Sie wissen gar nichts. Sie sind einem Täter auf der Spur, vermutlich einem Mann. Genauer gesagt sind sie seiner Spur auf der Spur. Die Ergebnisse der Tatortsicherung geben nicht viel her. Um den Körper herum ist Holzwolle gestopft. Darin finden sie einen Einkochring aus Gummi, das abgetrennte Stück eines roten Kunststoffs, das von einem Regenmantel stammen könnte, sowie eine abgerissene Zeitungsseite mit dem Artikel: »*Was geht in Spanien vor?*« Der Text informiert über den spanischen Diktator Franco.

Der Torso ist in ein grob gewebtes Tuch gewickelt, das aus Nessel oder Leinen besteht. Es ist möglich, dass es sich um ein Betttuch handelt. Es könnte aber auch eine große Tischdecke sein. Um das stark verschmutzte Tuch herum wurde ein segeltuchähnlicher, rauer Stoff gebunden, der vermutlich einer Militär-Zeltplane entstammt.

Das Leichenpaket ist in eine mittelgraue Wolldecke geschlagen, die man als Bügeldecke benutzte; es gibt genau vier angesengte Flecken.

Das Paket ist mit drei starken Kordeln verschnürt. Außerdem hat der Täter zwei Lederriemen, die vermutlich aus Militärbeständen stammen, um das Paket gezogen. Einer der beteiligten Kriminalbeamten, der als Hauptmann im Krieg und später in Gefangenschaft war, kann sich an ähnliche Riemen an seinem Militärrucksack erinnern.

Der eine Riemen ist schmal; der andere breiter und länger. Der Gesuchte war vermutlich Soldat. Oder er geriet später in Gefangenschaft. Auf jeden Fall war er beim Militär. Dies bestärkt ihren anfänglichen Verdacht, dass der Mörder nur ein Mann sein kann. Eine Frau kommt nicht in Frage: Weibliche Täter morden in der Regel mit Gift.

Über die Identität des Toten kann man nur spekulieren. »Die meisten Mörder werden durch Zufall gefunden«, doziert Oberinspektor Heinz Gassmann vor Journalisten, die zu seiner Pressekonferenz gekommen sind. Es gibt noch wenige Zeitungen in der Stadt, weil sich die Besatzungsmächte mit den Lizenzierungen Zeit lassen. Die »Westdeutsche Rundschau« ist mit zwei Reportern und einem Fotografen vertreten. Am nächsten Tag lautet die Schlagzeile: *»Grausiger Leichenfund in Barmen. Wer ist der Tote in den Ruinen der Bredde?«*

Noch ruhen alle Hoffnungen auf dem Oberinspektor und seiner Mordkommission. Heinz Gassmann gilt seit der schnellen Aufklärung einiger Mord- und Eigentumsdelikte in Fachkreisen als kompetent. Er selbst fühlt sich vor dem Fall seines Lebens.

Das Interesse an dem Mordfall ist groß, weil die Menschen Angst haben. Zum zweiten Mal in kurzer Zeit ist jemand »über die Wupper gegangen«, wie es in dieser Stadt sarkastisch heißt, wenn jemand alles, auch sein Leben, verliert. Erst vor wenigen Wochen hat es einen Mord in der Wuppertaler Hofaue gegeben, der noch nicht aufgeklärt ist: Ein Unbekannter hat eine Passantin erschlagen. Vorher hat er sich an ihr vergangen. Zwischen beiden Fällen werden Zusammenhänge gewittert. Schon wird gemutmaßt, ein schlimmer Serientäter treibe in der Stadt sein Unwesen. Ein Unhold im wehenden schwarzen Mantel mit einem riesengroßen Beil. Der Unbekannte trage einen dressierten Raben auf der Schulter. Sobald ein Pfiff ertöne und der Vogel laut krächze, drohe allen jungen Mädchen in der Nachbarschaft Gefahr.

Solchen Gerüchten treten die Beamten entschieden entgegen. Der Fall in der Hofaue und der Mord in den Ruinen haben nichts miteinander zu tun. Der Torso ist eindeutig männlich. Also gibt es keinen Zusammenhang. Oberinspektor Heinz Gassmann will schon zu Beginn einen Fehler vermeiden, der bei Ermittlungen oft begangen wird: sich auf eine Spur festzulegen und andere Möglichkeiten auszuschließen. Im Übrigen hasst er Verschwörungstheorien.

Aber noch haben sie weder eine heiße Spur noch Zeugen, die irgendetwas gesehen haben. Weil in Wuppertal niemand vermisst wird, der mit dem Toten identisch sein könnte, ist es unwahrscheinlich, dass der Ermordete ein Bürger aus Wuppertal ist. Manches spricht sogar dafür, dass die Trümmer der Stadt nur dazu benutzt wurden, den Mord zu vertuschen. So selbstsicher Heinz Gassmann um Verständnis wirbt, so ratlos ist er, wie man dem Verbrecher auf die Spur kommen kann. Er weiß nicht einmal, wo er mit den Ermittlungen anfangen soll.

Bei dem Opfer handelt es sich um einen kräftig gebauten Mann, im Alter zwischen dreißig und fünfzig, wahrscheinlich 1,75 bis 1,80 Meter groß. Der Körper weist keine besonderen Merkmale wie Narben, Warzen oder Tätowierungen auf. Der Tod ist wahrscheinlich zwischen dem 5. September, 2.00 Uhr, und dem 7. September 1949, gegen Mitternacht, eingetreten. Die Todesursache kann nicht einwandfrei festgestellt werden. Vermutlich war es äußere Gewalt.

»Die Länge der Wirbelsäule liegt bei 64 Zentimetern. Die Haut hat sich an vielen Stellen blasenförmig gehoben, teilweise sogar gelöst.
Der Rücken ist grünlich verfärbt. Auch hier ist die oberste Hautschicht in großen Fetzen abgehoben. Kopf und Hals sind dicht an der Brust und an der Schulter, der rechte Arm und der linke Arm unterhalb des Schulterkopfes abgetrennt; der rechte Oberschenkel ist zehn Zentimeter, das linke Bein sechs Zentimeter von der Leistenbeuge entfernt amputiert.
In der Leistengegend unzählige Maden.«

Der Täter könnte natürlich ein krankhafter Serienmörder sein. Das macht sich der Oberinspektor klar, ohne seine Vermutung öffentlich zu verbreiten. Er nimmt sich vor, in den Asservaten nach einem vergleichbaren Mordfall zu forschen. Serienmorde hat es immer wieder gegeben.

In einer westfälischen Stadt hat Anfang des Jahres ein Mann seine Schwiegermutter und später drei Nachbarn im Zeitraum von einigen Monaten erschlagen, ohne dass man ihm sofort auf die Spur gekommen ist. Wie der berüchtigte Fritz Haarmann in Hannover, der vor dreißig Jahren vierundzwanzig Männer mit dem Beil tötete und deren Fleisch sogar teilweise verzehrte. Oder der Serienmörder Peter Kürten, der neun Morde und sieben Mordversuche auf dem Kerbholz hatte. Seine äußerst brutalen Verbrechen waren Ende der zwanziger Jahre in Düsseldorf begangen worden und hatten reichsweit für Aufsehen, ja für Hysterie gesorgt.

Aber es ist nicht gesagt, dass der Gesuchte ein krankhafter Serienmörder ist. Er kann auch ein Einzeltäter sein, ein Mensch wie du und ich, der Mann von nebenan. Die Neigung zu Mord und Totschlag steckt in jedem Menschen. Sie findet sich in jedem Milieu. Auch in jeder historischen Situation. Frauen sind zuweilen hysterisch, Männer oft pervers.

Der Täter muss gewusst haben, was er tat. Was ist sein Motiv? Vielleicht ist er sogar ein Nachahmungstäter. Sein hiesiges Opfer war noch relativ jung. Vielleicht Mitte dreißig. Männlich. War er ein Ortsfremder, der seinen Mörder zufällig besuchte? Geschah die Tat in einer Wohnung? Schließlich kann man Leichen nicht einfach im Freien zerlegen.

Der Fall mag ganz anders liegen. Will der Mörder seine Umwelt mit dieser Amputation erschrecken? Aber wo befinden sich der Kopf, die Arme und die Beine? Was hat das Fehlen der Gliedmaßen überhaupt mit dem Leichenfund in den Trümmern zu tun? Wo hat man am besten zu suchen? Wie fängt man an?

Vorerst existiert kein innerer und äußerer Zusammenhang. War es ein von langer Hand geplanter, ein zufälliger Mord oder sogar mehr? Es gibt Hinweise, dass Plünderungen in Städten und Dörfern wieder zugenommen haben. Oft sind es Gruppen von Exilsoldaten, Serben, Polen oder Russen, die sich nach dem Krieg nicht nach Hause trauten und sich jetzt mit Gleichgesinnten zusammentun, um sich an den Deutschen zu rächen.

Noch passt nichts zusammen. Das Wissen um den Tathergang hat nur der Mörder, der eine extrem gefährliche und brutale Person sein muss. Ist er groß oder klein? Auf jeden Fall ist er mit ungewöhnlicher Körperkraft ausgestattet, von der Kaltblütigkeit ganz zu schweigen, einen Menschen zu ermorden, ihm Kopf, Arme und Beine abzuschlagen und die Körperteile danach in alle Himmelsrichtungen verschwinden zu lassen.

[3]

An diesem arbeitsreichen Freitag entscheidet sich Oberinspektor Gassmann, eine Büropause einzulegen. Nur seine engsten Mitarbeiter ahnen, was ihren Chef umtreibt, als er sich bereits am frühen Nachmittag verabschiedet, um angeblich schon nach Hause zu gehen.

Der fünfzigjährige, sportlich aussehende und gelassen wirkende Heinz Gassmann ist Angler, genauer gesagt Sportangler. Deshalb ist seine kalkulierte Büroflucht nur ein Vorwand, um mit sich ganz allein zu sein, in Ruhe nachzudenken und die Ergebnisse zu überprüfen. »In der freien Natur kommen mir die besten Gedanken«, versichert der Kriminalbeamte im vertrauten Kreis. Kurz darauf zieht er sein altes Motorrad aus dem Schuppen seines Hauses, um zu einer malerisch gelegenen Talsperre in der Umgebung zu fahren.

Mit seiner Ledermütze, der altmodischen Fliegerbrille, der abgewetzten Umhängetasche und dem Fischkorb auf dem Gepäckträger sieht Gassmann wie ein antiquierter Freizeitsportler aus. Er freut sich auf den See, auf Einsamkeit und einen guten Fang. Er angelt nur so viele Fische, wie er für sich und seinen Freundes- und Bekanntenkreis verwerten kann. Das ist für ihn das Wesen der Sportfischerei. Es ist unsportlich, nur wegen der Fleischmenge zu angeln.

Nach dem Krieg hat es Angler gegeben, die mit prallen Taschen nach Hause fuhren, um ihre Ware an Stammkunden zu verkaufen. Andere räucherten den Fisch am Ufer und zogen von Haus zu Haus, um ihre Ware zum Höchstpreis zu verhökern. Manchmal schickte die Polizei deshalb Schutzmänner an die Ufer, um diesen Fischdieben das Handwerk zu legen. Die Leute hatten einfach Hunger, setzten sich in gestohlene Kähne und stachen mit selbst gebastelten Fischgabeln zu. Am liebsten nachts, ohne Rücksicht auf die Schonzeit von Hecht oder Barsch. Solche Übeltäter sind zwar seltener geworden, doch Gassmann passt auf. Er lässt sich bei begründetem Verdacht die Ausweise und Berechtigungsscheine zeigen, wenn er mit Rucksack und Angelrute am Seeufer erscheint.

Er liebt diese Ruhe. Es ist sommerlich warm. Der See liegt spiegelglatt. Die Luft zittert goldgrün. Es riecht nach fauligem Holz. Er mag das Geschrei der aufgeschreckten Vögel und das

Geschnatter der Enten, die sich mit wildem Flügelschlag davonmachen. Gassmann benutzt eine normale Bambusrute mit gespließter Spitze. Er muss sie sehr weit ausziehen, um das verschilfte und versumpfte Ufer mit einem langen, gekonnten Wurf zu überwinden.

Manchmal träumt er von einem Kahn, um auf die Mitte des Sees zu kommen. Aber das ist Zukunftsmusik. Er ist ein Angler, der die Vorbereitungen für einen erfolgreichen Fangtag genau nimmt und der sich an die Regeln hält. Kleiner Haken, dünne Schnur, weiche Rute. Großer Haken, starke Schnur, steife Rute.

Gassmann nimmt einen leichten Korkschwimmer, der rot und weiß gezeichnet ist und beim Biss leicht absinkt. Den Fischkorb lässt er in der Umhängetasche, die er an einem Ast befestigt. Als er sich mit dem Köder beschäftigt, schweifen seine Gedanken schon wieder ab. Er spürt, dass er sich heute nicht wie sonst konzentrieren kann, weil dieser Mordfall ihn völlig in Anspruch nimmt.

Ihm gehen die Bilder von dem Torso in der blutigen Zeltplane nicht aus dem Kopf. Egal, ob sie den Mörder finden oder nicht. Aber diese Überreste waren doch einmal ein Mensch: ein Mann von Mitte dreißig, der weinte und lachte, der vielleicht eine Frau und Kinder besaß und der glaubte, das Leben noch vor sich zu haben. Der vielleicht noch große Pläne hatte.

Sie wissen einfach nicht, wem sie auf der Spur sind. Einem erfahrenen Profi, der im Krieg sein Handwerk lernte, oder einem Anfänger, der aus Zufall zum Mörder wurde. Für die zweite Version spricht auf Anhieb viel. Wer immer der Mörder auch ist – er hat sich auffällig dilettantisch verhalten: Die Leiche war nur notdürftig versteckt. Man hätte sie in wenigen Tagen aufgrund des Geruchs entdeckt, der aus dem Kellerraum aufgestiegen wäre, zumal tagsüber Bauarbeiter in der Nähe arbeiten. Also hat der Täter wenig Erfahrung mit Morden.

Vieles spricht dafür, dass der Torso in der Dunkelheit abgelegt worden ist. Demnach wollte der Täter seine Tat möglichst lange geheim halten und vor den Augen anderer, ganz besonders der Polizei, verbergen.

Aber wie hat der Täter den schweren Rumpf, der exakt 53,5 Kilo wiegt, in den abseitigen Keller getragen? Und warum gerade dorthin? Dieser Fall beschäftigt inzwischen fast ein halbes Dutzend Polizisten und Kriminalbeamte im Umkreis von Wuppertal. Sie haben nichts, nicht einmal eine lauwarme Spur. Nur die Erkenntnis, dass der unbekannte Mann auf bestialische Art niedergemetzelt wurde. Im Grunde genommen fürchtet sich der Oberinspektor schon jetzt vor Vorwürfen, schlampig ermittelt zu haben.

Er kann die fiebrige Aufregung verstehen. Auch die bohrenden Fragen der Journalisten. Das Telefon in der Polizeidienststelle läutet fast ununterbrochen.

Heinz Gassmann bringt einen Wurmköder an. Am blauen Septemberhimmel treiben Wolken. Für den Abend ist Regen angekündigt. Er ist froh, Würmer in seinem Hausgarten zu haben, wobei er sich längst so spezialisiert hat, dass er in der Gattung der Regenwürmer zwischen einem Tauwurm, einem Rotwurm und dem Goldschwanz unterscheiden kann.

Meist nimmt er wie heute den Tauwurm, den er nach einem Umgraben mit dem Spaten ziemlich leicht findet. Natürlich wäre der kleinere, streifig und gelblich gefärbte Goldschwanz für Fische wie Schleie, Rotauge oder Barsch eine Delikatesse. Aber dieser Wurm lebt nur in verrottetem Mist oder in Komposthaufen auf irgendeinem Bauernhof. Gassmann hat keine Lust, in klebriger, stinkender Jauche herumzustochern, nur um einen Goldschwanz zu finden.

Das Bild des ausgewickelten Torsos geht ihm nicht aus dem Kopf. Er fürchtet sich davor, dass der Täter morgen wieder zuschlagen, sich an einem neuen Mord beteiligen oder eine andere

Schandtat planen könnte. Das »Kriminalpolizeiblatt für die Britische Zone«, wo sie das Wuppertaler Kapitalverbrechen aufgeführt haben, berichtet von Tötungsdelikten quer durch das Land: ein Lustmord in München, ein Mordversuch im westfälischen Bünde, flüchtige Menschenräuber und immer häufiger Männer, die wegen schlimmer Triebverbrechen zur Fahndung ausgeschrieben sind.

Deshalb hat sich Heinz Gassmann entschieden, nicht hastig zu arbeiten, sondern alle Möglichkeiten zu überprüfen. Ganz sicher kann auch die Bevölkerung einiges dazu beizutragen, diese grausige Tat aufzuklären. Aber die Lage ist unübersichtlich. Es gibt Gerüchte, dass die religiösen Sekten, die es in dieser Gegend in fast jeder Bergnische gibt, ihre Gläubigen versammeln und Bittgottesdienste planen.

Der Mann in der weiten Windjacke, der hin und wieder einen kleinen Haken aus der Umhängetasche zieht, ihn prüft und sorgfältig mit einem Köder bestückt, erinnert an diesem Nachmittag an einen einsamen Angler. Er wirkt sehr in sich gekehrt, nur mit sich selbst beschäftigt. Die Spaziergänger, die auf dem Uferweg an ihm vorbeigehen, nimmt er kaum zur Kenntnis.

Wie hypnotisiert konzentriert er sich darauf, aus dem dunkelgrünen Wasser einen Fisch zu fangen. In der Uferzone des Sees scheint das Sonnenlicht bis auf den Grund. Jungfische fühlen sich hier wohl, Karpfen, Rotauge, Schleie und sogar der Hecht. Aber keiner beißt an.

Während der Angler Heinz Gassmann an diesem stillen Herbstnachmittag auf den tanzenden Schwimmer achtet, schweifen seine Gedanken wieder ab.

Finden sich Anhaltspunkte für eine direkte Beziehung zwischen dem Täter und seinem Opfer? Ist der Mörder mit einem Kraftwagen oder zu Fuß mit einer Handkarre gekommen, die er auf dem Grundstück ausgekippt hat? Hatte er nicht zu befürchten, hier beobachtet zu werden? Kannte der Tote seinen Mörder? War er arglos in eine Falle getappt?

Am Abend hat Gassmann einen Kaulbarsch gefangen. Er erkennt die Fischart an ihrem langen, bis knapp unter das Auge gespaltenen Maul. Kopf und Ansatz der Rückenflosse sind geschuppt; am Körper des stattlichen Fangs gibt es die typischen Flecken und Bänder. Er wird den Fisch seinem Nachbarn schenken. Er weiß, dass ihm heute Abend die Ruhe und Konzentration fehlen werden, um seine Beute mit Muße und Vorfreude in der Pfanne zu dünsten und später, wie üblich, mit einem Moselwein zu genießen.

[4]

Als er zu Hause sein Arbeitszimmer betritt, klingelt das Diensttelefon. Gassmann fühlt sich überrumpelt und gestört. Plötzlich wird der erfahrene Polizist sogar nervös.

Hat es einen neuen Mordfall gegeben? Hat ein Serienmörder gewütet? Gibt es vielleicht sogar zwei Täter, einen Mann und eine Frau, die das Grausame gemeinsam ausgeführt haben? Auf dem Motorrad war ihm eingefallen, dass Männer oft das zuschlagende Geschlecht sind, während Frauen eher zustechen.

Bei einem Täterpaar hätte der Mann mit einem Hammer oder Beil hantieren können, während sich die Frau an die Zerstückelung der Leiche machte. Vielleicht wollte man einen Nebenbuhler aus der Welt schaffen. Eifersucht ist bekanntlich das älteste Motiv der Welt. Oder man mordet aus Geldgier und Rache.

Der Oberinspektor nimmt den Hörer ab. Er hört seine Sekretärin, die ihm mit ruhiger Stimme sagt, dass man soeben von einem gewissen Kriminalinspektor Heinrich Faust eine eilige Nachricht bekommen habe. Der Text des Fernschreibens liege bereits auf dem Tisch.

»Anrufer teilt mit, dass in Gevelsberg eine Frau Rinsche Anzeige erstattet habe, dass ihr Ehemann seit Samstag vermisst sei. Seine Kleidung habe man vier Tage später im Keller gefunden. Es könnte sich um Josef Rinsche handeln.«

Gassmann ist erleichtert. Keine neue Hiobsbotschaft. Dafür ein Hinweis, dem man nachgehen wird. Vielleicht sogar eine erste Spur. Bei Tötungsdelikten sind oft Verwandte und Freunde als Erste verdächtig. Das weiß man aus der Praxis.

Das Städtchen Gevelsberg liegt kaum zwanzig Kilometer entfernt, östlich von Wuppertal. Beide Orte sind durch zwei Bahnlinien und eine Landstraße direkt miteinander verbunden. Den Fundort des Torsos hätten die Täter mit der Eisenbahn oder einem Auto bequem erreichen können.

Der Zug scheidet nach reiflicher Überlegung aus. Es scheint unmöglich, einen Toten mit der Bahn zu transportieren. Aber vielleicht mit einem Lastwagen. Dazu wären Helfer und Mitwisser nötig.

Es hat immer wieder Diebstähle von Fahrzeugen gegeben, bei denen organisierte Banden beteiligt waren. Vielleicht sind sie auch in diesen Mordfall verwickelt. Falls sie in dem abgelegenen Kaff überhaupt den Tatort finden. Das ist noch unwahrscheinlich. Vielleicht wird sich das Ganze bald in Luft auflösen. Man wird sehen.

Von einem Inspektor Heinrich Faust hat der Oberinspektor noch nie gehört. Dessen Namensvetter kennt er, seitdem er in einer Schulaufführung von Goethes »Faust« den Mephisto spielte.

Aber das ist lange her. Nun müssen sie rasch mit dem Anrufer Kontakt aufnehmen. Sie müssen dem Toten seine Geschichte entlocken.

[5]

Der Tod des Opfers ist vor drei Tagen eingetreten, wie die Ärzte herausgefunden haben. Die Tat muss zwischen dem 5. und dem 7. September begangen worden sein. Der Fundort ist nicht der Tatort, daran gibt es keinen Zweifel.

Einige Hinweise sind brauchbar und werden überprüft. Vieles geht ins Leere. Die polizeilichen Dienststellen werden jetzt mit Angaben über angeblich verdächtige Personen überschwemmt. Kaum vier Jahre nach Kriegsende scheint das Anschwärzen noch gang und gäbe zu sein. Plötzlich haben zahlreiche Einwohner der Stadt Wuppertal nächtlich umherstreifende Männer mit einem schweren Paket gesichtet, das in eine Wolldecke gehüllt und mit mehreren Kordeln verschnürt war.

Die Aussage eines Postkraftfahrers lässt die Beamten zum ersten Mal hellhörig werden. Der Zeuge will in der fraglichen Nacht einen Mann auf der Völklinger Brücke gesehen haben, der ein längliches Paket in die Wupper warf.

> *»Mir kam das verdächtig vor, und deshalb bin ich langsam gefahren. Ich wollte sehen, ob das Paket durch die Strömung abgetrieben ist. Vorher habe ich zu meinem Beifahrer gesagt: ›Der Inhalt des Pakets läuft aus.‹ Vielleicht hat es sich um Blut gehandelt.«*

Angeblich war der Paketträger ein etwa dreißigjähriger Mann, schlank, schmales Gesicht, lange dunkle Hose, kein Hut. Sie halten die Beobachtung für so wichtig, dass sie den Wupperverband, die Wasserpolizei und das städtische Kanalbauamt per Fernschreiben umgehend informieren.

> *»Es besteht die Vermutung, dass die zum Rumpf gehörenden Glieder und der Kopf als Paket verschnürt in die Wup-*

per geworfen worden sind. Es wird gebeten, das Wupperbett auf solche Pakete hin abzusuchen.«

Die Wupper ist ein Nebenfluss des Rheins. Sie schlängelt sich über einhundert Kilometer von ihrer Quelle im Bergischen Land bis in die Nähe von Leverkusen, wo sie sich mit dem großen Strom vereint.

Der Aufruf hat Erfolg. Am 9. September kommt vom Kommissariat der Düsseldorfer Polizei der Anruf, dass am frühen Morgen, gegen 9.00 Uhr, *»rechter Fuß und Unterschenkel eines großen starken Mannes«* angeschwemmt worden seien. Der Fundort liegt dreihundert Meter unterhalb des Jachthafens im Rhein.

Es kann natürlich sein, dass ein leichtsinniger Schwimmer in eine Schiffsschraube geraten ist und dabei getötet wurde. Man könnte auch vermuten, dass der Fund von einer Leiche stammt, die schon längere Zeit rheinabwärts trieb. Es gab in den letzten Jahren einen beängstigenden Anstieg der Selbstmordrate. Viele Menschen kamen mit dem Leben nicht zurecht, stiegen auf die Rheinbrücken und stürzten sich in den Fluss.

Es wird wenige Stunden nach dem Fund bestätigt, dass es sich um ein fehlendes Gliedmaß des aufgefundenen Torsos handelt. Bis zum Abend wird in Rheinhausen ein linker Fuß mit Unterschenkel, später nahe der Ortschaft Rees ein rechter Arm gefunden. Die Fundstücke werden in den örtlichen Krankenanstalten obduziert.

Es ist Samstag, der 10. September 1949, als sich Oberinspektor Heinz Gassmann und zwei Mitglieder der Mordkommission auf den Weg ins benachbarte Gevelsberg machen. Eigentlich wollte man an diesem Tag gemeinsam das erste Polizeisportfest seit Kriegsende in Wuppertal besuchen. Aber die Aufklärung dieses Falles ist jetzt wichtiger.

DER INSPEKTOR

[1]

Heinrich Faust ist ein kleiner, etwas vierschrötig aussehender Mann. Seine gedrungene, untersetzte Figur mit den stämmigen Beinen suggeriert ein Übermaß an Muskelkraft und einen Mangel an Intelligenz. Wenn er lacht, blitzt im hinteren Teil des Mundes ein Goldzahn auf. Seine Sprache ist trocken. Er ist geborener Südwestfale. Das hört man, sobald er richtig aufgeregt ist. Dann werden die Vokale länger, die Aussprache wird breiter, und aus einem s wird schnell ein t. »Dat is doch Blödsinn«, hört man ihn sagen, und jedermann weiß, dass er einen Gevelsberger vor sich hat: einen »Pohlbürger«, also einen Einwohner, der in seiner Heimat verwurzelt ist wie ein Pfahl, den man in die Erde rammt.

Sein Gesicht liegt voller Falten, die Augen verstecken sich unter wuchtigen Brauen. Aber in seinen kantigen Zügen erkennt man unweigerlich den Polizisten. Ein Mann Mitte fünfzig, vielleicht in seinen besten Jahren. Sein Lachen kann ansteckend sein und zieht sich über das ganze Gesicht.

Sieht man genauer hin, entdeckt man die höheren Absätze der Schuhe. Ihr Besitzer scheint moderne Kreppsohlen zu lieben, die ihn größer machen.

Der äußere Eindruck trügt. Der Inspektor hat kräftige Hände, wachsame Augen und einen scharfen Verstand. Er hat einen energischen Gang. Seine feste Stimme gehört einem Mann, der es gewohnt ist, dass man ihn respektiert.

Er war nicht im Krieg, aber auch die Zeit zu Hause war hart. Die Jahre der Republik, die Nazi-Zeit, die Stunde null. Heinrich Faust war mittendrin. Aber er war nie ein Handlanger der Gestapo. Er hat ausländischen Zwangsarbeitern heimlich geholfen.

Er hat nicht in den Gottesdiensten herumspioniert. Er hat oft, wie er persönlich findet, seine schützende Hand über kleine Leute gehalten. Er trug auf beiden Schultern. Er hat einen tiefen Groll gegen alle, die einfach einen Schlussstrich fordern. Für ihn war Hitlers Attentäter Graf von Stauffenberg kein Verräter. Heinrich Faust fordert endlich Vergeltung. Er fühlt sich von den Nazis schrecklich verführt.

Meistens raucht er Zigarette mit Spitze, Marke »Orienta«. Er kramt ein Stäbchen aus der Schachtel, feuchtet es an und klopft es behutsam auf den Schreibtisch. Dann schiebt er die Zigarette in das Mundstück und entzündet sie mit einem Feuerzeug, das eine aufklappbare Messinghaube hat. Es ist ein Flammenwerfer, den die GIs benutzen: Vorne ist die amerikanische Flagge eingraviert. Das Stück hat ihm 1945 ein amerikanischer Soldat aus Arizona geschenkt. Er hütet es wie seinen Augapfel. Er hat nichts gegen die Amerikaner. Er ist längst zum ehemaligen Feind übergelaufen. Für ihn sind die Amis überhaupt keine Besatzer. Im Gegenteil: Er fühlt sich seit dem Kriegsende von den Nazis befreit.

Sein Vater war Arbeiter, die Mutter Köchin. Seitdem er zum Inspektor aufgestiegen ist, raucht er Spitze. Die Malocher rauchen auf Kippe, der Rest nimmt Filter. Er hat sich entschieden. Zu den Rauchern mit den gelben Fingern will er nicht mehr gehören.

Als Gassmann und seine Begleiter ihre Plätze gefunden und an den Kaffeetassen genippt haben, kommt Inspektor Faust zur Sache. Er hatte am Tag zuvor Besuch von einer Frau, die ihren Mann als vermisst gemeldet hat: Ellen Rinsche, geboren in Wuppertal, seit fünf Wochen wieder wohnhaft in Gevelsberg, Mittelstraße 18. »Das Haus liegt keine dreißig Meter von hier«, sagt Faust und zieht die Gardine des Erkerfensters umständlich zurück.

Auf der linken Seite erkennt man ein weißes Gebäude. Es liegt im Schatten hoher Bäume. Man sieht große Fenster und ein

Dach aus grauem Schiefer. Auf der abgewandten Südseite erhebt sich ein Türmchen mit verschnörkelter Wetterfahne. Aus dem Schornstein steigt dünner Rauch. Zum Heizen ist es eigentlich viel zu warm. Es könnte sein, dass die Schwaden von einem Kohlefeuer in der Waschküche stammen.

»Das ist die Villa Dörken, die Nummer achtzehn, das Haus eines Fabrikanten. Es gibt viele schöne Villen in unserer Stadt. Diese gehört zu den ältesten. Es ist für mich ein Rätsel, wie die Rinsches in dieses Haus gekommen sind. Sie müssen gute Beziehungen zum Wohnungsamt haben.«

Inspektor Faust spricht ruhig und klar, ohne Umschweife, mit der Souveränität desjenigen, der in seiner Stadt gut Bescheid weiß und dem niemand etwas vormachen kann. Er setzt sich schräg in seinen Bürosessel, stützt das Kinn in die Hände und bläst in seinen Kaffee. Manchmal lässt er die Kollegen Überlegenheit spüren. Dann spricht er von *»dieser Dame«* und sogar von *»dieser Frau«*, als habe Ellen Rinsche nur eine abfällige Beschreibung verdient. *»So 'ne Kleine mit blonden Haaren, die ein wenig hinkt.«* Oder er bemerkt, dass er die Dame von früher kenne, wo sie ihm als *»notorische Lügnerin«* aufgefallen sei.

Heinrich Faust holt tief Luft.

»Die Ehe ist zerrüttet. Die beiden verstanden sich so gut wie zwei Skorpione in der Flasche. Im Übrigen ist sie vorbestraft. Sie hat im Jahre 1943 Feldpost geklaut und ist nur wegen ihrer damaligen Schwangerschaft an einer hohen Zuchthausstrafe vorbeigekommen. Vielleicht sogar am Tode. Diese Dame gab an, ihr Mann sei am vergangenen Samstag mit dem Zug nach Düsseldorf gefahren. Sie hat ihn angeblich zur Bahn gebracht.«

Die Gründe für das Verschwinden von Josef Rinsche klingen widersprüchlich. Danach hat am Freitag, den 2. September 1949, ein wildfremder Motorradfahrer einen Brief an der Haustür abgegeben, den sie am nächsten Tag ihrem Mann überreichte.

Der habe plötzlich nervös reagiert, sei aufgeregt durch die Wohnung gelaufen und habe gestammelt, dass er nach Düsseldorf müsse.

> *»In der Zeit, wo mein Mann fort ist, brachte ich in Erfahrung, dass er viele Schulden hat. Er äußerte sich öfter: Mit dem mache ich kurze Fünfzehn! Ich nehme an, dass mein Mann ins Ausland abgehauen ist. An ein Verbrechen kann ich nicht glauben.«*

War die Nachkriegszeit nicht voller dramatischer und absurder Lebenswege? Hatten sich nicht Menschen von heute auf morgen verändert, als hätte es ihr früheres Leben nie gegeben? Oberinspektor Heinz Gassmann lehnt den Kopf zurück und schließt die Augen. Er denkt lange nach. Die Geschichte der Frau klingt zwar übertrieben, bei genauem Hinhören aber plausibel. Es kann durchaus sein, dass der Ermordete ein Doppelleben führte, von dem die Ehefrau nichts ahnte. Seit dem Kriegsende war so mancher auf die schiefe Bahn geraten. Viele hatten sich auf dem Schwarzmarkt verspekuliert, andere wurden aus blanker Not in leichtsinnige Diebstähle verwickelt.

Er kann den Sarkasmus seines Kollegen nicht teilen. Ihm scheint es keinesfalls so abwegig, dass ein Mensch in diesen Umbruchzeiten von seiner Vergangenheit eingeholt wird, darüber stolpert und sich rechtzeitig in Sicherheit bringen will.

Auf seinem Schreibtisch stapeln sich Anzeigen über vermisste Ehemänner, die angeblich nur Zigaretten holten und für immer von der häuslichen Bildfläche verschwanden. Meist steckte eine heimliche Geliebte dahinter, aber oft kamen sie mit dem neuen Leben nicht zurecht. Am schlimmsten traf es die Kriegsheimkehrer. Sie waren meist verwundet und desillusioniert nach Hause gekommen, suchten vergeblich nach Arbeit und fühlten sich in ihren Idealen verraten. Zu Hause stopften sich die Kinder die Ohren zu, sobald ihre Väter wieder einmal anfingen, von ihren Kriegserlebnissen zu erzählen. Jüngere, vom Krieg immer noch Begeisterte, meldeten sich bei der französischen Fremdenlegion. Andere setzten sich in den Zug oder ließen das Auto einfach an der Zonengrenze stehen. Sie türmten in Richtung Osten und kamen nicht wieder.

Der Oberinspektor blickt seinen Gevelsberger Kollegen an, der aufmerksam zugehört hat. An dessen Schweigen merkt Gassmann, dass sich Faust mit seinen Einwänden nicht ernsthaft beschäftigen will.

Tatsächlich spürt Heinrich Faust die Vorbehalte, die er möglichst rasch ausräumen muss. Deshalb macht er eine Runde durch das Zimmer und sucht nach der Zigarettenspitze, die er endlich aus seiner rechten Jackentasche kramt. Er nimmt eine Zigarette aus der Packung, steckt sie in die Spitze und lässt mit einer routinierten Bewegung das Feuerzeug aufflammen. Seine Besucher schauen interessiert zu. Der Inspektor zieht den Rauch tief ein. Es sieht aus, als hätte er ihn völlig verschluckt. Plötzlich wirkt er weniger nervös.

»Mir ist völlig unverständlich, dass die Ehefrau ihre Vermisstenanzeige erst am gestrigen Freitag hier abgab. Eine Woche nach seinem Verschwinden. Wenn jemand besorgt ist, dann kommt er doch sofort zur Polizei. Das ist eigentlich normal. Das plötzliche Fortbleiben des eigenen Ehemannes ist doch keine Lappalie. Sie kam nicht einmal freiwillig auf die Wache, sondern nur, weil sie von der Firma schwer unter Druck gesetzt worden war.«

Ein Anruf bei der Arbeitsstelle hat ergeben, dass man sich dort schon seit Montag über das Verbleiben des Angestellten Josef Rinsche Sorgen macht, der im Übrigen nie über Schulden oder eine mögliche Flucht gesprochen habe. Er hatte wichtige Dokumente und Schlüssel in Gewahrsam, die er stets privat aufbewahrte. Deshalb habe man schon am Montag seine Frau angerufen, die ihnen die Sachen ausgehändigt habe. Er sei in der Firma ein wichtiger Mann; seine Kenntnisse als technischer Zeichner würden benötigt. Sollte der Verschwundene in den nächsten Tagen nicht erscheinen, liege ein Bruch des Arbeitsvertrages vor und er habe mit sofortiger Kündigung zu rechnen.

Deshalb sei man zwei Tage später bei der Ehefrau vorstellig geworden und habe sie regelrecht bedrängt, eine polizeiliche Anzeige aufzugeben. Zuletzt hätten sie es noch einmal am vergangenen Mittwoch versucht. Aber die Frau habe sich mit fragwürdigen Ausreden geweigert. Zuletzt habe sie fast patzig gesagt, sie werde das mit der Anzeige später in Düsseldorf machen. Aber warum nicht hier, wo die Familie angemeldet war?

»Ich halte solches Verhalten für verdächtig und bitte unmissverständlich darum, sofort eine Hausdurchsuchung vorzunehmen.«

Heinrich Faust rutscht auf seinem Drehstuhl hinter dem wuchtigen Schreibtisch hin und her. Er reibt sich die Stirn und schnäuzt umständlich in sein weißes Taschentuch. Dann blickt er fragend in die Runde. Ihm ist nach dem widersprüchlichen Verlauf des Gesprächs längst klar, dass er die Aufklärung des absolut Widerwärtigen, das hier geschehen ist, selbst in die Hand nehmen muss. Es gibt keinen Zweifel mehr. Für ihn ist der Wohnort der Tatort. Schon jetzt liegen erdrückende Beweise gegen die Frau vor. Der Fall ist ins Rollen gekommen.

Er hat ein untrügliches Gefühl. Je älter er wird, umso mehr

kann er sich auf seine Intuition verlassen. Es hat ihn stutzig gemacht, dass die Ehefrau bei ihrem Besuch auf der Wache nicht sehr bedrückt wirkte. Im Gegenteil. Sie machte sogar den Eindruck, als sei sie erleichtert. Ein falscher Schritt, und das Leben ändert sich dramatisch. Frauen töten ihre Männer, weil sie diese loswerden möchten. Männer, weil sie ihre Frauen behalten wollen.

Der alte Lehrsatz aus der Kriminalistik ist ihm wieder eingefallen. Genau genommen am Mittwoch, als sie drüben in der alten Villa zufällig den Koffer fanden.

Die Besitzer des Hauses sind noch am Nachmittag zu ihm gekommen und haben ihn über den rätselhaften Fund informiert. Der Koffer liegt im hinteren Teil des Kellers, genau dort, wo die Heizvorräte für den Winter lagern. Meist handelt es sich um Koks, verschiedene Sorten von Kohle und schmale, rechteckige Briketts. Der Koks ist für die Zentralheizung der Eigentümer reserviert. Er wird abseits in einem besonderen Kellerraum gelagert, genau gegenüber von dem Raum, wo sich die anderen Vorräte befinden.

Es ist dem Sohn der Eigentümerin zu verdanken, dass man das wichtige Beweisstück überhaupt entdeckt hat. Der Siebzehnjährige ist in den Keller gegangen, um für die Herbstlieferung des Kohlenhändlers Platz zu schaffen. Das ist eine umständliche Prozedur, seitdem sie das Haus mit Mietern teilen müssen. Der Koks gehört in die Nähe der Hauptheizung, während Briketts und Eierkohle im hinteren Teil lagern.

Als er die breite Kohlenschaufel nimmt und mit dem Aufräumen beginnen will, stößt er mit dem vorderen Schaufelteil an etwas Hartes, das er zunächst für eine Kohlenkiste hält. Als er sich bückt und genauer nachsieht, entdeckt er einen rechteckigen, mit Kohlenstaub bedeckten Kasten aus dunkelbraunem Leder. Er macht Licht und sieht den Koffer, den das eilig herbeigerufene Hausmädchen als Besitzstück des neuen Untermieters ausmachen will. Die junge Frau heißt Rita, ist mit ihren Eltern aus dem ehemaligen Oberschlesien geflüchtet und trägt einen langen, blonden Pferdeschwanz. Sie ist groß und schlank. Sie hat wache blaue Augen. Sie reagiert erschrocken, als man ihr den braunen Koffer zeigt. »Ich könnte schwören, dass ich ihn schon einmal bei dem Herrn Rinsche gesehen habe. Ja, bei dem Mann mit der Brille und dem dunklen Anzug.«

Was hat es zu sagen, dass der Verschwundene im Keller offenbar den eigenen Koffer deponiert, mit seiner normalen Alltagskleidung, dem täglich notwendigen Rasierzeug und seiner Brille, die er eigentlich auf der Nase tragen sollte? Warum versteckt er seine Sachen an einer mysteriösen Stelle und haut dann einfach ab? Wäre es nicht sicherer gewesen, den Koffer mit den persönlichen Utensilien im Gewahrsam der Ehefrau zu lassen? Oder ihn woanders zu verbergen? Wieso ging die Ehefrau nicht sofort zur Polizei, um diesen rätselhaften Fund persönlich zu melden?

Als erfahrener Polizist kann Inspektor Heinrich Faust der Ehefrau kein Wort mehr glauben. Für ihn ist und bleibt sie eine Lügnerin. Bekanntlich hat er mit dieser Frau schon seine eigene folgenreiche Geschichte gehabt, an die er nicht allzu gern erinnert werden möchte. Damals im Krieg war sie verhaftet worden, weil sie Feldpost gestohlen hatte. Sie hatten sie fast auf frischer Tat ertappt. Er sieht die kleine Frau noch vor sich, wie sie vor ihm steht und sagt, dass sie schwanger sei. In fünf Monaten bekomme sie das Kind. Ihre Tat hat sie abgestritten. Sie log auf Biegen und Brechen. Aber sie hatten sie rasch überführt. Sie hat damals drei Monate Gefängnis mit einer Bewährung auf vier Jahre gekriegt. Zur schärferen Kontrolle und zum Nachweis ihrer Besserung musste sie täglich zum Abstempeln auf die Polizeiwache kommen. Und nun dieser schreckliche Verdacht, von dem er sich nicht mehr lösen kann. So sehr er seine Gedanken auch hin und her wälzt. Er ist sich ziemlich sicher.

Für ihn ist sogar höchste Eile geboten. Das müssen die angereisten Kollegen begreifen. Als lokaler Polizeichef hat er einiges zu verlieren. Ihm schwant bereits, dass man öffentlich über ihn herfallen wird. Gott sei Dank gibt es in der Stadt noch keine Lokalzeitung. Aber die soll in einigen Monaten erscheinen. Es wird verdammt Zeit, den Schreiberlingen schon früh das Maul zu stopfen. Sie müssen die Verdächtige einfach härter unter Druck setzen. Man darf nicht mehr lange fackeln. Der Inspektor ist sich ganz sicher: Diese Frau hat Dreck am Stecken.

So beschließen sie, sofort eine Hausdurchsuchung vorzunehmen. Dazu braucht man den zuständigen Staatsanwalt, der die geplante Durchsuchung auf ihre Rechtmäßigkeit überprüfen muss. Aber heute ist Samstag. Im Übrigen besteht Verdunkelungsgefahr, vielleicht ist sogar Gefahr im Verzuge.

Inspektor Faust drängt unwirsch zum Aufbruch. »Wir müssen uns beeilen.« Dabei lächelt er grimmig. Aber er sagt den Satz mit einer Entschlossenheit, die das Thema beendet.

[2]

Natürlich gibt es im aufregenden Leben eines Kriminalinspektors Ereignisse, mit denen man überhaupt nicht rechnen kann. Es sind Begebenheiten, die der Zufall diktiert, zuweilen sogar das Glück. Sie sind geeignet, allem eine neue Richtung zu geben, oder alte, als todsicher geltende Theorien zu überdenken. Nachher fragt man sich freilich verblüfft, warum das ausgerechnet an einem Tag geschah, als man nur noch zugreifen und diesen Mordfall zum Abschluss bringen wollte.

Viel später, als dieses tödliche Verbrechen längst in den Prozessakten abgehakt ist, wird Heinrich Faust zugeben, dass er sich an jenem Samstag im September wie erschlagen fühlte. Eigentlich war ja alles klar. Er war sich sehr sicher. Er stand vor einem großen Erfolg in seiner beruflichen Karriere. Vielleicht würde ihm der ersehnte Sprung nach oben gelingen, sogar die

Berufung in eine größere Stadt. Am liebsten in ein Morddezernat. Er musste es dem Polizeikollegen aus Wuppertal zeigen, der immer nur zweifelte, törichte Fragen stellte und seine Stirn in schwere Falten legte. Für ihn war Oberinspektor Heinz Gassmann ein zaudernder Beamter, der herzlich wenig von der Praxis verstand. Eben ein langweiliger Büromensch. Außerdem wirkte er überheblich und arrogant, von seinem Wuppertaler Tonfall ganz zu schweigen. Diesen unerträglichen Singsang hasst er schon seit seiner frühesten Jugend. Wo sein Kollege zögerte, war für ihn alles nur noch eine Frage der Zeit.

Aber dann geht es wie beim Domino, wenn alle Steine kippen und keine Macht der Welt sie aufhalten kann. Sie kippen und kippen und liegen so, dass man jeden einzelnen wieder aufstellen muss. Plötzlich hat er sogar das Gefühl, dass er in eine völlig falsche Richtung getappt ist. Seine Theorie geht in die Brüche. Bisher ist für ihn alles eindeutig gewesen, aber an jenem denkwürdigen Samstag, als er die Tür seines Dienstzimmers öffnet, um seinen Gästen eine Zigarettenpause zu gönnen, stürzt plötzlich sein halbes Gedankengebäude zusammen.

Im Vorzimmer sitzt eine attraktive junge Frau, Anfang zwanzig. Sie hat ein offenes und sympathisches Gesicht. Die brünetten Haare fallen ihr auf die Schulter; als sie aufsteht, bemerkt er ihre schlanke Figur. Sie hat eine Sicherheit des Auftritts, die ihm imponiert. »Guten Tag, Herr Inspektor«, sagt sie mit warmer Stimme, in der Heinrich Faust den Tonfall einer Ostdeutschen erkennt, die vielleicht aus Thüringen oder Sachsen stammen könnte.

Sie ist eine Zugezogene, die vor Kurzem aus der Ostzone gekommen ist. Sie behelligt ihn in einem Augenblick, wo er sich mit wichtigeren Dingen beschäftigt. Aber jetzt steht sie vor ihm, schaut ihn mit entwaffnender Offenheit an und sagt: »Ich bin Ursula Eckermann. Die Firma hat mich geschickt. Ich bin die Freundin von Josef Rinsche.«

Er bittet sie mit einer ungeschickten Handbewegung in sein Büro und weist mit abwesendem Blick auf den Stuhl, der gegenüber von seinem Schreibtisch steht. Die Frau setzt sich auf die äußere Kante. Manchmal räuspert sie sich, als sei ihr die Begegnung mit den Polizisten peinlich, ja, als würde sie sich sogar ein wenig schämen. Sie wirkt noch sehr jung, und irgendwie sieht sie auch verloren aus. Sie hat eine angenehme Stimme, prächtiges kastanienbraunes Haar und gepflegte, spiegelblanke Fingernägel. Sie schlägt ihre Beine elegant übereinander, den einen Fuß um die Fessel des anderen geschoben.

Ihre Füße stecken in Schuhen mit silbernen Schnallen. Sie trägt einen engen Rock und ist nur leicht geschminkt. Ihr Lippenstift ist hell; der Lidschatten fast weiß. An der rechten Hand blitzt ein Ring mit dunkelrotem Stein. Er scheint zu den Ohrringen und ihrer Kette zu passen. Während sie spricht, schaut sie oft verlegen auf den Boden. Manchmal gerät sie sogar ins Stocken. Einmal müssen die Beamten sie ermuntern, etwas lauter zu reden. Sie überlegt zuweilen, was sie sagen soll. Dann macht sie längere Pausen und gestikuliert mit ihren Händen.

So erfahren Heinrich Faust und die Männer der Wuppertaler Mordkommission vom Leben des Mannes, der plötzlich spurlos verschwand und jetzt vielleicht als Torso im Wuppertaler Leichenhaus liegt. Die junge Frau erzählt mit bebender Stimme, was sie von ihm weiß, nennt ihn »Josef« und gibt zu, dass sie ihn geliebt hat. Aber auch, dass sie Angst vor ihm hatte.

Als sie fertig ist, bleibt es im Zimmer einige Sekunden ganz still. Es entsteht ein lastendes Schweigen. Die vier Männer stehen um die junge Frau herum, starr, wie betäubt von der Geschichte, die sie soeben erfahren haben. Mit einer um Entschuldigung bittenden Geste verabschiedet sie sich und läuft eilig hinaus. Zurück bleiben ein Hauch von Parfüm und tiefe Ratlosigkeit. Jetzt wissen sie, dass der Verschwundene ein unberechenbarer Mensch und ein chronischer Säufer war, ein Haustyrann, der es mit fremden Weibern hatte, seine Ehefrau ständig verprügelte und sich von ihr scheiden lassen wollte. Auch diese junge Frau, die offenbar seine Geliebte war, hat er ins Gesicht geschlagen.

Als Ursula Eckermann von einer Begegnung mit Ellen Rinsche erzählt, greift Heinrich Faust nervös zur Zigarettenschachtel. Später fährt er sich mit der Hand übers Gesicht, als müsse er seine schweren Gedanken vertreiben. Plötzlich ist dem Beamten gar nichts mehr klar. Er tappt im Dunkeln. Sie haben eine alte und eine neue Spur, die in Gestalt einer verdammt ansehnlichen Frau vor ihnen gesessen hat. Fast alle Linien haben sich plötzlich vermischt.

Sie könnten sich irren. Aber nach Fausts Überlegung wird diese Sache immer rätselhafter. Haben sie die Falsche im Visier? War der Fall in eine verkehrte Kiste gekommen? Noch will er sich diesen Fragen nicht stellen. Er setzt bei diesem Mordfall noch immer auf einen Ehestreit, der in eine persönliche Tragödie umgeschlagen ist. Es gibt solche Momente, oft sind es nur Sekunden, die einen Menschen von Grund auf verändern: Eine falsche Reaktion, ein unbedachter Schritt – hier ist es vielleicht der Griff nach einer zufälligen Mordwaffe gewesen, der das Leben dieser Frau ruiniert hat. Deshalb schiebt er jeden Gedanken an eine seit Langem geplante Aktion noch weit von sich. Er ist sich ganz sicher: Dort drüben hat ein böses Schicksal die Regie in einem Drama übernommen, dessen Drehbuch sie noch entdecken mussten. Was sie vor wenigen Minuten gehört haben, ist neu. Diese Frau gibt Anlass für Irritationen. Sie hatte eine längere Beziehung mit dem Vermissten und besitzt intime Informationen über ihn. Das war mehr als nur eine Affäre. Offenbar hat Rinsche der jungen Frau sehr viel bedeutet. Sie hat ihm nachgeforscht, weil sie sich Sorgen um ihn machte. Dabei war sie sogar so leichtsinnig, sich gleich zweimal am mutmaßlichen Tatort blicken zu lassen.

Heinrich Faust blickt seinen Gast aus Wuppertal ratlos an. Er fordert von ihm eine Antwort.

»Die Eckermann besitzt zwar ein Alibi, das wir überprüfen werden«, sagt Heinz Gassmann so bedächtig, als mache es ihm Spaß, die lähmende Spannung auszukosten. »Aber bei weiblichen Verdächtigen gibt es oft eine Mittäterkonstellation. Das kann ein Mann oder eine Frau sein. Über die Ursachen darf man rätseln. Die meisten Taten geschehen aus materiellen Motiven. Häufig geht es um Geld.«

Aber Eifersucht und Rache bleiben ein starkes Motiv. Die Logik des Bösen kann eine Eigendynamik entwickeln. Eine Untat kann die nächste nach sich ziehen. An diesem Samstag nehmen sie sich vor, allen Spuren nachzugehen.

Nach der Befragung von Ursula Eckermann ist klar: Sie sind noch längst nicht am Ziel. Sie haben zwar eine Hauptverdächtige. Sie heißt Ellen Rinsche und wohnt gleich im Haus nebenan. Aber diese Frau hat plötzlich Konkurrenz bekommen.

FRÄULEIN URSULA

»Ich heiße Ursula Eckermann und kam am 28. März 1949 von Chemnitz nach Gevelsberg. Ich nahm Wohnung bei der Familie Rinsche. Dort lernte ich den Josef kennen. Ich war in Gevelsberg ganz allein und fühlte mich auf die Hilfe eines Menschen angewiesen. Ich wusste, dass er eine äußerst unglückliche Ehe führte. Er bat mich, ihm Hilfe zu geben. So fanden wir eben zusammen.

Wir gingen zusammen aus und besuchten hin und wieder das Kino, manchmal auch mit seinem jüngeren Bruder. Im April besorgte er mir ein Zimmer in der Nähe seiner Eltern.

Schon nach acht Tagen waren Josef und ich uns so nahe, dass wir geschlechtlich miteinander verkehrten. Sobald ich mit ihm ausging, stellte ich fest, dass er sehr großzügig war. In der Wirtschaft ›Herrmann‹ machte er große Zechen. Manchmal gab er an einem Abend fünfzig bis sechzig Mark aus.

Manchmal wirkte er wie ein großer Angeber auf mich. Aber mir sind sein Wesen und sein Charakter nie ganz klar geworden. Er trank häufig und übermäßig viel. Aber er kam mir zuweilen auch unmännlich vor. Ich hatte nicht den Eindruck, dass er brutal war. Aber er konnte sehr jähzornig sein. Dazu kann ich Folgendes erzählen:

Vor einiger Zeit waren wir zu einem Geburtstag eingeladen. Wir hatten getrunken, und er brachte mich nach Hause. Vor der Haustür wollte Josef mit mir auf mein Zimmer. Ich untersagte ihm das ziemlich resolut, obwohl er mich stark bedrängte. Da packte ihn die Wut, und er schlug mich zweimal so heftig ins Gesicht, dass ich zurücktaumelte. Dabei hatte er einen so furchtbaren Blick, dass ich vor ihm erschrak.

Damals hatte ich die Absicht, das Verhältnis sofort abzubrechen.

Er ging darauf nicht ein und bat mich, bei ihm zu bleiben. Sein Vater und die Stiefmutter, mit denen ich über mein Verhältnis zu Josef geredet habe, sprachen sich über ihn ungünstig aus. Ich hatte den Eindruck, dass sie mich warnen wollten.

Als er und seine Frau im August 1949 nach Gevelsberg zogen, habe ich mich mit ihm in meinem neuen Wohnort Hagen und in Gevelsberg getroffen. Wenn ich mich mit ihm verabredete, rief ich vorher seine Firma an. Sie nannten mich dort ›Fräulein Ursula‹.

Vor Kurzem habe ich ihn gebeten, das Verhältnis mit mir abzubrechen.

Für Freitag hatten wir uns zum Kino verabredet. Da kam er nicht. Deshalb habe ich bei der Firma angerufen und erfahren, dass seine Frau ihn wegen Krankheit entschuldigt hat. Ich wusste, dass er manchmal über Herzbeschwerden klagte.

Ich fuhr am Sonntag zu seinem Bruder und fragte ihn, ob Josef krank geworden sei. Der sagte, dass sie am Vorabend viel getrunken hätten. Er sagte zu mir: ›Merke, Uschi. Josef ist nicht einer von uns!‹

Ich bin am Sonntag zu Josefs Wohnung gegangen und habe geläutet. Das war am frühen Nachmittag. Drei Stunden später war ich wieder dort. Es öffnete niemand. Ich traf seinen kleinen Sohn im Garten und lud ihn ein, mit mir ein Eis zu essen. Als ich ihn nach seinen Eltern fragte, sagte er, dass die Mutter nicht zu Hause sei. Der Vater sei nach Düsseldorf gefahren. Als wir beim Eis saßen, hat der Junge mir erzählt, dass seine Mutti beim Putzen im Schlafzimmer sei. Weil ich Frau Rinsche nicht stören wollte, habe ich nicht an der Wohnung geklingelt.

Drei Tage später traf ich Frau Rinsche, als ich in Hagen aus meiner Apotheke kam. Zunächst erkannte sie mich nicht. Aber ich sprach sie an. Ich ging mit ihr in meine Wohnung.

Sie bat mich, mit ihr nach Gevelsberg zu fahren und bei ihren Schwiegereltern, wo sie sich nicht blicken lassen durfte, Wäsche für Josef abzuholen: drei Kopfkissen, ein Betttuch, ein Überbett, ein

Handtuch und einen Anzugstoff. Als wir im Zug nach Gevelsberg saßen, habe ich mir das genau notiert. Vor ihrer Wohnung in der Mittelstraße haben wir uns getrennt.

Weil Frau Rinsche mich gebeten hatte, bei ihr vorbeizukommen, suchte ich sie später auf. Sie bat mich, dass ich ihr über die Zeit von Josefs Abwesenheit hinweghelfen sollte. Sie tat mir leid. Wir haben uns über ihre Ehe und ihr Leben in Düsseldorf unterhalten, wo sie vier Jahre wohnte. Sie machte ihren Mann sehr schlecht. Die Ehe sei vom ersten Tag an unglücklich gewesen. Sie sei von ihm geschlagen worden. Auf seine Brutalität führte sie die Fehlgeburt zurück, die sie im Jahre 1942 hatte.

Ich sah die neu tapezierten Stellen über dem Bett. Dazu erklärte sie mir, dass sie erst einmal überklebt worden seien, weil die Handwerker nicht rechtzeitig kommen konnten.

Später bat sie mich, über Nacht zu bleiben. Bevor wir zu Bett gingen, wollte sie eine Zange aus dem Keller holen, weil der Ausguss in der Küche verstopft war. Sie bat mich, mit in den Keller zu kommen, weil sie Angst hatte. Ich ging mit, und zwar in den offenen Keller, wo sich eine Art Werkstatt befindet. Das Schränkchen, aus dem sie die Zange holen wollte, war verschlossen. Da sagte sie, lassen wir das. Ich habe nicht den Eindruck gehabt, dass sie mir etwas antun wollte. Sie sah mich dort unten nur so merkwürdig an. Ich habe im Schlafzimmer an der Heizung geschlafen. Im Bett daneben am Fenster schlief der Sohn. Sie saß am Küchentisch.

Ich konnte durch die halb offene Tür sehen, wie sie an Kleidern für ihr Kind arbeitete. Ich habe in der Nacht schlecht geschlafen. Mich hat der Geruch des Bettes gestört. Heute Morgen rief mich Frau Rinsche an und fragte, ob jemand bei mir gewesen sei. Ich sagte, dass sich die Kriminalpolizei nach mir erkundigt habe. Ohne Anlass fügte sie hinzu, ich solle nicht glauben, dass der Torso in Wuppertal und das Verschwinden von Josef miteinander in Verbindung stünden. So werde nur in der Zeitung spekuliert.

Josef habe einen Leberfleck auf der Brust, den ihr Sohn im Übrigen auch habe. Der Torso aus den Wuppertaler Trümmern habe dieses Merkmal nicht.

Vorgelesen, genehmigt und unterschrieben
Ursula Eckermann

Vermerk: *Soweit sich in den Akten nachprüfen lässt, entsprechen die Angaben der Wahrheit. Die Zeugin macht einen glaubhaften Eindruck.«*

DIE VILLA

[1]

Das Haus stammt aus der Gründerzeit, aus der Epoche um die Jahrhundertwende. Es hat einen breiten Giebel, eine ausladende vordere Fassade, wuchtige Erker und hohe Fenster. Unter dem Dach kann man die Ziffern des Baujahres erkennen: 1902. Die Front des Gebäudes wird von einer hohen Pappel fast zur Hälfte verdeckt. An der Hauswand hängt eine grüne Mauer aus Efeu, dazwischen welkt das braune Laub des Sommers. Der Rasen und die Blumenrabatte wirken gepflegt. Zur Straße hin wird das Haus von einem halbhohen Gitterzaun sowie einem Eisentor begrenzt, das zwischen zwei Steinsäulen steht. Der Eingang der Villa liegt im Schatten des mächtigen Baumes, dessen Äste schon buntes Herbstlaub tragen.

Das imposante Gebäude hat einen mit Steinen plattierten Eingang, der zu einem überdachten Vorbau führt. Rechts gibt es eine zweiflügelige Eingangstür, dahinter geht es in das Wartezimmer des Arztes. Danach erreicht man durch ein zweites, mit Buntglas verziertes Holzportal eine düstere, mit Teppichen ausgelegte Diele, an deren Wänden Jagdtrophäen hängen: stattliche Geweihe von Hirschen, Rehböcken und afrikanischen Antilopen, darunter sogar ein Vierzehnender. Von der Decke schwebt ein schwerer Kronleuchter. Auf den Buntglasfenstern sieht man filigrane Blätter und Ranken, zierliche Blumen und die barocke Nachahmung von Gesichtern.

An den Wänden hängen verblichene Fotos in dunklen Holzrahmen. Sie zeigen Männer mit Jägerhüten, die erschossene Hasen in den Fäusten halten. Sie strecken ihre Beute dem Fotografen triumphierend entgegen. Vor ihnen liegt erschossenes Schwarzwild. Die Körper der Tiere liegen eng aneinandergeschmiegt.

Ein Wildschwein hat das Maul aufgerissen. Seine Hauer ragen hervor und sind deutlich zu sehen. Tritt man näher, erkennt man eine silberne Plakette mit eingravierter Inschrift, die Ort und Abschussjahr markiert: »Winterberg, Dezember 1938«.

Das Interieur des Hauses wirkt gediegen und solide. Der einladende Treppenaufgang mit seinem Holzgeländer verbreitet Behaglichkeit. Schwere Teppiche dämpfen den Schritt. Auf der Stirnwand gegenüber hängt ein Ölgemälde im vergoldeten Rahmen. Es zeigt einen freundlich aussehenden Mann im schwarzen Ausgehanzug. Er hält einen Spazierstock in der rechten Hand. Aus einer Seitentasche lugt eine Taschenuhr. Der Mann hat einen Schnurrbart und trägt einen Kneifer. Er blickt den Betrachter so forschend an, als wolle er ihn fragen, warum er sich ausgerechnet hierhin, in das Haus des Fabrikanten Heinrich Dörken verlaufen habe. Aber niemand könnte auf die Idee kommen, dass hier etwas Furchtbares geschehen ist.

Das Haus wird von sechs Mietparteien bewohnt. Im Parterre befindet sich die Arztpraxis, die aus einem Warteraum mit Veranda, dem Sprechzimmer und einer Toilette besteht. Es riecht nach Wundsalbe und Chloroform. Die drei Räume der Rinsches – Küche, Wohn- und Schlafzimmer mit Bad – wurden bisher von der Ehefrau des Arztes mit ihren Kindern bewohnt, die Anfang Juli nach Düsseldorf gezogen ist.

Hier haben die Wände Ohren. Alle Mieter tun zwar so, als wüssten sie nichts voneinander. Sie sagen »Guten Morgen« und »Guten Tag«. Aber hinter den Türen tuscheln sie, senken ihre Stimme, flüstern und klatschen. Sie legen sogar ihren Kopf auf das Treppengeländer und horchen. Sie schließen wispernd ihre Türen, gehen auf Zehenspitzen und stecken sich Neuigkeiten zu.

Vor allem über Frau Rinsche, die immer so elegant gekleidet ist. Es gibt Gerüchte, dass sie ein intimes Liebesverhältnis gehabt hat, als ihr Ehemann bei der Wehrmacht und im Lager gewesen ist. Während der Arme hinter Stacheldraht saß, poussierte sie hier mit einem Engländer rum.

[2]

Sie gehen um die Mittagszeit hinüber. Auf dem Bürgersteig blicken sich die Passanten nach ihnen um. Zwei der Beamten tragen Dienstuniform; Heinz Gassmann und Heinrich Faust sind in Zivil.

Sie drücken die Türklingel, die ein schepperndes Geräusch macht. Sie verhalten sich ganz ruhig und warten ab. Irgendwie sehen die vier Männer plötzlich hilflos aus, wie sie da stehen und erwartungsvoll auf die schwere Holztür starren, hinter der sich nach ihrer Meinung ein furchtbares Geheimnis verbirgt. Jeder scheint mit seinen eigenen Gedanken beschäftigt. Sie werfen sich vielsagende Blicke zu, als sie aus dem Inneren des Hauses das Stakkato hochhackiger Damenschuhe hören, das sich rasch nähert. Dann öffnet sich plötzlich die Tür. Die blonde Frau, die sich mit dem Satz »Ja, ich bin Ellen Rinsche« vorstellt, erschrickt unmerklich. »Guten Tag, Herr Inspektor. Gleich vier Männer von der Polizei? Da kann es sich wohl nur um einen Irrtum handeln.«

Heinrich Faust konstatiert, dass ihre Stimme zittert.

Sie greift sich mit gespielter Erschrockenheit an den Kopf, wie es nur Menschen tun, die von einem Besuch überrumpelt werden, der sehr ungelegen kommt. Aber es scheint ihr rasch klar zu werden, dass dies doch mehr als nur ein unwillkommener Hausbesuch ist. Die grimmige Entschlossenheit in den Gesichtern der Männer ist nicht zu übersehen. Sie blickt von einem zum anderen. Dann fängt sie sich rasch und bittet die Beamten herein.

Sie ist auffällig geschminkt und hat ihre Haare sorgsam frisiert. Sie trägt einen eleganten grauen Kostümrock, einen schwarzen

Rollkragenpullover und schwarz-weiße Schuhe. An den Ohren baumelt modischer Schmuck. Inspektor Heinrich Faust, den sie mit einem verhaltenen Lächeln begrüßt, registriert ein diskretes Parfüm. Sie spielt die verblüffte Gastgeberin, hilft beim Ablegen der Garderobe und fragt sogar, ob sie Tee oder Kaffee reichen dürfe. Die vier Besucher lehnen dankend ab. Und sie bedauert, dass sie nur wenig Zeit habe. Ihr Zug nach Düsseldorf fahre am heutigen Nachmittag gegen drei. Sie müsse mit ihrem Sohn dringend zu ihrem Vater.

Heinrich Faust macht ein unfreundliches und verschlossenes Gesicht. Er hatte gehofft, dieser Frau niemals wieder begegnen zu müssen. Jetzt steht sie vor ihm, in diesem dunklen, vornehmen Flur, und mimt die ahnungslose feine Dame. Sie tut immer noch völlig überrascht. Aber er weiß längst, wen er vor sich hat: eine verlogene Kanaille. Er mustert sie verstohlen aus den Augenwinkeln. Er bemerkt ein Flackern in ihren Augen, sogar einen Anflug von Verwirrung, vermischt mit Panik und Angst.

Er hasst ihre Verlogenheit. Er hat sich eine andere Reaktion gewünscht: Verblüffung oder bares Erschrecken, offene Bestürzung oder ein ähnliches sichtbares Eingeständnis, dass man ihr auf die Schliche gekommen war. Irgendwie sehnt sich der entschlossen aussehende Chef der Polizeidienststelle in diesem Anfangsmoment, wo die Ermittlungen erst beginnen, nach einem sichtbaren Zeichen, das seine wachsende Nervosität besiegen könnte.

Es gibt nur diese Maskerade. Er fühlt, wie sein Zorn aufsteigt. Er presst den Mund zusammen und steckt beide Hände in die Taschen, als könne er mit solcher Geste zeigen, wie sehr er diese Frau verachtet. Es ist seine Form von Verurteilung. Vor einer Stunde ist er noch sehr ratlos gewesen. Der Auftritt der Eckermann hat ihn irritiert. Aber nun spürt er plötzlich, wie seine alte Gewissheit zurückkommt. Er ist sich mit einem Mal sehr sicher, dass er sich heute nicht blamieren wird. Er duldet keinen Widerspruch. Sie haben ihr die Polizeiausweise gezeigt und etwas von »Durchsuchung« gemurmelt. Sie möchten wenig Aufsehen erregen. Sie gehen schweigend an ihr vorbei, eben wie Polizisten, die vor einer wichtigen Aufgabe stehen. Die Uniformierten klappern mit den Aktentaschen und ziehen ihre Schreibkladden hervor. Einer hält eine große Stabtaschenlampe in der Hand. Als er sich bückt, sieht man das Pistolenhalfter und ein Paar metallene Handfesseln. Heinrich Faust zückt einen Notizblock und klaubt seinen Füllfederhalter aus der Jacke.

Im Flur sind einige Mieter versammelt, die nervös auf die vier Männer starren, die vor ihnen aufgetaucht sind. »Ganz ruhig«, meint Heinrich Faust, »es ist nichts Schlimmes.« Im Wartezimmer sitzen Patienten und recken die Köpfe. Ganz oben, am Ende des hohen Treppenhauses, sind die Gesichter von halbwüchsigen Kindern zu sehen, die mit offenen Mündern nach unten starren.

Sie beginnen die Hausdurchsuchung im Keller. Im Vorderraum gegenüber der Treppe entdecken sie eine Kiste mit Wäsche, später einen Karton aus billiger Pappe, der mit Holzwolle gefüllt ist. Davor lehnt ein Handbeil, von dem sie ein Foto machen. Auf dem Boden liegt ein Teppich, der zusammengerollt ist. Dahinter steckt eine Zeitschrift, aus der eine Seite herausgerissen ist. Auf einem Holzregal sind Einmachgläser aufgereiht, die vermutlich in Holzwolle verpackt waren. Das Übrige ist wertloses Gerümpel.

In der Waschküche steht dem Eingang gegenüber ein Waschofen, der noch kürzlich beheizt worden ist. Auf dem Eisenrost unter dem Kübel findet sich Asche. Daneben drei Wäschemaschinen, die dem Hausbesitzer sowie den übrigen Mietern gehören: eine Mangel, eine Presse und ein Steinbottich, in dem die Wäsche mit einem Holzquirl geschleudert werden kann. Ganz rechts in der Ecke, hinter einem Mauervorsprung, sieht man ein betoniertes Spülbecken. Links neben der Eingangstür, hinter der spanischen Wand, steht ein Holzkübel, der zur Hälfte mit Wasser gefüllt ist. Über dem Rand des Bottichs hängt eine graublaue Strickjacke.

Sonst fällt nichts auf. Keine Kinderkarre oder ein Bollerwagen mit Eisenrädern. Heinrich Faust wundert sich. Er ist am Morgen in Milspe am Bahnhof Bergisch-Märkisch gewesen und hat einen Schalterbeamten vernommen. Der erzählte, dass er am Sonntagabend einer blonden Dame mit Kindersportwagen beim Einsteigen geholfen habe. Sie wollte nach Wuppertal zu ihrem kranken Vater, der aber eigentlich in Düsseldorf wohnt. Er fand es komisch, dass die Frau schon am nächsten Tag wieder mit dem Frühzug zurückgekommen ist.

Am Montagabend sei die Frau noch einmal mit einem braunen Koffer erschienen, den sie auf einen Flachwagen geschnürt hatte. Sie sei mit dem Schnellzug um 22.50 Uhr nach Düsseldorf gefahren. Sollte ihm die Frau vorgestellt werden, werde er sie wiedererkennen.

In der Küche scheint nichts vertuscht worden zu sein. Der Nähkasten auf dem Küchentisch, daneben Handwerkszeug: ein zerbrochener Zollstock, ein Hammer, eine Kneifzange, die Flachzange und ein Brotschneidemesser, circa fünfundzwanzig Zentimeter lang. An der Schneide ist eine Fläche von circa einem Zentimeter herausgebrochen. Dort, wo Heft und Klinge miteinander verbunden sind, findet sich Blut. Daneben liegt ein Tafelmesser, das an einer Stelle abgebrochen ist. In einem Kulturbeutel entdecken sie eine Zahnbürste, die offenbar Josef Rinsche gehörte.

Der Abfluss in der Küche ist verstopft. Hinter dem Eingang zum Abstellraum, gut sichtbar auf dem Holzregal für Schuhe und Krempel, liegt eine schwarze Kunststofftasche, deren Innenbezug herausgerissen ist. Die Tasche ist überall feucht. Als sie eine Lupe benutzen, identifizieren sie Haare, die vielleicht dem Toten zuzuordnen sind. Auf dem Regal liegt ein Brotbeutel, an dem sich Riemen befanden. Die Schnittstellen wirken sehr frisch.

Auch die Betten im Schlafzimmer sind noch feucht. Die angerüschte Überdecke scheint frisch gewaschen. Nur einzelne Teile sind verschmutzt; offenbar wurden sie mit starker Seife oder einem modernen Waschmittel gesäubert. Ein Teil der zweiteiligen Matratze fehlt. Es wurde durch Stücke ersetzt, die vermutlich zum Kinderbett gehören.

Auf den Schondecken darunter findet sich bei genauem Hinsehen Blut. Es fällt auf, dass die Wand am Kopfende des Bettes frisch geklebt ist, zum Teil mit einer Tapete, die nicht zum alten Muster passt. Im Umkreis sind feine Blutspritzer zu erkennen, die sich auch an der Zimmerwand, auf dem Nachttisch, der Frisierkommode, ja sogar auf der Nachttischlampe finden. Nur die Bilder scheinen unversehrt. Über der rechten Betthälfte hängt ein Aquarell, das eine Waldlichtung zeigt. Daneben ein Kupferstich von Albrecht Dürer: »Betende Hände«.

»Die Spritzer sind entstanden, als mit einem harten Gegenstand in eine mit Blut besudelte Masse geschlagen wurde.«

Kriminalinspektor Faust sagt diesen Satz laut und mit Nachdruck. Er achtet darauf, dass alles, auch die kleinste Beobachtung, notiert und mitgeschrieben wird. Gassmann schaut dem Kollegen anerkennend zu: wie er die Betten abrückt, um die Fußleisten nach Spuren zu überprüfen, wie er mit der Pinzette ein blutiges Stück Haut vom Fußboden aufhebt, an dem sich lebende Maden befinden. Wie er die Stückchen im Reagenzglas sichert. Wie er die Spuren aktenmäßig festlegt und als Beweismittel prüft. Er besitzt die Fähigkeit, auch minimalen Spuren nachzugehen. Er praktiziert eine methodische Ermittlung. Ruhig und bedächtig geht er vor, mit einer Zielstrebigkeit, die dem Kollegen imponiert.

Durch die halb offene Tür kann man Ellen Rinsche sehen, die an der Wand des Schlafzimmers lehnt. Vor kaum einer Stunde hat sie noch so getan, als habe sie keine Ahnung, was die Beamten im Haus und in ihrer Wohnung suchen, ja, als müsse sich alles um eine Verwechslung handeln. Inzwischen weiß sie es besser. Sie sieht so ratlos aus, als könne sie mit den Umständen längst nicht mehr umgehen. Einer der Uniformierten wirft ihr einen hasserfüllten Blick zu. Die Annahme, dass sie eine Mörderin ist, steht im Gesicht dieses Mannes geschrieben. Auch dieser Beamte hat keine Zweifel mehr.

Sie blickt auf den Boden. Sie kann das wachsende Misstrauen spüren. Für die Polizei gibt es keine Ausflüchte mehr. Sie werden sie ganz sicher festnehmen. Denn sie hat es getan. Sie hat ihn ermordet. Sie hat das Beil gehoben und dann zugeschlagen. Sie hat auch das Messer und die Säge benutzt. Sogar den Zollstock, um genauer Maß zu nehmen.

Einmal ist das Wort »unfassbar« zu hören. Auch diese routinierten Beamten können ihren Ekel nicht unterdrücken. Das Abscheuliche dieser Tat übersteigt selbst die Vorstellungskraft von Polizisten, die mit den Abgründen des Lebens vertraut sein sollten. Menschliches Verhalten ist unbegreiflich, das wissen sie schon lange. Für die Beamten ist es eine Ungeheuerlichkeit, dass ein Mord vor ihren Augen geschah, gewissermaßen Tür an Tür. Im Übrigen übersteigt er alle Dimensionen. Sollte sich ihr Verdacht bestätigen, dann wäre das einmalige Kapitalverbrechen perfekt.

Diese elegant gekleidete, hochmütig dreinblickende und offenbar in bürgerlichen Verhältnissen aufgewachsene Frau hat sich zu einer Schandtat hinreißen lassen, die man sich kaum vorstellen kann. Sie zerstückelte den Leichnam und verpackte den Rumpf sorgfältig in Holzwolle, Leinen und Wolldecken. Das grausige Paket verschnürte sie mit Kordeln und Lederriemen. Ebenso verfuhr sie mit den anderen Körperteilen. Kaltblütig plante sie jede Einzelne ihrer Handlungen, um alle Spuren zu verwischen. Sie maß vorher offenbar genau ab, ob der Rumpf des Getöteten in den Kinderwagen passte, und tapezierte fast das halbe Mordzimmer neu aus, um die Blutspuren zu beseitigen.

Sie sind ihr mit einer Gewissheit auf der Spur, dass keine Zweifel mehr aufkommen. Wo war der große Unbekannte? Hat sie einen Liebhaber, der sich irgendwo versteckt? Welche Rolle spielt Ursula Eckermann, die ihnen am Vormittag eine atemberaubende Geschichte erzählte?

[3]

Ellen Rinsche steht bleich in der Tür und forscht in den Gesichtern der Beamten. Manchmal versucht sie, ihren Blicken auszuweichen. Sie presst ihre linke Hand auf den Mund. Sie wirkt müde und erschöpft. Die Anstrengung der letzten Tage ist ihr anzusehen. Sie ist um die Augen herum faltig, in den Mundwinkeln nistet Bitterkeit. Die Augäpfel durchzieht ein feines Gespinst roter Äderchen. Bei genauem Hinsehen erkennt man unter den Lidern dunkle Schatten. Sie ist vor einiger Zeit achtunddreißig geworden. Aber man könnte sie für weit über vierzig halten. Manchmal huscht ein Hauch von Melancholie über ihr Gesicht, wie man sie bei Menschen findet, die vom Leben nicht allzu viel oder nur noch Banales erwarten.

Wie sich das Leben verflüchtigt. Was bleibt, ist Lüge, sonst nichts. Ihr dämmert, dass alles vorbei ist. Sie hatte gehofft, dass sich alles in Luft auflösen würde. Sie glaubte, dass man die Polizei einfach beschwindeln könne. Deshalb hat sie ihnen Lügenmärchen aufgetischt.

In ihrem Gesicht steht Fassungslosigkeit. Sie denkt an ihre

Mutter, die tot ist. Man denkt an seine Mutter, wenn nichts mehr zu machen ist. Und hier ist nichts mehr zu machen. Das Spiel ist aus. Schluss mit den wohligen Lügen.

Sie steckt tief im Schlamassel. Sie streichelt mit einer mechanischen Gebärde der rechten Hand ihr Kind, einen sechs Jahre alten Jungen, der noch nichts zu begreifen scheint und wie gebannt auf die Männer in den Uniformen und dunklen Anzügen blickt, die ruhig und konzentriert ihre Arbeit verrichten.

Routiniert ziehen sie ihre Notizblöcke hervor, um sich etwas aufzuschreiben. Als sie die Bettumrandung aufheben, fallen ihnen Kerben im Linoleum auf, die von einem Beil oder einem scharfen Gegenstand verursacht wurden. Die Einschläge wirken frisch. Im Wohnzimmer stellen sie fest, dass der untere Teil der Hartfaserplatte, mit der die Zwischentür zugenagelt wurde, aufgerissen ist. Einige Nägel fehlen. Sie wurden offenbar erst vor Kurzem entfernt. Als sie mit der Stabtaschenlampe in den Spalt leuchten, entdecken sie, dass etwas versteckt worden ist. Sie rücken den Schrank ab, lockern die untere Hartfaserplatte und ertasten die fehlende Matratze.

Sie brauchen keine Lupe, um die blutdurchtränkten Stellen zu finden. Plötzlich wissen sie, woher der süßlich-bittere Geruch kommt, der sich über das Wohnzimmer verbreitet. Etwas Undefinierbares, das sich mit den Gerüchen der Küche vermischt. Sie öffnen das Fenster. Draußen vergeht ein sonniger Spätsommertag. Es ist windstill und warm, keine Wolke am Himmel. Das Blau ist von hellem Dunst verschleiert, wie das im Spätsommer so ist. Je mehr Schwäche, desto mehr Lüge. Die Kraft geht gerade. Mord will ans Licht.

Aus Oberbarmen ruft ein Stationsvorsteher an und meldet im Namen der Gepäckaufgabe den Fund eines weißen Kindersportwagens, der dort auf den Namen Rinsche aufbewahrt wird. Der Mann hat über den Torso in der Zeitung gelesen. Der Besitzer, der auch eine Frau sein kann, hat eigenhändig und gut leserlich unterschrieben. Der Angestellte in der Gepäckaufgabe will sich sogar an eine Frau erinnern, die am frühen Montagmorgen bei ihm war. Er würde sie garantiert wiedererkennen.

Aus der Wuppertaler Polizeizentrale schicken sie einen Beamten hinüber, um den Aufbewahrungsschein zu sichern. Die Handschriftenprobe könnte später nützlich sein. Der Wagen ist natürlich ein schwer belastendes Indiz. Man könnte schlussfolgern, dass damit der Torso transportiert worden ist. Weil sie ihre Tat möglichst lange geheim halten wollte, hat sie die Karre absichtlich in der Gepäckaufbewahrung deponiert. Mit einer polizeilichen Großfahndung hatte sie offenbar nicht gerechnet. Natürlich werden sie später die Fingerabdrücke überprüfen. Aber schon jetzt gilt als sicher: Das war ihr zweiter schwerer Fehler.

Heinrich Faust zündet sich eine Zigarette an. Er atmet den Rauch tief ein. Er fühlt sich bereits dicht vor dem Ziel. Einen Moment lang schämt er sich für sein eigenes Glück.

Drei Bahnreisende melden sich, die in der Nacht zum Montag mit einer verdächtig aussehenden Frau nach Wuppertal-Oberbarmen gefahren sind. Die blonde Dame hatte einen Kindersportwagen mit einem zentnerschweren Paket dabei. Ein Mann hat ihr beim Aussteigen aus dem Zug geholfen. Die Frau sprach in rheinischer Mundart. Sie wollte nach Wuppertal zu ihrem angeblich kranken Vater. Im Kinderwagen lag ein geschlachtetes Schwein.

Auf dem Speicher trocknen Wäschestücke, die erst kürzlich gewaschen wurden. Sie haben den Verdacht, dass die Stücke blutdurchtränkt waren. Teilweise handelt es sich um das Bettzeug des Ehemannes: ein Kopfkissen, das Betttuch, ein Überbett und zwei Handtücher, aber auch eine weiße Damenschürze und ein frisch gewaschenes Kleid, das offenbar ebenfalls Frau Rinsche gehört. Plötzlich können sie sich einen Reim darauf machen, warum die Geliebte Ursula Eckermann bei Josefs Eltern frische Wäsche holen sollte. Der verdächtigen Ehefrau war einfach der Nachschub ausgegangen; zum Kauf neuer Bettwäsche fehlte das Geld. Auf dem Trockenboden finden sie drei Zeltplanen aus einem grünlichen Militärstoff. Gut möglich, dass sich dort noch eine vierte befand.

[4]

Die Beamte machen die Hausbewohner darauf aufmerksam, dass sie als Zeugen zu einer Aussage gesetzlich verpflichtet sind. Sie beginnen ihre Befragung mit der jungen Frau, die bei den Eigentümern der Villa beschäftigt ist. Hat sie in den letzten Tagen etwas Auffälliges im Hause bemerkt?

> *»Am vergangenen Dienstag bin ich in den Garten gegangen. Da sah ich, wie Frau Rinsche in der Waschküche eine Matratze säuberte. Auf meine Frage sagte sie mir, dass sie über Nacht ihre Periode bekam und bis über die Schultern im Blut gestanden habe.*
> *Ich habe ihr angesehen, dass sie nervös und übernächtigt war.«*

Im Haus hat sich längst herumgesprochen, dass der Ehemann der Neuen seit Tagen verschwunden ist. Sie hat es sogar dem Arzt Dr. Weiß gesagt, der wie gewohnt am Montag in seine Praxis gekommen war und die Mieterin zufällig auf dem Hausflur getroffen hatte. Sie wirkte verzweifelt und hat ihn gefragt:

> *»Was soll ich denn bloß machen? Ich habe ja nichts gelernt und weiß nicht, wovon ich leben soll.«*

Nachträglich ist ihm aufgefallen, dass sie in den vergangenen Tagen das Bettzeug samt der großen Matratze in die Fenster ihres

Schlafzimmers zum Trocknen gelegt hatte. Von den roten Federkissen waren die Bezüge abgenommen worden.

Aber in der Nacht zum Samstag hat niemand etwas Verdächtiges gehört. Keine Wortwechsel, keine Schläge und keinen Schrei. Nur eine Frau im zweiten Obergeschoss war aufgewacht, als sie aus dem Erdgeschoss seltsame Geräusche hörte.

> *»Ich stand auf, ging auf den Flur und horchte. Es klang wie ein heiseres Lachen.«*

Das ist am vergangenen Samstagmorgen gewesen, zwischen drei und vier Uhr. Wenn die Nacht verschwindet und der Morgen dämmert. In der Stunde des Wolfs.

Der Arzt wundert sich, dass sie trotz des mysteriösen Verschwindens ihres Mannes *»vollkommen unbekümmert war und offenbar nicht die geringste Sorge zeigte«*. Im Übrigen habe er sie am Sonntagabend mit der Kindersportkarre vor der Haustür getroffen. Sie sagte ihm, dass sie wenig Zeit habe und ganz schnell zum Bahnhof müsse. Es sei schon dunkel gewesen. Auf den Wagen habe er nicht so genau geachtet. Dafür konnte er sich an etwas anderes ganz genau erinnern.

> *»Mir ist aufgefallen, dass sie am 5. und am 6. September ausgiebig gewaschen hat. Jedenfalls mehr, als dies bei einem kleinen Haushalt mit Kind üblich ist. Ich hielt es am Anfang für Langsamkeit. Heute könnte ich mir denken, dass sie etwas wusch, was sehr gründlich gewaschen werden musste.«*

Alle schöpften nachträglich Verdacht. War das Böse gleich nebenan? So standen sie flüsternd auf den Fluren, rätselten herum und wollten es nicht glauben. Irgendwie schien das nicht mehr normal. Vielleicht war alles nicht so schlimm. Sie hofften, dass alles nur böse Gerüchte seien. Man wollte wieder ein ruhiges Leben führen. Es würde sich bald zeigen, dass alles nur ein Irrtum ist.

Bis sie am Mittwoch den Koffer finden.

Als sie ihn aufklappen, entdecken sie einen blaugrauen Anzug mit feinen weißen Streifen, eine hellbraune Aktentasche mit Dokumenten sowie einen seidenen Kulturbeutel mit Rasierzeug, darunter einen Pinsel, eine kleine Flasche Duftwasser sowie ein Rasiermesser mit einem schwarzen Griff aus Perlmutt. Dazu ein Einstecktuch mit blauer seidener Krawatte. Ganz unten im Koffer liegen zwei hellbraune Schuhe, eine dunkle Hornbrille sowie ein dicker Schnellhefter mit diversen Papieren. *»Mein Gott, das sind ja die Sachen von Herrn Rinsche«*, entfährt es der Witwe Dörken, die ihren Sohn bittet, Frau Rinsche sofort in den Keller zu holen.

> *»Wir haben ihr den Koffer gezeigt. Da sagt sie: ›Das ist ja der Koffer von meinem Bruder.‹ Sie nahm den Koffer. Erst später hat sie gesagt, dass der Koffer nicht dem Bruder, sondern ihrem Mann gehört.«*

Den ältesten Sohn der Hauseigentümerin, einen siebzehnjährigen Schüler des Gevelsberger Gymnasiums, irritieren andere offene Ungereimtheiten. Er hat sogar einen konkreten Verdacht.

> *»Mir ist sofort aufgefallen, dass seine Brille drinlag. Ich hatte das untrügliche Gefühl, jetzt musst du ihn irgendwo finden.«*

Es ist Samstagnachmittag. Als sie in die Polizeistation zurückkehren, reicht die Sekretärin dem Chef einen Brief. Er stammt von einer Frau, die sich vor einer Woche bei den Rinsches um die Stelle einer Putzfrau bewarb. Sie arbeitet bei der Firma Krefft und war von Josef gefragt worden, ob sie sich nebenbei etwas dazuverdienen wolle. Sie hatten sich für Samstag verabredet. Seine Frau wusste von der Abmachung nichts.

»Auf mein Klingeln öffnet eine blonde Frau. Ich sagte ihr, dass ich ihren Mann sprechen wollte. Da ließ die Dame mich an der Tür stehen und sagte, ihrem Mann gehe es nicht gut. Er sei an die Luft gegangen. Deshalb erkundigte ich mich, ob er später zu sprechen sei. ›Nein, heute fährt er nach Dortmund.‹ Wann er zurückkomme, das wisse sie nicht. Ich hatte das Gefühl, dass sie mich abwimmeln wollte.«

[5]

Sobald Heinrich Faust die Zigarettenspitze in den Mundwinkel steckt, mit der Hand über die kurz geschorenen grauen Haare streicht und seinen Blick in die Ferne schweifen lässt, muss man ihn gewähren lassen. Er steckt sich eine Zigarette an, raucht sie zu Ende und entzündet sofort eine neue. Er qualmt ununterbrochen. Meistens lockert er den Schlips, knöpft sich die Jacke auf und lehnt sich in seinem Bürostuhl zurück. Er blickt nachdenklich aus dem Fenster. Er kramt nach dem Päckchen mit den Zigaretten, sucht nach seinem Feuerzeug und schaut sich nach dem Aschenbecher um, der auf dem Schreibtisch steht. Es ist ein obszön aussehendes Geschenk, das er von den Kollegen zu seinem Fünfzigsten bekommen hat.

Der Aschenbecher ist aus grobem Holz geschnitzt und hat vier Füße in der Gestalt von Frauenbeinen. Die nackten Hinterteile der Damen recken sich dem Betrachter entgegen. Manchmal schämt sich der Inspektor dafür, ein solches Utensil auf seinem Dienstschreibtisch zu haben. Aber dann denkt er an die

Kollegen, die ihm eine Freude machen wollten. Er will sie nicht enttäuschen. Nur seine Sekretärin wäre froh, wenn der Aschenbecher bald wieder verschwände.

Das Telefon lässt er heute klingeln. Man kann spüren, wie der Inspektor sein Hirn malträtiert, um aus seinen Beobachtungen und Indizien Schlussfolgerungen zu filtern, die vor einem strengen Staatsanwalt bestehen können. Er ist bekannt für seine logischen Berichte. Aber auch seine kriminalistische Begabung wird gefürchtet, mit der er komplizierte Fälle auf den Punkt bringen kann. Man schätzt seine langjährige Erfahrung. Plötzlich räuspert er sich.

»Wir haben einen Fundort, wo ein Torso, ein linker und ein rechter Fuß mit Unterschenkel sowie ein rechter und ein linker Arm gefunden wurden. Kopf und weitere Gliedmaßen fehlen.
Die Beschuldigte hatte offenbar ein Interesse daran, ihren Ehemann verschwinden zu lassen. Schuld könnte die heillos zerrüttete Ehe sein. Vielleicht sogar etwas anderes. Eine hohe Versicherungssumme. Oder Eifersucht. Warum ging sie nachts mit Ursula Eckermann in den Keller, um eine Zange zu holen? Was hatte sie dort vor? Einen zweiten Mord? Möglich ist viel. Man wird sie befragen müssen. Bis dahin bleibt manches mysteriös. Der Fundort ist nicht der Tatort. Aber dieser liegt vor unserer Tür, kaum dreißig Meter von hier.«

Für den Inspektor ist die Beweislage klar. Der Koffer mit den persönlichen Utensilien des Ermordeten, einschließlich Schuhen, Rasierzeug und Brille. Die Spuren in der Waschküche und auf dem Speicher, die Tatwerkzeuge in der Küche, die Blutspritzer im Schlafzimmer, die verschmutzte Matratze, die verdächtigen Funde auf dem Fußboden und in der Speisekammer, die sie noch gründlich im Labor untersuchen werden, vom schweren Holzbeil, dem Kinderwagen sowie den Aussagen der übrigen Hausbewohner ganz zu schweigen.

»Zwischen Leichenfund und Vermisstenanzeige gibt es einen Zusammenhang. Das Verhalten der Frau ist höchst verdächtig, weil sie die Anzeige erst mit siebentägiger Verspätung aufgab. Die Beweise im Haus Mittelstraße 18 sind zwingend. Die Befragung der Mitbewohner bestätigt einen hinreichenden Verdacht. Ein Alibi ist nicht vorhanden. Eine sofortige Festnahme ist erforderlich.«

Oberinspektor Heinz Gassmann hat zugehört und möchte im Prinzip widersprechen. Bis vor Kurzem hatte er das Gefühl, dass ihn irgendetwas an den Aussagen stört. Die Überlegungen des kleinen Inspektors klingen viel zu apodiktisch. Der Mann hat sich total in den Fall verbissen und verfolgt nur eine einzige Spur. Man muss auch andere Möglichkeiten überprüfen. Aber wo?

Heinz Gassmann hat insgeheim längst kapituliert. Seitdem sie genau wissen, dass die Verdächtige mit dem Kindersportwagen am Bahnhof gesichtet wurde, steht zu befürchten, dass sich der Wuppertaler Kriminalbeamte mächtig verschätzt hat. Die Beschuldigte hat tatsächlich kein Alibi mehr.

Er hätte nie geglaubt, dass diese Frau eine solche Tat vollbringen könnte. Bis zuletzt ist er von zwei Tätern, ja sogar von einer Gruppe von Verdächtigen ausgegangen. Und nun dies. Natürlich stützt das alles seine These, wonach die Täter fast immer aus der Mitte der Gesellschaft kommen, Leute wie du und ich, denen man nie Schlimmes zutrauen würde.

Dieser wahnsinnige Mord ist schon nach sieben Tagen in sich zusammengefallen. Für die Ermittler ein großartiger Erfolg, der vor allem dem Spürsinn und der Hartnäckigkeit von Inspektor

Heinrich Faust zu verdanken ist, der richtig kombiniert hat und sich in seinem Argwohn kaum beirren ließ. Er ist eben ein Mann von gutem und altem Schrot und Korn.

In seinem Abschlussbericht wird Oberinspektor Gassmann das Verdienst des tüchtigen Kollegen auf jeden Fall hervorheben. Natürlich hatten die Ermittler neben einem guten Spürsinn auch viel Glück, weil die Verdächtige unverzeihliche, sogar dilettantische Fehler gemacht hat. Ihre Spuren hat sie zur Überraschung der Ermittler kaum verwischt. Das war fast schon tollpatschig. Aber es zeigt, dass sie keine Erfahrung mit dem Morden hat. Es scheint fast so, als hätte sie nie mit einer polizeilichen Verfolgung gerechnet.

Alles deutet auf eine kopflose Einzeltat hin. Sie wollen so viel Leichtsinn kaum glauben.

Natürlich hätte sie die Abwesenheit ihres Mannes unverzüglich melden müssen, um den wachsenden Argwohn der Firma und das Misstrauen bei der Polizei zu vermeiden, von einer plausiblen Erklärung für seine Abwesenheit ganz zu schweigen. Stattdessen hat sie eine Woche gewartet. Vielleicht war das ihr größter Fehler.

Sie finden heraus, dass sie sich bei einem Schaffner am Bahnhof nach Ruinen in Wuppertal erkundigt hat. Man hätte sich nicht gewundert, wenn sie mit einem ihrer Hüte durch Wuppertal marschiert wäre. In dunkler Nacht, mit einem auffälligen Kindersportwagen, mit mysteriösem Gepäck und einer prall gefüllten Einkaufstasche. Was sich darin befand, das kann der Beamte nur ahnen. Aber er macht sich bereits seine Gedanken.

Heinrich Faust hält ein mehrseitiges, mit Schreibmaschine getipptes Protokoll in die Höhe und zeigt es herum. Sie haben inzwischen fünf verschiedene Versionen für das mutmaßliche Verschwinden des Ehemannes, von denen er keine einzige akzeptiert.

»Alles Räuberpistolen«, wie der Polizist verärgert kommentiert. Einmal ist der angeblich Vermisste nach einer Vorwarnung in die Fremdenlegion geflüchtet, weil er in dunkle Geschäfte verwickelt war und um sein Leben fürchtete. Dann ist er Hals über Kopf in die Ostzone zu einem Kriegskameraden getürmt, weil angeblich Erpresser hinter ihm her waren. Schließlich hat seine Frau von einem Unbekannten gemunkelt, der ihren Mann an einen geheimen Ort verschleppte und ihn dort womöglich noch gefangen hält.

Am Ende erzählte sie sogar, ihr Mann sei übers Wochenende nach Dortmund und später zum Schneider nach Düsseldorf gefahren, wo er sich endlich seinen Anzug abholen wolle. Leider sei er bis heute nicht zurückgekommen. Eine Nachfrage in der Schneiderwerkstatt ergibt, dass der Besitzer dort schon seit vielen Wochen auf den Abholer wartet, der sich bisher nicht gemeldet hat.

Es sind diese Ungereimtheiten, die Inspektor Heinrich Faust verärgern, von der Peinlichkeit ganz zu schweigen, dass dieser Fall vor seiner Haustür geschah. Sie wollte die Polizei lächerlich machen. Aber sein Büro ist kein Saustall. Warum lügt diese Frau so verwegen? Hält sie die Polizei einfach für dumm?

Er muss an diesem Tag viel Gutmütigkeit aufbieten, um seine Fassung nicht endgültig zu verlieren.

[6]

Plötzlich klingelt das schwarze Diensttelefon. Alle blicken sich fragend an. Am anderen Ende meldet sich ein Mann, der in den Hörer ruft, er habe die blonde Frau gesehen. Die mit dem Kinderwagen. Seine Stimme dröhnt so laut, dass alle Beteiligten mithören können.

Der Anrufer ist der Bundesbahnangestellte Friedrich Krüger, der Inspektor Faust am heutigen frühen Morgen noch erzählte, er habe am vergangenen Sonntag eine Frau mit einer Kindersportkarre auf dem Bahnsteig seines Bahnhofs gesichtet.

»Diese Frau ist jetzt mit ihrem Kind auf dem Weg zum Bahnhof. Ich habe sie erkannt.«

Heinrich Faust sieht plötzlich sehr erschrocken aus. Ihm schwant, dass sie diesem Beamten auf ewig dankbar sein müssen. Nicht auszudenken, was passieren würde, wenn sich die Verdächtige auf und davon machte. Gott sei Dank hat sie zum dritten Mal den Bahnhof Milspe als Ort für ihre Abfahrt gewählt. Als sei nichts dabei. Als könne sie sich absolut frei fühlen. Als sei ihre Hausdurchsuchung ein Spektakel ohne juristische Konsequenz gewesen. Als ginge das Leben so weiter wie bisher.

Für Spekulationen ist es zu spät. Nach diesem Anruf müssen sie handeln. Sie werden sie verhaften.

Und so macht sich Wachtmeister Hartmut Becker an diesem 10. September 1949 auf den Weg zu einem kleinen Landbahnhof, um eine Frau festzunehmen, die vor ihrer Vergangenheit flüchtet. Sie ist unterwegs zu ihrem Vater. Sie braucht dringend Geld. Sie muss in zwei Wochen die Miete bezahlen. Sie hat nur noch dreißig Deutsche Mark. Sie will ihr Leben neu ordnen. Aber sie weiß nicht mehr weiter. Sie ist am Ende. Sie steht vor dem Abgrund. Der Vater muss ihr aus der Patsche helfen. Wie so oft, wenn sie in Not geraten ist.

Sie wandert den Berg hinauf, an der »Seufzerallee« und dem Fluss vorbei, den Treffpunkten ihres verschwiegenen Glücks. Wo ist Chris jetzt? Einmal stützt sie sich auf das eiserne Geländer der Straße, schaut auf die Gassen, auf Häuser und Hammerteiche, wo stolze Schwäne ihre Bahnen ziehen.

Der Septembernachmittag ist noch warm. Sie trägt ihren

grauen Rock, eine kaiserblaue Jacke und schwarz-weiße Schuhe. Dazu die schwarze Einkaufstasche. Keinen Hut. Sie hält ihren kleinen Sohn an der Hand. Sie sieht aus, als würde sie mit ihm einen Ausflug über das bevorstehende Wochenende machen, nach Düsseldorf oder anderswohin. Sie blickt zu den im Dunst verschwindenden Bergen und sieht die bewaldeten Hügel, wo sie oft gewandert ist. Sie wirkt keineswegs wie eine Frau, deren normales Leben aufhört, weil ihr ein uniformierter Polizist den Weg aus dem Wartesaal versperrt und sie gewaltsam daran hindert, den Zug nach Düsseldorf zu nehmen. Sie soll bitte keine Schwierigkeiten machen; sie sei dringend verdächtig, ihren Mann auf brutale Weise ermordet zu haben.

Dann nimmt er sie fest. Die Handschellen klicken. Das Kind wird einer Kriminalbeamtin übergeben. So geht Ellen Rinsche zum Streifenwagen, die Blicke der Reisenden ignorierend, die dem Auto mit der Aufschrift »Polizei« hinterherstarren, das langsam Richtung Wache fährt. *»Warum bin ich je in diese Stadt zurückgekommen?«*, entfährt es ihr. Für den Wachtmeister ist dieser Satz so wichtig, dass er ihn wörtlich in sein Protokollheft notiert.

Zu dieser Zeit ist die Wohnung versiegelt und unter Polizeiaufsicht gestellt. Rote und weiße Stoffbänder sichern die mit einem Male düster aussehende Villa wie eine Gefahrenzone ab. Ein Beamter in Uniform, mit Lederstiefeln und Tschako, steht breitbeinig vor der Tür. Neben ihm bellt ein Schäferhund. Am Gürtel des Polizisten sieht man den Gummiknüppel mit Dienstpistole. Der Mann hat einen dunklen Schnauzbart. Er trägt ein Funkgerät mit langer Antenne. Die Bewohner der Villa, Besucher und Fremde dürfen das Haus nur mit seiner Erlaubnis betreten. Halbwüchsige, die sich ihm nähern wollen, weist er mit barscher Handbewegung zurück. Vor dem Eingangstor hat sich eine Menschentraube gebildet. Die Leute blicken zu den Fenstern hinüber, hinter denen das Unfassbare geschah.

Auf der Wache sitzen Beamte, die Fotos prüfen und Skizzen auswerten. Inspektor Heinrich Faust telefoniert mit Journalisten. Er raucht und macht ein zufriedenes Gesicht. Im Radio wurde bereits die Verhaftung gemeldet. Das sagen die beiden uniformierten Männer Ellen Rinsche im Polizeiwagen, die sie am späten Nachmittag dieses 10. September 1949 über die Mittelstraße, an der katholischen Kirche St. Engelbert vorbei, über die Dörfer Linderhausen und Landringhausen nach Wuppertal in das Präsidium bringen.

[7]

Sie haben ihr die Handfesseln abgenommen. Sie sitzt hinten, lehnt ihren Kopf an die Scheibe und hält die Augen halb geschlossen. Sie liegt halb ausgestreckt auf der Rückbank des Wagens und blickt auf die Landschaft. Sie denkt an das Sterben und den Tod.

Die Erinnerung steht vor ihr wie eine schwarze Wand: Vor einem Jahr hat ihr eine Nachbarin erzählt, wie sie es mit der Guillotine gemacht haben. Die Frau kam aus Süddeutschland, genauer gesagt aus Tübingen, wo ihr Mann gearbeitet hatte. Sie erzählte von einer Hinrichtung, die wenige Wochen zuvor, im bitterkalten Winter des Jahres 1948, in ihrer Stadt vollstreckt worden war. Im Gefängnishof des Tübinger Landgerichts wurde ein siebenundzwanzigjähriger Mann enthauptet, der einen Lastwagenfahrer erschossen hatte. Er war schuldig geworden, weil er mit zwei Helfern die fast neuen Reifen des Lastzugs abmontierte, um sie auf dem Schwarzmarkt zu verkaufen. Ihm wurde um sechs Uhr morgens der Kopf abgeschlagen. Der Mann hieß Richard Schuh. Das weiß sie genau. Den Namen hat sie nicht vergessen. Sie sieht den Mann vor sich, dessen letzte Stunde gekommen ist. Sie führen ihn mit verbundenen Augen auf den Hof und spannen ihn mit routiniertem Griff auf das Schafott.

Sie faltet ihre Hände und weint leise vor sich hin. Sie ist tief in ihre Mühsal verstrickt. Manchmal bohrt sich ihr Blick in die Nacken der beiden Männer, die sie heute verhaftet haben. Die Sühne folgt der schweren Tat. Sie nimmt sich vor, im Gefängnis nach einem Priester und dem Kruzifix zu verlangen.

SAMSTAGNACHT

[1]

Sie blickt von der Pritsche auf die Zellentür. In der Mitte die Klappe, darüber der Spion, etwas höher die Lampe. Die Wände sind weiß getüncht. Die Tür ist grün. Hinter dem Paravent ein Kübel. Das Mobiliar beschränkt sich auf eine Toilettenschüssel, den üblichen Schrank, einen Tisch und einen Stuhl sowie ein Bett aus Metallrohr. Der Fußboden schimmert in der hinteren Ecke feucht. Das Fenster ist durch Eisenstäbe und Gitterdraht gesichert; es hat ein Außendach, das den Himmel verschließt. Als man sie einliefert, ist er mit Sternen übersät. Sie erinnert sich genau. Gefesselt und eskortiert von den Beamten ist sie auf das Backsteinhaus mit den Gitterfenstern zugegangen. Dann ist sie stehen geblieben und hat lange nach oben geblickt. Das Firmament, ein unbeirrbares Glitzern.

Die Polizisten ließen sie gewähren. Sie waren nicht überrascht. Viele Verdächtige reagieren wie diese Frau. Sie schauen immer in den Himmel. Weil sie wissen, dass sie so rasch die Sterne nicht mehr sehen. Deswegen ihr Blick, der wie ein langer Abschied ist.

Sie gingen auf den Eingang zu. Gitterfenster überall, hohe Mauern, Stacheldraht, tastende Strahler in der Nacht. Die Fahrt im Auto, die Häuserfassaden, der Gang durch das Tor, die Aufnahme der Personalien, die Filzung im Raum nebenan, der Gang durch die hallenden Flure, der lang gestreckte Korridor, die Schlüssel in den Händen der Aufseherin, die schmale Zelle, das vergitterte Fenster, der dumpfe Schlag, mit dem sich die Außentür schloss.

Ihre Welt hat sich geteilt, vielleicht das Leben. Das Geräusch der zuschlagenden Tür wird sie nicht verlassen. Auch nicht die

Gedanken an das Kind, das auf der Straße stand und dem Polizeiwagen hinterherweinte, mit dem seine Mutter verschwand.

Sie hat sich in die Mitte nehmen lassen und sich in gespielte Ironie geflüchtet. *»Trauen Sie mir wirklich zu, dass ich meinen Mann umgebracht habe?«*, fragte sie. Dabei schlug sie ihre großen Augen auf und blickte die Beamten vorwurfsvoll an. Das ist ihr altes Spiel. Dennoch hatte sie längst kapituliert. Sie setzte sich nicht ernsthaft zur Wehr. Sie waren ihr viel schneller, als sie überhaupt dachte, auf die Schliche gekommen.

Sie ist mit den Männern zurückgegangen und in den Wagen gestiegen. Sie hat nur reagiert, als ihre Tasche auf den Boden fiel. Ein hohler Aufschlag, sonst nichts, ihr Spiegel, der Lippenstift, das Portemonnaie. Es lag auf der Straße, bis der Beamte kam, alles aufhob und sie losfahren konnten.

[2]

In der Nacht hört sie eine Tür zuschlagen, später ein Wimmern in der Zelle nebenan. Sie registriert, wie sich ein Auge vor den Spion schiebt.

»Lieber Gott, mach mich fromm, dass ich in den Himmel komm. Segne Vater und Mutter und mach ein braves Mädchen aus mir. Amen.« Das hat sie oft vor dem Schlafengehen gebetet.

An der Wand hängt das Kruzifix. Gleich wird der Geistliche kommen. Er ist für Himmel und Hölle zuständig. Aber sie glaubt nicht mehr an den Himmel. Morgen wird sie zum Verhör gebracht. Dann muss sie die Wahrheit sagen. Sie sieht sich auf einem Holzstuhl ohne Lehne, gleich neben dem Aufpasser an der Tür. Ganz hinten an einem breiten Holztisch der Inspektor, der sie abwartend fixiert und dann mit seinen Fragen beginnt.

In der Nacht hat sie einen Traum. Eine Frau bindet ihr ein schwarzes Tuch vor die Augen und führt sie in Richtung Galgen, wo Menschen auf Bänken sitzen und laut schwatzend auf ein Spektakel warten. Als sie erwacht, ist sie schweißnass. Angst kriecht in ihr hoch.

Als junges Mädchen fürchtete sie sich vor einem Mann, der Peter Kürten hieß. Sie war damals neunzehn. Er war ein Frauen- und Kinderschänder, der neun Menschen umbrachte und Düsseldorf in Angst und Schrecken versetzte. Sie durfte damals erst wieder allein aus dem Haus, als man den Verbrecher gefasst hatte und die Bestie endlich hinter Schloss und Riegel saß: Peter Kürten, den sie in Köln mit dem Fallbeil umgebracht haben. Sie schleppten ihn hinunter in den Hof, packten ihn an beiden Armen und legten ihn bäuchlings auf das Brett. Dann schoben sie ihn unter das Schwert und zogen den Sperrhebel. Das Messer fiel herunter und trennte seinen Kopf vom Rumpf.

[3]

Die Aufseherin kommt mit dem Kaffee und sagt, dass sie sich fertig machen soll. Ihr Beichtvater ist schon unterwegs. Der Gefängnisarzt will sie untersuchen. Am Mittag beginnt das Verhör. Die Frau mit dem großen Schlüssel heißt Paula. Sie ist grob und stämmig, hat kräftige Gesichtszüge und dunkles schwarzes Haar, das sie in der Mitte gescheitelt hat. Sie ist eine mütterliche Person, die ihr Leben im Knast zugebracht hat, den sie den »Vorhof zur Hölle« nennt. Paula hat alles gesehen. Sie kennt sich im Gefängnis aus. Sie schaut die Inhaftierte an und meint leise, fast flüsternd: *»Sagen Sie die Wahrheit, Frau Rinsche. Die kriegen alles heraus.«*

Paula sagt den Satz mit weicher Stimme, während sie den Kaffeetopf auf den Schemel stellt und erschrocken registriert, wie sich das Aussehen der Beschuldigten verändert hat. Paula ist plötzlich voller Mitgefühl. Die Frau ist erst am Abend vorher eingeliefert worden und sieht schon aus, als sei sie viele Jahre hier.

Freiheitsentzug ist das Schlimmste, was einem Menschen passieren kann. Man wird völlig aus der Bahn geworfen. Besonders Gefangene aus bürgerlichen Kreisen trifft es schwer, weil die meisten von ihnen keine Knastkarriere haben. Wer schon ein Leben im Gefängnis hinter sich hat, der mogelt sich besser durch, kennt alle Schliche und muckt nicht auf. Der hält das besser aus.

Aber eine Frau mit Kind, die Bücher liest, vor dem Kruzifix betet und in einer Villa lebte, ist nichts für den Knast. Außerdem ist sie zu alt. Um diese Hölle zu überleben, muss man jung sein. Sonst wird man früh zerbrochen. Die Beamtin nimmt sich vor, auf die Neue besonders zu achten.

Ellen Rinsche trägt einen blauen Anstaltskittel und Schuhe aus Leder, die an einer Stelle abgeschabt sind. Mit dem viel zu großen Schürzenrock sieht die Gefangene hilflos aus. Sie trägt keinen Schmuck. An der rechten Hand steckt der Ehering. Sie hat sich heftig gewehrt, als man ihn ihr abnehmen wollte.

Sie hat nur wenig geschlafen. Deshalb sieht sie bleich und hohlwangig aus; um ihre Augen liegen tiefe Ringe und Falten. Das Haar hängt strähnig und wirkt wie lange nicht gewaschen.

In der Nacht hat sie auf dem Bett gesessen und in das Dunkel gestarrt. Danach hat sie lange geweint. Mit einem Mal hat sie Dinge wahrgenommen, die sie vorher so nicht kannte. Einmal ist sie aufgeschreckt, weil sie ein Geräusch hörte. Sie ist sich ganz sicher gewesen, dass es eine Ratte war. Irgendwo ist unaufhörlich Wasser getropft. Sie hat panische Angst gehabt, sich zum Schlafen hinzulegen. Sie ist lange auf der Pritsche gesessen und hat darauf gewartet, dass sie kommen. Sie hat sich eingebildet, dass es im Morgengrauen so weit wäre. Sie würden plötzlich in der Tür erscheinen. Man würde sie hören, sobald die Riegel knallen und die Tore rasseln. Sie ist zusammengezuckt, als sie plötzlich eine laute Klingel hörte. Sie hat geglaubt, dass sie längst vor ihrer Zelle stünden. Sie hat ein Auge bemerkt, das sie lange durch den Glasspion fixiert. Sie ist aufgesprungen und hat wie gebannt auf die Tür gestarrt, die knarrend aufgeschlossen wurde. Es ist Paula gewesen, die das Frühstück brachte.

Plötzlich entdeckt die Aufseherin, wie die Knie und die Hände der Gefangenen zittern. Ellen Rinsche steht auf und kommt direkt auf sie zu. *»Komme ich unter das Fallbeil oder an den Galgen?«* Sie hat sich die Frage gründlich überlegt. In der Zelle ist es still. Nur durch die halb offene Tür ist das Echo von Stimmen zu hören. Die Welt, so scheint es, ist weit, weit weg.

Die Gefangene Ellen Rinsche, geborene Fischer, scheint am Ende ihres Weges angekommen und will die ganze Wahrheit wissen. Eine Wahrheit, die über Leben oder Tod entscheidet. Sie begegnet der Aufseherin mit einem Blick, dem die Vollzugsbeamtin nicht ausweichen kann. Sie fordert eine Antwort, nicht mehr.

»Die Todesstrafe existiert nicht mehr, Frau Rinsche, das wird Ihnen der Anwalt erklären.«

Jetzt nimmt Paula die Gefangene in die Arme, wie sie das oft mit Frauen getan hat, die gestrauchelt waren, hier einsaßen und bald mit den Nerven am Ende waren. Die von einer Niederlage in die andere fielen und einfach einen Menschen brauchten: Gefallene, die sich anlehnen und nur reden wollten. Diese erfahrene Vollzugsbeamtin ist die Erste, die das unerwartete Geständnis hört, dass niemand anders als die Ehefrau Ellen Rinsche ihren eigenen Mann Josef tötete, ihn später zerstückelte und danach beiseite schaffte.

Die Wärterin tröstet eine Frau, die ihre Not herausweint und dabei Sätze hervorstammelt, die sie lange unterdrückt hat. Hilfloses Schluchzen schüttelt ihren Körper. Sie weint, bis sie keine

Luft mehr bekommt. Die Aufseherin lässt sie gewähren. Es gibt keine flotten Lügen und billigen Ausflüchte mehr. Ende der Maskerade.

[4]

»Ich habe bisher die Wahrheit verschwiegen. Nur meinem Beichtvater habe ich sie gesagt. Aber ich hätte doch nicht darum kommen können, Herr Kommissar, wie ich es mir vorgenommen hätte, die Wahrheit zu sagen. Ich habe nicht gewusst, dass die Todesstrafe nicht mehr besteht. Ich will aber jetzt die Wahrheit sagen.«

Mit diesen Sätzen beginnt die Verdächtige Ellen Rinsche am Sonntag, dem 11. September 1949, ihr ausführliches Geständnis vor der Wuppertaler Mordkommission. Sie weiß es erst seit dem frühen Morgen: Seit genau vier Monaten ist die Todesstrafe in Deutschland gesetzlich abgeschafft. Das Tübinger Urteil an Richard Schuh vom 18. Februar 1948 war das letzte Urteil eines deutschen Zivilgerichts, mit dem eine Todesstrafe vollstreckt worden ist. Die Zeiten haben sich geändert. Artikel 102 des neuen Grundgesetzes, das am 24. Mai des Jahres 1949 in Kraft getreten ist, lautet: »Die Todesstrafe ist abgeschafft.«

Sie ist achtunddreißig Jahre alt. Schweigsam und verbissen, die Augen auf den Boden gerichtet, betritt sie das Verhörzimmer. Eine kleine, fast schmächtige Frau, scheu und zerbrechlich. Sie ist abgemagert und bleich. Ihre Augen wirken groß und aufgerissen. Die blonden Haare sind struppig. Damalige Zeitzeugen erinnern sich an eine Gefangene, die mit sehr leiser Stimme sprach. Sie habe durchaus sympathisch gewirkt. Sehr ängstlich und überfordert. Wie ein in die Enge getriebenes Wild. Manche hatten Mitleid mit ihr. Niemand wollte glauben, dass diese Frau eine Mörderin ist.

Das ärztliche Zeugnis liegt den Beamten der Mordkommission vor, die im Verhörzimmer auf die Beschuldigte warten. Sie lesen die ersten Sätze mit Verblüffung.

»Frau Rinsche ist erregt. Sie hat vor wenigen Minuten der weiblichen Gefängniswärterin gestanden, dass sie ihren Mann erschlagen hat.«

Als der Vorsitzende das Verhör eröffnet und die Beschuldigte ermahnt, unter allen Umständen die Wahrheit zu sagen, wird es im Zimmer sehr still. Alle blicken nach vorn. Der Oberinspektor hat sie über ihre Rechtsmittel belehrt; doch sie verlangt keinen Rechtsbeistand und hat auf einen Anwalt verzichtet.

Die Verdächtige widerruft mit stockender Stimme alle Aussagen, die sie bisher gemacht hat. Die Beamten blicken sich an. Sie wirken erleichtert. Vielleicht wird es jetzt einfacher, ihr die ganze Wahrheit zu entlocken. Der Fall wäre gelöst.

»Ich bin bereit, ein lückenloses Geständnis abzulegen. Es ist nicht richtig, dass mir ein fremder Motorradfahrer einen Brief für meinen Mann überreichte. Es ist unwahr, dass mein Mann am gleichen Tag nach Düsseldorf fuhr. Ich bin geständig, meinen Mann am Morgen des 3. September 1949 gegen drei Uhr morgens in unserer Wohnung erschlagen zu haben. Im Einzelnen hat sich alles abgespielt, wie ich es jetzt ausführlich schildern werde.«

[5]

Sie sitzen um den ovalen Holztisch, rauchen Zigaretten und trinken Kaffee. Sie machen sich Notizen. Manchmal haben sie Fragen. Dann heben sie die Hand, um Ellen Rinsche zu unterbrechen. Wenn sie redet, kann sie das Gesicht von Inspektor Heinrich Faust studieren. Im Raum ist es still. Manchmal ist das Umblättern von Fräulein Hahne zu hören, die mit schnellen Bewegungen stenographiert.

Die Beschuldigte schaut den Inspektor an. Er stützt seinen Kopf in die Hände, spielt mit der Zigarettenspitze und streicht sich über das Haar. Einmal schnäuzt er in das Taschentuch. Hin und wieder seufzt er leise auf.

Ihm gegenüber sitzt Oberinspektor Heinz Gassmann. Der Kriminalbeamte wirkt müde und übernächtigt. Auf den Stühlen an der Wand hocken die Mitglieder der Mordkommission. Es sind Männer, meist um die fünfzig, mit zerfurchten Gesichtern, auch zwei Frauen. Den Stuhl an der Tür besetzt ein Beamter in schwarzer Uniformhose und blauem Hemd. Er balanciert seine Mütze auf dem Knie. Der Mann ist kahlköpfig und korpulent. Er trägt einen gezwirbelten Schnauzbart. Einmal gähnt er so laut, dass die Männer zu ihm hinüberblicken.

Wenn Fräulein Hahne die Hand hebt, machen sie Pause. Danach spricht die Verdächtige weiter, oft so schnell, dass der Vorsitzende sie ermahnen muss, unaufgeregter zu sein. Sie haben sich auf eine schwierige Vernehmung mit Zwischenfragen vorbereitet. Aber sie redet sich frei und macht reinen Tisch. Für sie ist es die Beichte ihres Lebens. Sie sagt alles, was sie weiß. Manchmal trinkt sie einen Schluck, schließt die Augen und lehnt sich zurück.

Dann schnellt sie nach vorn und blickt die Männer mit einem gehetzten Gesichtsausdruck an, der viel von ihrem Innersten verrät.

Da fleht eine Frau um Verständnis für eine Tat, die alle Phantasien übersteigt, im Nachhinein sogar ihre eigene. Einmal sagt sie, dass sie schwere Schuld auf sich geladen habe. Sie spricht von ehrlicher Reue. *»Befragt, ob ich meine Tat bereue, antworte ich, dass ich dieses bestimmt und aufrichtig tue.«*

Manchmal verlangt sie nach einer Zigarette. Dann hat sie Hunger und bittet um einen Keks. Auf dem Weg zur Toilette wird sie von einer Polizistin begleitet, die eine Waffe trägt und sagt, dass sie sich beeilen möge. Sie würdigt die Gefangene keines Blickes und postiert sich vor der Tür. Als die Rinsche darum bittet, sich die Hände waschen zu dürfen, lehnt sie barsch ab. Die Frau trägt Verachtung in ihrem Gesicht.

Einmal spricht sie von einem tiefen Schrei, dem sie irgendwann nachgeben musste. Auch darüber, dass sie sich ihr gesamtes Leben lang in der Defensive fühlte. Aber irgendwie war sie auch auf der Suche nach Liebe. Sie schildert ihr hoffnungsvoll begonnenes und am Ende so arg verpfuschtes Leben. Sie berichtet über ihre Ehe und die Schläge, die sie bekam. Sie schluchzt, als sie von ihrem toten Kind Max und dem sechsjährigen Sohn Peter erzählt, von dem sie nicht weiß, wo er sich jetzt befindet. Ihre Augen füllen sich mit Tränen, als man ihr sagt, dass der Junge in Düsseldorf bei seinem Großvater ist.

Es ist früher Abend, als sie ihr Verhör beenden und sich darauf einigen, am nächsten Tag weiterzumachen. Im Ganzen waren sie mit ihr über zehn Stunden zusammen.

ELLEN

[1]

Der Krieg ist an der Stadt vorbeigezogen, hat sie unbehelligt gelassen und fast verschont. Nur einmal schlägt der Bombentod zu.

> *»Plötzlich zischte es in singendem, grellen Ton. Man hörte ein ohrenbetäubendes Krachen, sah Staub und Qualm, hörte in der Dunkelheit Stöhnen und Schreie. Die Nummer zehn in der Zimmerstraße stand nicht mehr. Unter Steinen und Mauern, unter Mörtel, Holz und Glas lagen fast drei Dutzend Menschen. Sie waren alle tot.«*

Während der Wehrmachtsbericht vermerkt, dass britische Bomber in der Nacht zum 15. April 1942 zwei Wohnhäuser zerstört und dreiunddreißig Mitglieder der Zivilbevölkerung getötet hätten, rüstet man sich in Gevelsberg zur Trauerfeier. Aus allen Teilen der Stadt, selbst aus Hagen und Wuppertal, strömen die Menschen vier Tage später zusammen. Tief betroffen, in unterdrückter Angst, selbst Opfer dieses Krieges zu werden, nehmen die Leute Abschied von den Toten.

Unter den Zuhörern auf dem Marktplatz steht eine blonde, in Trauer gekleidete Frau, die ihr Gesicht unter einem Hut, hinter einer dunklen Sonnenbrille sowie einem schwarzen Schleier verbirgt. Sie weint und scheint tief erschüttert. Ihr Vater, der schweigend neben ihr steht, hat bei dem Angriff einen Freund verloren.

Beide reihen sich in den Trauerzug ein, der unter den dumpfen Klängen des Musikcorps über die »Straße der SA« zum Waldfriedhof zieht. Sie sehen, wie sich vor den offenen Gräbern die

Fahnen senken, und hören, wie der Salut der Ehrensalven an den Berghängen verhallt. Es ist, als würden beide spüren, dass diesem Krieg nicht zu entrinnen ist. Zum ersten Mal wurde ihre Stadt getroffen.

Als müsse er seine Tochter nicht nur vor dem Elend dieses Trauersonntags, sondern vor dem kriegerischen Grauen schützen, das unerbittlich heraufzieht, ergreift der Vater ihre Hände, nimmt sie in seine und zieht sie an sich. So stehen sie lange fest umarmt. Niemand ahnt, dass an diesem Tag – sieben Jahre vor der schrecklichen Tat – die Tragödie eigentlich beginnt.

Sie wird stolpern und fallen. Sie steht wieder auf. Sie gerät ins Rutschen und findet keinen Halt. Dann geht es bergab. Dem Abgrund entgegen.

[2]

Ellen Rinsche ist an jenem Tag einunddreißig Jahre alt, eine meist elegant gekleidete Frau, die seit vier Jahren dort wohnt, wo sie ihre Jugend verbrachte: in Gevelsberg, einem Städtchen von knapp zwanzigtausend Einwohnern, zwischen dem westfälischen Hagen und dem rheinisch-bergischen Wuppertal gelegen.

Sie ist in Wuppertal geboren, später in Milspe aufgewachsen und dort zur Volksschule gegangen; doch Gevelsberg ist ihr zur »Heimat« geworden, ganz sicher weil sie hier auf die Höhere Töchterschule gegangen ist und einen Mann kennenlernte, den sie geheiratet hat. Mit dem Namen dieses Städtchens verbindet sie die Erinnerung an ihre Kindheit und Jugend.

»Elli«, wie sie von ihrer Familie und den Freunden genannt wird, wächst mit goldenen Löffeln auf: Geliebt von Vater Paul und Mutter Luise Fischer, verhätschelt von den Großeltern, die in Dahlerbrück wohnen, einem kleinen Nest südlich von Hagen. Bis zu seiner Pensionierung arbeitet der Opa hier als Direktor des Eisen- und Walzwerks, ein gemütvoller Mann, der seiner Enkelin eine heile Kindheit beschert. Auf sein Drängen kommt die dreijährige Elli im Sommer 1914 in sein Landhaus, um vor den politischen Ereignissen geschützt zu sein. Ihr Vater zieht als Marinesoldat in den Krieg.

Das Leben im Haus der Großeltern verdrängt alle Sorgen: Kinderfrau Helena, die ihrem Schützling morgens die Kleider herauslegt. Die Bilderbücher und der Puppenwagen, Boxerhund Hasso und die Pferde, die sie bald beim Namen nennt. Kutschfahrten auf dem Bock, Schlittenfahrten im Winter und Heumachen im Sommer, Fahrten auf dem Traktor und in der Familienkutsche, Feste im Haus und im weitläufigen Garten, die das Kind in der Gewissheit genießt, dass ihm in der Welt der Großeltern nichts, aber auch gar nichts passieren kann. Sie ist ein fröhliches Kind, sagt man. Aber nicht einfach zu halten.

Der Krieg, von dem erzählt wird, ist weit hinter den Bergen, irgendwo in Frankreich und Russland. Ellen wächst in gediegener Bürgerlichkeit auf, wo es eigentlich nur für Erwachsene feste Regeln und Rituale gibt. Hier ziehen sich die Männer nach dem Mittagessen in das Herrenzimmer zurück, um Zigarre zu rauchen und Cognac aus bauchigen Gläsern zu trinken; vor der Tür wartet ein Fahrer, um seinen Chef ins Kontor zu chauffieren. Im Eingangsfoyer wacht der Diener, um dem davonschreitenden Hausherrn mit der Bürste über die Anzugschulter zu fahren. Manchmal sieht man den Direktor in Gehrock und Melone; die Leute ziehen den Hut und grüßen so ehrerbietig, dass die Enkelin über solches Gebaren kichern muss.

Gewiss gibt es in dieser altmodischen Welt auch Regeln, zu denen das tägliche Aufräumen, kleine Pflichten in der Küche oder das Einhalten der Essenszeit gehören. Aber der Rest bleibt eine Kindheit voller Seligkeit und eine Zeit der ungetrübten Tage.

Die Erwachsene denkt später an solche Szenen zurück: Sie

liegt ausgestreckt auf einem Heuwagen. Über sich der blaue Himmel, an dem Sommerwolken ziehen. Das Schaukeln des Pferdekarrens, das Schnauben der Pferde und das Schnalzen des Kutschers, der die Tiere zur Eile antreibt. An diese ländliche und friedfertige Idylle wird sie sich noch oft erinnern. Genauer gesagt bis zu den letzten Tagen ihres Lebens.

[3]

Natürlich wünschen die Eltern, dass sie eine gute Ausbildung genießt. Deshalb soll Ellen Elisabeth Josefine die Höhere Töchterschule in Gevelsberg besuchen.

> *»Ich hatte wenig Lust zum Lernen; schließlich hat mein Vater mich von der Schule genommen.«*

Die Erkenntnis beschreibt die halbe Wahrheit; sie ist eine Schülerin von mittelmäßiger Intelligenz, die mit Ach und Krach die Eingangsprüfung schafft, Nachhilfestunden braucht und zu Ostern die Familie stets in Aufregung stürzt, weil die Versetzung gefährdet ist.

Sie beteiligt sich wenig am Unterricht, fällt mit Eskapaden auf und wird häufig ermahnt, weil sie durch Tuscheln stört. Im Klassenheft hat es nicht nur Tadel und Ermahnungen, sondern sogar den Ratschlag ihrer Lehrer gegeben, zum frühesten Termin, möglichst zu Ostern, die Schule zu verlassen. Ellen ist wenig betroffen, sondern findet sich damit ab, eine durchschnittliche Schülerin zu sein. Sie ist einfach nicht gut in Rechnen und Latein, lesen kann sie etwas besser, wenn auch holperig; schreiben, ja, das liegt ihr mehr.

Den Eltern missfällt, dass ihre Tochter das Einjährige nicht erreicht und nur mit Obertertia-Reife auf eine Textilschule nach Wuppertal-Barmen wechselt, *»zu dem Zweck, in meinem Haus-*

halt nähen, stopfen und handarbeiten zu können«, wie sie in ihrem Lebenslauf schreibt.

Diese Einstellung wird sie bereuen. Noch erinnert sie an eine junge Frau, der man den Sinn für Gediegenheit mit leidlicher Ausbildung vermittelt. Das muss genügen. Irgendwann wird ein Mann aufkreuzen, der Frau und Familie ernährt. Im Übrigen ist sie nur ein Mädchen. Oder nur eine Frau.

»Es war der Wunsch meiner Eltern, dass ich keinen richtigen Beruf erlernte und zu Hause blieb.«

Sie lebt in traditionellen Bahnen, orientiert sich an der Familie und bricht hin und wieder aus. Sie ist neugierig auf das Leben, aber sie braucht Ordnung und Überschaubarkeit, Gewissheit.

Noch reichen Einkünfte und Ersparnisse, um eine Familie abzusichern, die bald zu viert ist: Im Jahr 1919 wird der Nachkömmling Adolf geboren. Man freut sich über den Stammhalter, allen voran Paul Fischer, der als Reisevertreter bei einer Kaffeegroßrösterei arbeitet.

Die solvente Wuppertaler Firma kann sich bis 1929 gut am deutschen Markt behaupten, sodass Fischer viel auf Reisen ist. In der Regel fährt er mit der Bahn. Mutter und Tochter holen den Vater oft vom Milsper Bahnhof ab, wo die Züge nach Hagen und Wuppertal verkehren.

»Frau Rinsche und ihre Eltern sind mir seit vielen Jahren bekannt«, wird später der Bahnhofswirt Hans Freitag sagen. Er sieht Mutter Luise und Tochter Ellen öfter, wenn sie verreisen oder auf den ankommenden Vater warten. Hat der Zug Verspätung, setzen sie sich auf eine Bank am Bahnsteig 1, schauen den Schwalben zu, die durch das Holzgebälk der Bahnhofshalle fliegen, oder gehen in die Bahnhofsschänke, um bei Hans Freitag eine Limonade zu trinken.

Weil die Geschäfte mit Kaffee und Tee bis Ende der zwanziger

Jahre gut laufen, können sich die Fischers nicht nur eine großzügige Fünf-Zimmer-Wohnung, sondern sogar ein komfortables Auto leisten, mit dem Paul Fischer seine vierköpfige Familie am Wochenende in die Umgebung kutschiert. Aber seine Dienstreisen macht er mit dem Zug. Deshalb kennen ihn der Kneipenwirt sowie die Beamten an der Sperre und der Gepäckaufgabe. Er ist ein Kavalierstyp, den die Leute mögen.

> *»Weil wir in einer Stadt wohnten, wo kein D-Zug hielt, war es für meinen Vater schwierig, uns regelmäßig zu besuchen. Deshalb verlegten wir 1932 unseren Wohnsitz nach Düsseldorf, wo wir eine Sechs-Zimmer-Wohnung bezogen.«*

[4]

Die heranwachsende Tochter entbehrt nicht viel. Nach ihrem Abgang von der Töchterschule hat sie eine Fachschule besucht; danach trennt sie sich von der Welt der Familie, in der sie behütet aufgewachsen ist. Im holsteinischen Kurort Malente wird ein teures Haushalts-Pensionat ausfindig gemacht, wo die inzwischen neunzehnjährige junge Frau nach zwei Jahren eine Prüfung besteht, die man als »Puddingabitur« bezeichnet.

Jetzt besitzt sie solide Kenntnisse in der Küche. Sie kann nicht nur kochen und backen, sondern sie bringt sogar Großmutters alte Rezepte auf den Tisch: Eiernockerln, Apfelstrudel und Wiener Tafelspitz mit Meerrettichsoße, gewürzt mit Muskat. Sie schwört darauf, dass Liebe durch den Magen gehen muss. Sie kennt sich in guten Manieren aus. Sie fühlt sich wie eine höhere Tochter. Die Eltern achten darauf, dass sie einen »guten Umgang« pflegt, wie ihre Mutter sagt. Kommt sie nachts später als verabredet nach Hause, nennt ihre Mutter sie »dat Aas«. Zur Strafe bekommt sie Stubenarrest und zehn Stockhiebe in die ausgestreckte Hand.

Sie kann reiten, Tennis spielen und tanzen. Der Großvater kauft ihr ein eigenes Pferd. Beim festlichen Schlussball nach der Tanzstunde wird sie Dritte. Ihr Partner ist ein pickeliger, rothaariger Junge aus der Nachbarschaft, den ihre Mutter für sie ausgesucht hat. Sie handarbeitet gerne, strickt und häkelt, schneidert Röcke, Blusen und Jacken und besorgt sich dazu Muster aus Frankreich, die ihrer Kleidung einen saloppen, eleganten Chic geben. Aber sie lebt überwiegend nur zu Hause und führt ein allzu sorgenfreies Leben. Das trübt vielleicht den Blick. Sie flüchtet sich in Illusionen. Was ihr manchmal fehle, so gesteht sie ihrer engsten Freundin, sei einfach ein toller Märchenprinz, der sich in sie verliebt, um sie danach zum Traualtar zu führen. Dann sei sie endlich frei und könne tun und lassen, was sie wolle.

Das Wunder lässt vorerst noch auf sich warten. Aber sie nimmt sich vor, ihrem geordneten Dasein einen kleinen Schubs zu geben. Sie sehnt sich nach Abwechslung. Es sollte schon etwas mehr sein als dieses Leben zwischen Düsseldorf und Milspe, mit Bahnanschluss in das gute, alte Gevelsberg.

»Ich blieb im Haus meiner Eltern, wo ich ein sorgenfreies Leben führte. Kochen tat ich selten, aber in der Hauptsache oblag mir die Erledigung von Flick- und Näharbeiten. Ich machte meist die Küche.
Ansonsten ging ich meinen Vergnügungen nach, spielte Tennis und lief Rollschuh. Ich hatte ein Abonnement am Opernhaus, ging ins Kino und ins Theater. Ich las viel, am liebsten leichte Lektüre. Ich ging sehr gerne tanzen. Für Kriminalromane schwärmte ich nie.«

Sie hat blondes Haar und einen gut geformten Mund; ihre grauen, leicht ins Grünliche spielenden Augen sind groß und interessant. Sie ist eitel und zieht sich hübsch an. Weite Röcke, seidige

Blusen und Kleider, Handtaschen für Puderdose und Lippenstift, Schuhe, möglichst mit hohem Absatz, ausgefallener Schmuck, schönes Geschmeide. An die gut gekleidete Frau kann sich eine Nachbarin bis heute erinnern:

»Ich war ein kleines Kind, als ich sie mehrfach gesehen habe; denn wir wohnten damals in der Rosenstraße. Sie wohnte in einer kleinen Nebenstraße, ich glaube, die hieß Veilchenstraße. Ich erinnere mich an eine gut gekleidete Frau, eine eher kleine Frau, immer mit Hut, unter dem die blonden Locken hervorkamen. Damals trugen die Frauen ja öfter Hut, aber nur sonntags. Doch sie hatte fast immer einen Hut auf, vielleicht als Zeichen eines kleinen Standesunterschieds. Deshalb habe ich sie mir als Kind gerne angeguckt, sonst wäre sie mir wohl rasch aus dem Gedächtnis gegangen.«

Hüte haben es ihr angetan. Die trägt sie fast täglich, was in der Gegend ungewöhnlich ist und ihr den Ruf einträgt, sich als eine Bessere zu fühlen: keine von hier, sondern eine aus der Stadt. Ihre ausgefallenen Hüte! Im Frühjahr Kapotte, eine Haubenform mit gestreifter, das Gesicht einrahmender Krempe, im Sommer Stroh in allen Variationen, im Herbst seidiger Taft und im Winter Pelz mit einem wärmenden Fuchsschal für den Hals.

Ihre Vorliebe für Kopfschmuck wird von der eher altmodischen Mutter geteilt. Luise Fischer rät ihrer Tochter, die zu hoch gewachsene Stirn mit Hüten zu verdecken; außerdem könne man so den Blick von der Kleinwüchsigkeit Ellens ablenken, die sich damit abfinden muss, dass ihr linkes Bein leicht verkrüppelt ist. Sie zieht es kaum wahrnehmbar beim Gehen nach.

Sie hat große Zähne, was beim Lachen auffällt. Dann sieht man das Zahnfleisch des Oberkiefers. Wer genauer hinsieht, kann eine Lücke zwischen linker und rechter Zahnpartie entdecken.

Das gibt ihrem Gesicht manchmal etwas Vulgäres, einen Ausdruck von Verlebtheit, der sich besonders auf den späteren, von der Polizei gefertigten Fotos ausmachen lässt.

Sie ist lebenslustig. In »Eismanns Eisdiele« treffen sich damals die jungen Leute der Stadt, um Eis zu essen und Schallplatten zu hören; dabei wird getanzt und geflirtet. Man probiert den populären Charleston, hört französische Chansons und amerikanischen Jazz. Noch ist der Atem der Nazis nicht zu spüren; in der Hauptstraße, die später Adolf-Hitler-Straße heißt, gibt es Kinos, Cafés und Tanzlokale, in denen man sich gut amüsiert. Hier sind die Frauen selbstbewusst, zeigen bestrumpftes Bein und nackten Arm, tiefes Dekolleté und Figur. Die Zeiten sind ein bisschen verrückt.

»Liebe musst du erleben, sie schafft dir Stunden, die man nie vergisst«, heißt es in einem Schlager der Saison. Dunkle Pelzstola, Federboa, Schatten über den Augenlidern, hohe Schuhe und seidige Schals: Der Glamour der zwanziger Jahre schwappt in die westfälische Provinz – die frühreife Ellen ist gerne mittendrin und genießt das Leben in vollen Zügen.

Sie begreift bald, dass hellblondes Haar, eine dralle Oberweite, kurze Röcke und Hochhackiges bei Männern etwas auslösen können. Sie versteht sich auf Zweideutigkeiten und amouröse Blicke. Liebhaber reden von ihren Dessous, flüstern über ihre flackernde Geilheit und brüsten sich damit, es mit ihr getrieben zu haben. Mit dem Nahen des Frühlings trägt sie keine langen Wollstrümpfe mehr. Ihre Röcke sind kurz; sie kann die Beine so kokett übereinanderschlagen, dass man ihre Spitzenhöschen ahnt.

Sie hat ein gurrendes Lachen, besonders wenn sie etwas getrunken hat. Sie hat Spaß an der Liebe. Als sie einmal mit ihrem Jugendfreund Hansi in der Straßenbahn nach Hause fährt, lässt sie sich die Bluse öffnen, fängt auf dem hinteren Sitz an zu schmusen und zu reiben, geht weiter, immer weiter, während die Fahrgäste ihre Unterhaltungen führen und sich über das heisere Auflachen wundern, das von der Hinterbank kommt, wo sich Ellen so lange zu ihm hinabbeugt, bis es ihm kommt.

Bei solchen Geschichten, die man im Kreise der Freunde kolportiert, mag Prahlerei eine Rolle spielen. Verglichen mit anderen Mädchen, die von ihren Eltern daran erinnert werden, bei der Liebe vorsichtig zu sein und sich für den Mann des Lebens aufzusparen, gilt die heranwachsende Ellen nicht als unbescholten. Sexuell neugierig ist sie, amourös und voller erotischer Launen.

»Ellen war unser Sorgenkind«, gesteht der Vater, als er im September 1949 von Kriminalbeamten über seine Tochter befragt wird. *»Ein Früchtchen.«* Gemeint war Ellens Mühe mit Disziplin, ihre Gleichgültigkeit gegenüber Autoritäten, eine Frivolität, das Leben so zu nehmen, wie es kommt, sich keine Gedanken über Anstand oder gar moralische Prinzipien zu machen. Das Mädchen gilt als eigensinnig, irgendwie anders als erwartet, brauseköpfig, aus der Art geschlagen. Sie macht alles, was sie sich in den Kopf gesetzt hat. Sie wächst selbstbewusst heran, macht ihre Erfahrungen und will eine Familie gründen. Das bleibt ihr Traum. Sie will einem Mann eine anständige Ehefrau sein, mehr nicht.

[5]

Sind ihre Eltern zufrieden, als die Tochter 1936 jenen jungen Mann kennenlernt, der bald in ihrem Haus aus- und eingehen wird? Josef Rinsche kommt aus sehr einfachen Verhältnissen. Er ist der Sohn eines Postbeamten, der zunächst in der Nähe von Lippstadt sein Geld verdient, wo Josef 1913 geboren wird. Als der Vater nach Gevelsberg versetzt wird, kommt der Sohn mit vierzehn in die Lehre, arbeitet drei Jahre an der Werkbank, wo er feilen, fräsen und schweißen lernt, für vierzig Reichsmark im Monat, von denen er zehn behalten darf.

Er ist ein Junge aus einem kleinstädtischen Nest, der die Welt seiner Eltern als bedrückend empfindet. Er trägt seine Herkunft wie eine Schlinge um den Hals. Er hat keine unglückliche Kindheit gehabt. Aber damals hat er gestottert. Seine Schulkameraden haben ihn dafür gehänselt. Die Mutter hat ihn vor dem jähzornigen Vater in Schutz genommen. Er hat immer nur den Zipfel der Wurst bekommen.

Solange er denken kann, hat seine Familie mit Not und Armut zu kämpfen. Man wohnt mit vier Personen auf drei Zimmern, teilt sich mit anderen Hausmietern Toilette und Bad. Die Mahlzeiten sind kärglich. Abends gibt es belegte Schnitten. Wer noch Hunger hat, bekommt ein Stück trockenes Brot.

Ellen Fischer, die ihm in einem Café über den Weg läuft, ist eine höhere Tochter. Die Bekanntschaft mit der koketten Frau öffnet ihm ein Milieu von Bürgerlichkeit, das er nur vom Hörensagen kennt. Ein Buch zu lesen und ein Bild anzuschauen, das Wagnis, sich aus den eigenen Grenzen herauszuheben, war ihm bisher nicht vergönnt. Er geht mit den Freunden ins Kino, sieht Luis Trenker in »Der Kampf ums Matterhorn« und später Willy Birgel im Film »Reitet für Deutschland«. Er mag den Charmeur mit der sanften Stimme, der stets im Anzug daherkommt, grau oder blau, mit feiner Seidenkrawatte, das Einstecktuch in derselben Farbe. Er möchte wie Willy Birgel sein, der Zigarette mit Spitze raucht und kein Spießer ist. Aber das sind Kinoträume, von denen er längst ahnt, dass sie für ihn unerfüllbar bleiben.

Er ist ja nicht gebildet. Er war noch nie im Theater oder in der Oper. Josef weiß nicht, was eine Ouvertüre, ein Largo oder ein Dreiakter ist. Staunend steht er in der Bibliothek der zukünftigen Schwiegereltern, blickt auf die vielen Buchrücken und schön gerahmten Bilder, lässt sich die komplizierte Partitur auf dem Flügel erklären. Er hört Ellen zu, wenn sie Stücke von Robert Schumann, Johannes Brahms oder Wolfgang Amadeus Mozart spielt. Dafür hat sie teuren Klavierunterricht genommen.

Er verspürt Bewunderung, aber auch Neid. Er spielt den Lernfähigen, zeigt Respekt vor familiären Autoritäten, bleibt freundlich und mimt den braven Bräutigam. Er gibt sich meist tüchtig und redet kompetent. Er will aufsteigen, ohne sich selbst zu verbiegen. Je mehr ihm der Lebensstil im Hause Fischer imponiert, umso mehr grenzt er sich ab.

Er nimmt sich vor, seiner zukünftigen Ehefrau die richtigen Sitten beizubringen. Er kann ganz andere Saiten aufziehen. Da möge man ihn bitte nicht unterschätzen. Er wird nicht lange fackeln. Er weiß, wo es lang geht. Der Schwanz hat keine Augen. Wenn es gefunkt hat, schreien die Katzen. Dreimal die Woche wird das Rohr geputzt. Jeder kriegt nur, was er verdient. Wenn du zum Weibe gehst, vergiss die Peitsche nicht.

»Mein Mann war gefühlskalt und konnte mich sexuell nicht befriedigen. Sobald ich seinen Wünschen nicht nachkam, machte er mir schreckliche Szenen.«

Niemand ahnt, dass sich hier zwei Menschen finden, die bereits auf schicksalhafte Weise miteinander verstrickt sind. Obwohl sie nicht zusammengehören.

Von der Angst ihrer Tochter erfahren Vater und Mutter zunächst nichts. Dass Josef rechthaberisch ist, oft auf der eigenen Meinung beharrt und sogar so jähzornig werden kann, dass sich sein Hals und die Stirn fast dunkelrot färben, sodass die Augen hinter der Brille aus ihren Höhlen treten und seine gewöhnlich dunkle Stimme plötzlich eine hohe und kreischende Tonlage bekommt, als müsse sie jeden Moment überschnappen.

Sein scharfer Blick, die Besserwisserei, die Eifersucht. Dass er sie auf offener Tanzfläche anherrscht. Sie gehöre nur ihm, hat er sie kürzlich angeschnauzt, so laut, dass alle Leute es hören konnten und die Sängerin den Auftritt auf der Bühne irritiert unterbrach. Fast alle Gäste im Saal und an den Tischen haben zu ihnen herübergeblickt. Danach sind beide gegangen. Vorher hat er barsch einen Cognac verlangt. Erschrocken hat sie ihm die Hand auf den Mund gelegt. Sie hat sich schrecklich geschämt. Aber allmählich vermeidet sie bei ihren Spaziergängen, sogar bei den Besuchen ihrer Eltern oder beim Flanieren durch die Stadt, besonders heikle und strittige Themen, weil sie längst im Voraus ahnt, was ihn verärgern könnte. Sie übt Gefügigkeit, die ihr selbst missfällt. Sie ist die kesse Elli gewesen, mit Mutterwitz und nicht auf den Mund gefallen. Jetzt übt sie sich in vorauseilendem Gehorsam und versucht, ihre Zeit in falscher Harmonie zu verbringen.

[6]

Noch herrschen Aufbruchstimmung und tiefer Frieden. Man ist begeistert über die Olympischen Spiele, schwärmt vom neuen Führer Adolf Hitler und tuschelt sich nur leise zu, dass in der Nachbarschaft Menschen plötzlich verhaftet und Bücher öffentlich verbrannt worden seien. Aber Politik hat Ellen noch nie interessiert. Sie liest selten Zeitung, hört wenig Radio und mischt sich nicht ein, wenn über Juden, Kommunisten und Franzosen gelästert wird, die den Deutschen die Rheinlande geraubt und das Schanddiktat von Versailles aufgebrummt hätten. In diesem Jahr 1936 will die junge Frau nur in ihre Jugendidylle zurück.

> *»Trotz allem fühlte ich mich in der großen Stadt nicht wohl und hatte Heimweh nach Milspe. Meine Schulfreundinnen habe ich dort öfter besucht.«*

Sie will sich dem Zugriff der rechthaberischen Mutter entziehen und wünscht, auf eigenen Beinen zu stehen. Natürlich nicht allein. Am liebsten mit einem ordentlichen Mann, der Frau und Familie ernähren kann.

»Ich war im Sommer 1936 zu einem zweiwöchigen Aufenthalt bei einer Freundin. Während dieser Zeit traf ich mich mit Josef Rinsche. Dabei hatte ich durchblicken lassen, dass ich aus guten Verhältnissen stammte.
Schon nach drei Wochen besuchte mich Josef in Düsseldorf und wurde vorstellig, während er mich erst viel später seinen Eltern präsentierte. Vielleicht geschah dies, weil er manches erzählte, das einfach nicht der Wahrheit entsprach. Mit der Zeit gewann ich Josef Rinsche gern. Ich hatte ihn lieb und war unglücklich, wenn er einmal nicht nach Düsseldorf kam. Ob meine Liebe zu ihm sehr groß war, kann ich nicht sagen. Ich bildete mir einfach ein, ihn zu lieben.«

Später wirft sie sich vor, dass sie misstrauischer hätte sein müssen, mehr auf der Hut, zwischen Dichtung und Wahrheit zu unterscheiden. Er ist ein schrecklicher Hochstapler. Aber vorerst glaubt sie ihm alles. Dass Josef leitender Ingenieur bei seiner Firma sei und eines Tages höher aufsteigen könne. Dass er fünfhundert Reichsmark pro Monat verdiene. Dass seine Eltern in einem schönen Haus jenseits der Bahnlinie wohnten und dass sein Vater kein armer Mann, sondern im Gegenteil vermögend sei.

Sie vertraut ihm arglos, als sie Pläne für die Zukunft schmieden. Sie träumt von einer Wohnung mit Geranien vor den Fenstern. Vielleicht könnte man später ein eigenes Auto haben. Auf jeden Fall will sie drei Kinder. Wenn sie ihn fragt, wann er sie seinen Eltern vorstellen werde, weicht er lange Zeit aus.

Dabei spielt sie nie die Tochter aus gutem Haus und hütet sich, ihn von oben herab zu behandeln. Sie reicht ihm diskret das Glas, sobald er Bier aus der Flasche trinkt. Sie ermahnt ihn, Salat nur mit der Gabel zu essen. Sie gibt ihm eine Serviette und macht ihn darauf aufmerksam, dass er schwarze Fingernägel hat. Bei gemeinsamen Mahlzeiten mit anderen Gästen benutzt sie Messerbänkchen aus Porzellan, die sie zu ihrer Kommunion bekam. Sie rät ihm, beim Essen nicht laut zu schmatzen. Sie sagt ihm, wenn seine Manschetten schmutzig sind. Manchmal nimmt sie die Kleiderbürste, um hässliche Schuppen von seinem Anzug zu entfernen.

Josef dagegen versäumt keine Gelegenheit, sie öffentlich und im Beisein anderer Leute zu hänseln. Manchmal zieht er sie mit ihrem rheinischen Tonfall auf, über den er sich ständig lustig macht; ein anderes Mal mit ihrem nachziehenden Gang, den er sogar nachzuäffen sucht. Bei solcher Gelegenheit nennt er sie einmal »Hinkefuß«. Die Beleidigung empört sie derart, dass sie sich lange in ihrem Zimmer verschließt. Es scheint, als würde Josef ständig Rache nehmen, nur weil sie aus besseren Kreisen kommt. Als lasse er sie für etwas büßen, von dem er schamlos profitiert.

[7]

Jenen Tag wird sie nie vergessen, an dem ihr Vater mit Hut und dunklem Anzug, die festlich gekleidete Gattin Luise am Arm, vor dem Haus ihrer Schwiegereltern zum ersten Besuch in Gevelsberg erscheint. Ihr höflicher Papa, der mit der Pose des Weltmannes seiner Ehefrau die Wagentür aufhält, sie, die sich in einem Frühjahrskostüm mit Hut und weißen, hochhackigen Pumps so wirkungsvoll herausgeputzt hat, ihr Bruder Adolf, der das Schauspiel über sich ergehen lässt und zusieht, wie Kinder den Namen »Borgward« auf dem Kühlergrill des väterlichen Wagens buchstabieren – alle vier, die da angereist sind, haben das Absurde ihres Auftritts erkannt.

Sie vertreten mit ihrem Aufzug eine andere Welt, ein Großstadtmilieu, das sich in eine Gegend verirrt, die zwar »Im Himmel« heißt und doch nur diese ärmliche Siedlung repräsentiert. Hier wohnen brave, hart arbeitende Leute, aus denen man tüchtiges Dienstpersonal rekrutiert.

Es erscheint abwegig, zu diesen Menschen einen engeren Kontakt zu unterhalten, von familiären Bindungen ganz zu schweigen. Haben diese Provinzler je über ihren Horizont geblickt, sind sie je bis Düsseldorf gekommen? Am lächerlichsten wirkt Josef, der sich einen Schlips umgelegt hat und in seinem Anzug so linkisch aussieht, als müsse er sich für seine Eltern und die Umgebung entschuldigen, deren Entdeckung er so lange hinausgezögert hat.

Die bescheidene Wohnung mit ihrem schmalen Flur, der winzigen Küche und dem Wohnraum, wo ein Schrank und ein stabiler Esstisch mit steifen Stühlen stehen. Die Couchgarnitur, auf die seine Eltern so stolz sind, weil man sie von den Großeltern erbte; der altmodische Kronleuchter, die schweren Übergardinen und die bunt geblümte Tapete, die sich an einer Seite dunkelgelb färbt, weil sich ein Ofenrohr durch den Raum zieht, das mit einem Kohleofen in der Zimmerecke verbunden ist.

Ihr Josef scheint sich für diese Umgebung zu schämen, in der er aufgewachsen ist und die er, bevor er Ellen kennenlernte, widerspruchslos als sein elterliches Haus akzeptierte. Von seinen Ausflügen in die herrschaftliche Umgebung der Fischers hat er daheim kaum erzählt, weil er Eltern und Bruder nicht irritieren will.

Sie haben schon genug damit zu tun, sich an eine Verlobte zu gewöhnen, die einen rheinischen Tonfall spricht und im modischen Aufzug erscheint, von ihren Hüten ganz zu schweigen. Irgendwie ist sie etwas Besseres. Eine verwöhnte junge Frau aus gutem Hause, eine Fremde und Zugezogene, von der man nicht genau weiß, ob sie wirklich hierher gehören will.

Sie sitzt neben Josef am Kopfende des Tisches. Beide sehen aus wie ein Paar, das im Begriff ist, sich zu verloben, um sich später endgültig das Ja-Wort zu geben. Beide sind katholisch, was die Formalitäten erleichtert und Ellens Vater für Josef eingenommen hat. Sie liebt ihren Vater. Sie bewahrt ein Foto in ihrer

Schublade auf, wo er mit zerzaustem Haar und aufgekrempelten Hemdsärmeln an einer Schiffsreling steht. Damals war er noch so herrlich jung. Im Ersten Weltkrieg war er bei den U-Booten gewesen.

Paul Fischer ist in Bergisch-Gladbach geboren, in Köln aufgewachsen und in einer katholischen Knabenschule erzogen worden; er hat mit Begeisterung den Messdiener und Chorknaben gespielt und pocht mit kölschem Akzent in diesen »unchristlichen Zeiten«, wie er es nennt, auf das Wort seines Gottes, den die neuen Nazi-Schreihälse in Berlin in Ruhe lassen sollen.

Paul ist ein gesprächiger, manchmal sogar gewandter Unterhalter, ein Mann von natürlicher Würde und ein gläubiger Mensch, der fast jeden Sonntag in die Kirche geht und gerne verbreitet, eine der Grundtugenden des echten Rheinländers sei Zuversicht. Das sei immer so gewesen und werde so bleiben. Sie seien keine Sozialdemokraten, linke Proleten oder ungebildete Nazis, sondern ordentliche rheinische Katholiken.

Sie erinnert sich, wie nervös sie war, in ihrer weißen Hemdbluse, die sie unter der Kostümjacke trägt; wie Josef ihre Hand sucht, als müsse er seine Elli vor der abschätzigen Haltung ihrer Mutter in Schutz nehmen, die schweigsam in die Runde blickt, indigniert das Geschirr und die Blümchentapete mustert und sogar, nachdem die Schüssel mit den Salzkartoffeln, dem Gemüse und den panierten Schweinekoteletts aufgetragen wird, nach einer neuen Serviette verlangt. Herablassend hat sie sich das Du der Gastgeber gleich zu Anfang verbeten.

Ellen kennt den Hochmut der Mutter zu gut und ist allzu häufig mit deren Überheblichkeit kollidiert, als dass sie ihre bebenden Nasenflügel missdeuten könnte. Ihr Schweigen ist nicht zu unterschätzen. Die großbürgerlich aufgewachsene Luise Fischer macht keinen Hehl daraus, dass ihr diese Umgebung nicht passt und dass sie sich insgeheim fragt, wie man die überhastet zustande gekommene Beziehung wieder beenden könne. In diesen kleinbürgerlichen Beamtenhaushalt, wo man inzwischen die Fenster aufgerissen hat, um den lästigen Essensgeruch zu vertreiben, soll im fast klassischen Sinne »unter Stand« geheiratet werden, wie Mutter Luise Fischer kühl und abschätzig konstatiert.

So wenig das einfache Essen, die ärmliche Wohnung und die schlichten Manieren ihrer Gastgeber zu ihrem mondänen Auftritt passen, so wenig kann sich Ellens Mutter an die Vorstellung gewöhnen, solche Leute könnten eines Tages ihre eigene Wohnung betreten, die ihr schon jetzt, beim allerersten gedanklichen Vergleich, wie ein Palast vorkommt. Ihre geschmackvolle häusliche Welt kontrastiert so energisch mit dem hier vorgezeigten Milieu, dass Luise ihren Abscheu kaum verbergen kann.

[8]

Als sie am Abend endlich aufbrechen, mutmaßt nicht nur Ellen, dass nach dieser Begegnung nichts sein wird, wie es vorher war. Ihre Mutter, die wie eine beleidigte Filmdiva aus der Wohnung rauscht, der Vater, der sich wortreich verabschiedet, Josef, der ihr hilflos nachblickt. Ausgerechnet jetzt, in diesem Augenblick, möchte sie ihn umarmen und nie wieder loslassen, weil sie zu ihm gehört und plötzlich sicher fühlt, dass sie ihn liebt.

Das werden ihr weder die pikierte Mutter noch der schweigsame Vater ausreden, der sein Auto betont langsam durch die von Pfützen und Schlaglöchern übersäte Teichstraße steuert, als habe er Angst, dass sein Wagen beschädigt werden könnte. Sie blickt ihrem Josef durch das Autorückfenster nach, wie er auf der schmalen Straße steht und dem davonrollenden Wagen zuwinkt wie ein Ertrinkender, der Hilfe braucht und nach einem Rettungsring sucht. Dieses Bild will sie mitnehmen. Es soll ihren Entschluss festigen, sich diese Liebe nicht kleinreden zu lassen.

Auch nicht von ihrer Mutter, die still dasitzt, auf Felder und Wiesen schaut und ahnt, dass heute etwas Schlechtes in Gang gekommen ist.

Sie weiß, dass sie ihre Tochter nicht umstimmen kann. Für Ellen scheint der Moment gekommen, wo sie ganz allein die Frage beantworten muss, welcher Mann gut für sie ist. Die Entscheidung muss Ellen treffen, selbst auf das Risiko hin, ihre Eltern am Ende zu verlieren. Daran lässt sie keinen Zweifel aufkommen. Noch in diesem Jahr wird sie sich mit Josef verloben, danach werden sie heiraten, in Gevelsberg wohnen und möglichst viele Kinder kriegen. Sie will genau dieses Leben, ohne Rücksicht auf die Folgen.

[9]

Aber ist Josef der Richtige? Ihr fällt auf, dass er sich in Gegenwart ihrer Eltern oft unterwürfig benimmt. Natürlich bringt er stets den obligaten Blumenstrauß für ihre Mutter mit, für »die Dame des Hauses«, wie er pathetisch verkündet. Aber er probiert zu oft sein anbiederndes Lachen. Einmal hat er sogar einen Handkuss vorgeführt, was Elli mit der Bemerkung quittiert, man sei hier nicht mehr bei Hofe.

Seine artigen Gespräche bei Tisch, die Lobhudeleien, mit denen er eigentlich nur einen guten Eindruck machen will. Allmählich beginnt sie, nach Erklärungen für sein Verhalten zu suchen. Ihre Eltern erfahren davon nichts, aber einer Freundin vertraut sie sich an. Sie habe den Eindruck, dass sie ihm nichts recht machen könne; obwohl sie versuche, seine Wünsche zu erfüllen, reagiere er meist unbeherrscht und brülle sie an.

Er sei völlig unberechenbar, nur im Beisein ihrer Eltern halte er sich zurück. Manchmal überlegt sie sogar, Josef eine psychologische Untersuchung zu empfehlen. Aber dazu hat sie keinen Mut.

Um es klar zu sagen: Seine krankhafte Rechthaberei steht im Gegensatz zur servilen Haltung, mit der er ihren Eltern nach dem Munde redet und sich bei ihnen lieb Kind machen will. Manchmal möchte er ihr sogar verbieten, eine eigene Meinung zu haben. Sobald sie sich zu einem Thema äußert, wird ihre Ansicht abgetan. Josef hat es viel lieber, wenn sie gehorcht und sich danach richtet, was er zu sagen hat. Ein Mann habe zu führen, und die Frau habe ihn zu unterstützen.

Noch schlimmer: Er hat ihr sogar verboten, mit der Freundin weiterhin Kontakt zu halten. »Wenn wir verheiratet sind, hört das auf.« Vor einem solchen Leben, so gesteht sie betroffen, habe sie richtige Angst.

»Als wir uns nach einem Jahr verlobten, stellte ich fest, dass Rinsche frech und ausfallend sein konnte. Geschlagen hat er mich da noch nicht. Jedenfalls kamen mir Bedenken, und ich teilte diese einer Freundin mit. Dadurch hat Rinsche erfahren, dass ich die Verlobung lösen wollte. Bei einem Geschlechtsverkehr sah er sich nicht vor, und ich fühlte mich später schwanger.
Ich glaube, dass Rinsche mich nicht nur aus übergroßer Liebe heiratete. Die Vermögensverhältnisse meiner Eltern, meine Mitgift und ihre guten Verbindungen haben eine wichtige Rolle gespielt. Als ich ihm sagte, dass ich von ihm in Umständen sei, war er überhaupt nicht bestürzt, sondern meinte nur, dass wir jetzt heiraten müssten.«

[10]

Am 9. März des Jahres 1938 wird die Ehe vor dem Standesamt in Düsseldorf geschlossen. Vier Wochen später findet die kirchliche Trauung statt. Vorher hat Josef bei Ellens Vater um die Hand seiner Tochter angehalten. Im Plüsch-Ambiente der damaligen Zeit wird eine Muss-Ehe als schlimmer Betriebsunfall empfunden. Unter der Fuchtel meist autoritärer Eltern hat man eine ordentliche Verlobungszeit zu absolvieren, um danach mit dem ersten selbst verdienten Geld um die Hand der Geliebten anzuhalten. Das entspricht dem bürgerlichen Grundkonsens der Zeit.

Vor dem entscheidenden Gespräch treffen sich beide Männer zu einem Spaziergang. Als Josef seinem zukünftigen Schwiegervater beichtet, dass Ellen ein Kind erwarte, verliert Paul Fischer sofort die Contenance, rennt zu seiner Frau und erzählt ihr die Neuigkeit. Er ist empört.

Am Ende ist es erwartungsgemäß Luise, die nach der ersten Aufregung die beleidigte Mutter spielt und nicht nur ihre Tochter, sondern auch Josef zur Rede stellt. Sie haben ihn unter ihrem Dach wohnen lassen, weil sie annahmen, er sei ein Ehrenmann, und nun müsse man feststellen, dass er ihr Vertrauen missbraucht habe. Seine Jugend könne nicht als Entschuldigung gelten; denn mit fünfundzwanzig sei man alt genug, höchstens Unwissenheit könne eine Rolle spielen, aber da sei die Frage erlaubt, ob man jemanden aus der Provinz oder einen Mann mit Erfahrung vor sich habe. Oder hat er Ellens Unerfahrenheit ausgenutzt? Wie auch immer. Er hat sie geschwängert. Jetzt wird er vor den Altar geschleppt.

Die Braut ist bei ihrer Hochzeit siebenundzwanzig Jahre alt; auf dem offiziellen Foto des Brautpaares erscheint sie jünger, fast mädchenhaft, eine Kindfrau. Sie wirkt gefasst, als sei das nicht ihr glücklichster Tag. Das blonde Haar ist in modische lange Zöpfe gelegt und mit Blumen künstlich hochgesteckt. Die Hände liegen frei; ihren linken Arm hat sie unter den rechten Unterarm ihres Bräutigams geschoben, der reifer als seine Frau aussieht, obwohl er um zwei Jahre jünger ist.

Josef macht ein ernstes Gesicht. Er sieht aus, als ob er kein Wässerchen trüben könnte. Im dunklen Anzug und einer hellen

Schleife, mit weißem Hemd, das Haar glatt gekämmt, sorgsam gezogener Scheitel. Mit einem Anflug von Stolz, brav und bieder, treuer Blick, die verkörperte Harmlosigkeit. Er erinnert nicht an einen Mann, der seine Frau brutal misshandelt.

An jenem Tag feiern beide ein Fest, das sie nicht mehr absagen konnten. Wirkt Josef zufrieden? Ist er glücklich? Wenn er es darauf angelegt hat, mit Ellen eine junge, gut aussehende Frau zu heiraten, die aus besseren Kreisen stammt und vermögend ist, dann hätte dies ein Glückstag sein können.

Die Eltern sind aus Gevelsberg angereist und freuen sich mit dem ältesten Sohn, auf den der Vater besonders stolz ist. Sein Junge ist ein strebsamer Mann, nicht leichtfertig und in der Lage, mit einem anständigen Wochenlohn Frau und Kind zu ernähren. Ein solider Arbeiter. Ein tüchtiger Kerl. Normaler geht es eigentlich nicht.

Dass Josef zu jenen stillen Typen zählt, die zu gefährlichen Wutausbrüchen neigen, ist vergessen. Dabei hat sein Vater erzählt, dass Josef als Kind spektakuläre Tobsuchtsanfälle hatte. Er sei kaum zu beruhigen gewesen mit seiner Wut und einem Zorn, vor dem die Geschwister und seine Eltern erschraken. Aber im Blick auf die bevorstehende Hochzeit und in wachsender Vorfreude auf das Enkelkind gibt selbst Schwiegermutter Luise ihre mokanten Einlassungen auf, wünscht Tochter und Schwiegersohn Gottes Segen und ist zu Tränen gerührt. Ihr bekümmerter Blick ist freilich kaum zu übersehen. Hat sie Angst?

Die Tochter gesteht ihr einmal, dass die Beziehung zu ihrem zukünftigen Ehemann nicht immer glücklich verläuft; erschrocken erfährt die Mutter, zu welcher Rücksichtslosigkeit Josef fähig ist. Von seinem Jähzorn, den Anfällen von Gewalt, die ihn urplötzlich erfassen und rasend machen können. Von seinem zügellosen Drang nach Sexualität.

Schon am Polterabend gibt er ein Beispiel dieser Unbeherrschtheit, als er seinen jüngeren Bruder ohrfeigt, der sich über den rheinischen Tonfall der Braut lustig macht. Im letzten Moment wird der Geschwisterstreit geschlichtet. Mit der Stimmung ist es vorbei.

Aber Ellen beteuert immer wieder, dass sie ihren Josef liebt; ihr Gefühl sage ihr, dass sich alles bessern werde. Man müsse ihm Zeit geben, sich an die veränderten Verhältnisse zu gewöhnen. So nimmt sie ihn in Schutz und redet sich die Sache schön. Die Ängste vor einem Scheitern der Beziehung bleiben.

Mutter und Tochter haben sich lange vor der Hochzeit einen Plan zurechtgelegt, wonach bei Josefs nächstbester Verfehlung ein gemeinsames Gespräch mit allen Beteiligten stattzufinden hat, bei dem sogar die sofortige Entlobung besprochen werden soll. Auch der erschrockene Vater stimmt zu, der seinen Schwiegersohn kritischer ins Auge fasst und auf das übliche Gut-gelaunt-Sein verzichtet. Sie ahnen längst, welch zwielichtigen Zeitgenossen Ellen in ihr Haus geholt hat. Josef spielt den braven Schwiegersohn, schleimt sich bei den Eltern ein und ist bei näherem Hinsehen ein schlimmer Schürzenjäger. Er kann seine Finger nicht bei sich halten und läuft jedem Frauenrock hinterher.

Das polnische Hausmädchen hat ihnen gebeichtet, dass ihr der junge Herr Josef in der Küche auf den Hintern geklatscht und an den Busen gegrapscht habe. Er habe ihr sogar einmal aufgelauert. Als sie sich wehrte, habe er sie wütend am Hals gepackt und ganz schrecklich angeblickt. Sie habe seitdem Angst, ihm allein im Dunkeln zu begegnen. Wenn das so weitergehe, werde sie sich eine neue Anstellung suchen.

Ihr damaliges Zaudern werden Ellens Eltern noch bereuen. Sie werden sich Vorwürfe machen, weil sie ihrer Tochter nicht von der Verbindung mit Josef Rinsche abgeraten haben. Sie fühlen sich später mitschuldig an ihrem Schicksal. Aber sie hatten nie die Kraft, die Sache grundlegend zu ändern. Sie steckten den Kopf in den Sand und hofften auf Besserung. Wie das fast alle

Eltern tun, deren erwachsene Kinder aus dem Haus gegangen sind, um ihr eigenes Leben zu führen.

Die voreheliche Schwangerschaft macht ohnehin alle Gedankenspiele über eine Entlobung zunichte; die Möglichkeit einer Abtreibung, die damals unter schwerer Strafe steht, wird überhaupt nicht in Erwägung gezogen. Der katholische Glaube beider Familien hätte eine solche Überlegung verboten. »Ein Kind auf dem Kissen ist besser als eines auf dem Gewissen«, mahnt die Mutter und drängt alle Bedenken zurück. Die Schuldige bleibt freilich Ellen, die sich harte Vorwürfe anhören muss. »Damit dein Sündenkonto kleiner wird«, schickt die Mutter ihre Tochter zur Beichte; dann beginnt sie mit wachsender Vorfreude, sich auf das Leben mit einem Enkelkind vorzubereiten, von dem alle hoffen, dass es ein Junge wird.

Zuerst geht es auf Hochzeitsreise. Nach Amsterdam. Das hatten sie sich immer gewünscht. Josef ist wieder so knapp bei Kasse, dass Brautvater Paul alles bezahlen muss. Alle freuen sich, wünschen Glück und stürzen sich in die Vorbereitung für den Umzug nach Gevelsberg, der von Ellens Vater tatkräftig in die Hand genommen wird. Im dortigen Blumenviertel, nicht weit von den Schwiegereltern, wird eine Wohnung gemietet, die vier Zimmer und ein eigenes Bad hat, was für die damalige Zeit eine moderne, viel bestaunte Errungenschaft ist. In der Umgebung wohnen Selbstständige, Facharbeiter und Beamte. Keine Malocher, die nach Feierabend in den Fenstern liegen, den Leuten nachschauen und Holländer züchten. Hier tragen die Frauen Schürze statt Kittel. Man sagt Sie statt Du. Und man trinkt das Bier nicht aus der Flasche. Es ist einfach eine gute Gegend, die sich vom Milieu der Schwiegereltern beträchtlich unterscheidet.

»Wir zogen nach Gevelsberg, wo wir in der Veilchenstraße eine Vierzimmerwohnung bezogen, nicht weit entfernt von meinen Schwiegereltern. Porzellan, Wäsche und Hausrat,

kurz alles, was zur Gründung eines Haushalts gehört, erhielten wir von meinem Vater. Unsere Ehe war in der ersten Zeit glücklich. Kleine Streitigkeiten kamen hin und wieder vor, weil mein Mann die Angewohnheit hatte, stets mit dem Kopf durch die Wand zu wollen. Er musste immer recht behalten.«

Die Zukunft des jungen Paares, darüber scheinen sich die meisten zunächst einig, ist gesichert. »Kein Mensch wird im Leben nur allein glücklich, sondern er braucht dazu einen lieben Gefährten«, deklamiert Brautvater Paul in seiner Hochzeitsrede. »Eine Familie ist wie ein Baum, der wächst und starke Äste treibt, an dem später schöne Früchte hängen.« Und Ellens Vater zitiert aus Schillers Glocke: »Ach! des Lebens schönste Feier endigt auch den Lebensmai, mit dem Gürtel, mit dem Schleier, reißt der schöne Wahn entzwei.«

SONNTAGMORGEN

[1]

Als sie endlich erwacht, fühlt sie sich wie nach einem bösen Traum. Sie weiß nicht, ob sie das alles erlebt hat oder ob es nur Teil ihrer Einbildung ist. Wie sie so daliegt, in ihrem dunklen Zimmer, in das kein Tageslicht eindringen kann, wünscht sie nichts sehnlicher, als dass alles nur ein Phantasiegebilde ist, ein Teil jener schlimmen Träume, die sie in den letzten Monaten durchlitten hat und aus denen sie oft schweißgebadet aufgewacht ist. Sie erkennt trotz der Dunkelheit die Konturen des Kleiderschranks, sieht, dass die Tür zum angrenzenden Wohnzimmer halb offen steht, und spürt, dass das Bett neben ihr leer ist. Die schwere Daunendecke ist halb zurückgeschlagen. Er ist weg.

Plötzlich kommt die Erinnerung zurück. Bevor er die Wohnung verließ, hat er sie geschlagen. Er hat sie so schlimm getroffen, dass sie noch die Schmerzen an der linken Wange spürt. Er hat ihr den Kopf nach hinten gezogen und mit den Fäusten auf sie eingedroschen. Sie ist über den Stuhl in die Ecke der Küche geflogen, wo sie wimmernd liegen blieb. Sie hat einen Schrei unterdrückt und ist tastend auf dem Boden an die Wand gekrochen, wo sie schluchzend die Arme um sich gelegt hat. Allmählich versiegten die Tränen. Später hat sie sich ins Bett geschleppt.

Danach ist er fort. Hat wie immer den Hut von der Garderobe genommen und ist die Treppe hinuntergegangen. Wie ein Dieb hat er sich aus dem Haus geschlichen.

Die Stille im Haus ist bedrückend. Hoffentlich haben die Leute nichts gehört. Sie hat Angst, dass ihre Streitigkeiten auffallen und zu peinlichen Nachfragen führen. Manchmal kann sie mühsam die blauen Flecken unter dem Auge oder ihre verrenkten Knöchel verbergen. Hat man ihre verweinten Augen bemerkt?

Sie mustert sich im Spiegel. Sie bemerkt die Schatten unter ihren Augen; ihre Wangen, früher glatt und weich, sind faltig, von kleinen Furchen durchzogen. Sie ist erst einunddreißig. Wenn sie genau hinschaut, kann sie die beiden Linien entdecken, die von den Nasenflügeln hinunter zu den Mundwinkeln führen.

»Ich trug mein Kind aus, hatte aber im neunten Monat eine Totgeburt, von der mein Arzt sagte, dass sie auf seelische Erregung zurückzuführen war. Ich habe dem Arzt nicht gesagt, dass ich von meinem Mann geschlagen wurde. Ich hatte nach diesem Vorfall eigentlich vor, zu meinen Eltern zu fahren, um nie zurückzukehren. Mein Mann schien seine Tat zu bereuen und bat mich inständig, bei ihm zu bleiben. Ich habe leider nachgegeben ...«

Natürlich tratschen die Nachbarn; sie hatte eine Totgeburt, ja. Einige haben sie damals besucht, nachdem sie aus dem Krankenhaus entlassen worden war. Viele sind bei der Beerdigung auf dem Friedhof gewesen. Sie hat den kleinen blumengeschmückten Sarg auf beiden Armen zum Grab getragen. Einige kamen aus Sorge, andere aus Pietät und Pflichtgefühl, wieder andere aus Neugier, weil sie über die Neue etwas erfahren wollten.

Sie tröstet sich, dass ihre Hausbesitzer nicht einmal nach dem Zwischenfall fragen. Sie war im neunten Monat schwanger. Er war wie so oft betrunken und hatte mit ihr schlafen wollen, was sie in ihrem Zustand freundlich, aber entschieden abgelehnt hat. Aber an jenem Abend kommt alles wie aus heiterem Himmel.

Ein Wort gibt das andere, sie wehrt sich. Er wird rot im Gesicht, und sie kann deutlich sehen, wie seine Zornesader auf der Stirn anschwillt und sich der Hals dunkel verfärbt. Dann nimmt er wie üblich seine Brille ab. Er faltet sie vorsichtig zusammen, greift in die Innentasche seiner Jacke, sucht nach dem ledernen Etui und steckt sie weg. Es ist ein Ritual. Sekunden später ist er wie von Sinnen, packt seine hochschwangere Frau und wirft sie auf den Boden.

Ja, er tritt sie in den Bauch. Nicht ein Mal, mehrere Male hintereinander. Sie liegt in der Ecke, die Hände über ihrem Körper, und fleht ihn an, ihr bitte, bitte nichts zu tun. Trotzdem drischt er immer weiter auf sie ein, demütigt sie mit Verwünschungen und Schlägen. Nimmt keine Rücksicht auf ihren Zustand und das Kind. Ist vielleicht zum Mörder geworden.

[2]

An jenem Abend hat alles begonnen. Der dauernde Streit und die Lügen, die Scham, dass sie den Tod ihres Kindes zu verantworten haben. Was macht sie falsch? Das Grübeln, wer von beiden für die Verschlechterung ihrer Ehe verantwortlich ist und was sie tun kann, um ihre Beziehung zu retten.

War ihre Ehe nicht verdorrt, bevor sie begann?

Der Sohn, dem sie den Vornamen Max gab, ist tot. Vielleicht ist er an jenem Abend gestorben. Oder später, in ihren durchgeweinten Nächten. Wie oft hat sie mit dem kleinen Menschen in ihrem Bauch gesprochen, von dem sie längst gespürt hat, wo das Köpfchen, der kleine Hintern und die Ärmchen liegen.

Junge oder Mädchen, das war ihr egal. Hauptsache gesund.

Aber wenn sie ehrlich ist, dann wünschte sie sich einen Jungen. Ihre Mutter hat ihr erst kürzlich gesagt, wie schwierig sie als Mädchen war. Aber Ellen will nicht werden wie ihre Mutter.

[3]

Den schlimmen Tag der Totgeburt wird sie nie vergessen, aber auch nicht jenen Moment im Krankenhaus, als sie der junge Arzt fragt, ob sie seelische Probleme habe. Sie lügt ihn an, als sie ihm sagt, dass alles mit ihrem Mann und der Ehe in Ordnung sei.

»Meine Freundin sagte nur: ›Elli, du bist verrückt. Du lässt dich prügeln und gehst mit dem ins Bett.‹ ›Ja‹, habe ich gefragt, ›warum tue ich das? Das bin ich doch nicht, wieso verliere ich mich so?‹«

Natürlich läuft ihre Ehe mit Josef schlecht, keine Frage, oft ist es die Hölle. Sie zanken sich wie ein altes Ehepaar, dem der Hader zur Gewohnheit wird. Die Kälte untereinander, die unerträglich ist; der zermürbende Streit, ihre fatale Ergebenheit, mit der sie sein Verhalten akzeptiert. Seine ständige Alkoholfahne.

Aber gehört es nicht zur ehelichen Pflicht, auf eine Besserung zu hoffen und Josef zu vertrauen, dass alles wieder gut sein kann?

»Zu dieser Zeit stellte ich fest, dass mein Mann es mit der ehelichen Treue nicht so genau nahm. Er hatte ein Verhältnis zu einer Frau Becker, die mit ihm im gleichen Betrieb arbeitete.«

Offen gesagt, hat sie kein Vertrauen mehr.

»Vier Jahre habe ich diese Ehe ertragen, weil ich keinen Ausweg sah. Meinen Vater habe ich um Rat gefragt. Der hat nur gesagt: ›Was Gott zusammenfügt, das darf der Mensch nicht scheiden.‹ Aber es ging weiter und wurde schlimmer, ja, es steigerte sich täglich …«

Er ist ein Haustyrann. Brutal und sadistisch. »Man muss die Weiber jeden Tag verprügeln«, sagt Josef. »Dann laufen alle Ehen besser.« Sie steckt in der Angst so fest, als würde sie darin wohnen. Sie hat keinen Mut, anderen die Wahrheit zu sagen. Sie ist verängstigt wie ein kleines Kind, das sich vor dem schwarzen Mann fürchtet. Sie ist wie gelähmt. Sie fleht zum lieben Gott und wünscht sich Kraft. Schon ahnt sie, dass sie irgendwann das Undenkbare riskieren wird.

[4]

Dieser heiße Sommer des Jahres 1939 erscheint friedlich, obwohl die Vorboten des Krieges unübersehbar sind: Auf den Straßen nehmen die Militärtransporte sprunghaft zu; die Zahl der eingezogenen Reservisten hat sich verdoppelt, obwohl das Korn noch auf den Halmen steht und die Ernte nicht eingebracht ist.

Die Leute sind beträchtlich nervös, tuscheln über unsichere Zeiten und eine böse Propaganda, reden sogar von einem Zweiten Weltkrieg, seitdem Hitlers Truppen das Rheinland von der französischen Besatzung befreit haben und die Deutschen in Böhmen und Mähren sowie in Österreich einmarschiert sind.

Seit Beginn des Krieges spricht Josef oft besorgt darüber, dass er vielleicht doch noch an die Front muss, wie viele seiner Schulfreunde, von denen einige gefallen sind: Franz, Walter und Hans. Seine alte Truppe. Kürzlich haben sie einen Brief mit Trauerrand bekommen. Ein Banknachbar aus der Schule ist in Russland mit seinem Panzer in die Luft geflogen. Sie hatten einige Jahre nebeneinandergesessen und Autobilder getauscht. Sie waren beide scharf auf das Mädchen in der ersten Bank gewesen. Jetzt ist er tot.

Robert war vier Monate jünger als Josef, der sich bei solchen Botschaften eingesteht, wie gut es das Schicksal mit ihm meint.

Aber er spürt, dass sein Vorteil zerrinnt, weil einer sieglosen Wehrmacht immer mehr die Soldaten ausgehen.

Wie lange kann es noch dauern? Noch ist er unabkömmlich, weil sie ihn brauchen. Seine Firma ist ein »kriegswichtiger Betrieb«. Aber es gibt Gerüchte, dass sie sogar ältere Jahrgänge einziehen. Der tägliche Schulunterricht fällt immer häufiger aus, weil sogar Lehrer in den Krieg müssen. Ein Mann aus der Nachbarschaft wurde an die Front beordert, obwohl er schon im Ersten Weltkrieg war.

In solchen Augenblicken sitzt Ellen triumphierend dabei, fühlt sich überlegen und genießt seine Panik. Sie weidet sich an seiner Angst. Es gefällt ihr, wie seine Augen flackern. Sie spürt kein Mitleid. Es verschafft ihr Genugtuung, wie der rechthaberische Mann plötzlich mutlos werden kann. Er ist wie ein kleiner Junge, der die Hand seiner Mutter vermisst. Sie ergötzt sich an seiner Hilflosigkeit, in dieser kriegerischen Zeit ein kläglicher Versager zu sein. Sie genießt das Gefühl, plötzlich Macht über ihn, den Mächtigen, zu haben.

Am frühen Morgen, wenn er das Haus verlassen hat und sie in ihren Wachträumen liegt, ertappt sie sich bei dem Gedanken, wie es denn wäre, wenn ihr ungeliebter Mann eines Tages den Tornister packen und an die Front ziehen müsste. Sie wäre endlich frei und brauchte keine Angst mehr zu haben, dass er sie peinigt und schlägt.

[5]

Sie hat natürlich Angst vor dem Krieg, aber bei ehrlichem Nachdenken hat sie viel mehr Angst vor Josef, ihrem Mann, der ihr Kind auf dem Gewissen hat und der eine Strafe verdient. Den sie längst nicht mehr liebt. Der nur einmal mit zum Friedhof geht, wo ihr Söhnchen begraben liegt. Der dessen Geburtstag einfach vergisst. Der schweigt, wenn andere sagen, dass sie wieder schwanger werden könne. Der sich in jammerndes Selbstmitleid verliert. Der nicht mehr weiß, wann sie Geburtstag hat.

Sie möchte ihm so viel sagen.

Dass sie sich gottverlassen fühlt und nicht weiß, mit wem sie reden soll. Dass sie mit dem toten Max oft stille Zwiegespräche führt. Dass sie dabei den Namen seines Vaters verschweigt, der sie an diesem Sonntagmorgen so zugerichtet hat, dass sie bei der Totenfeier einen Hut mit schwarzem Schleier und eine Sonnenbrille tragen muss, um die Schwellung im Gesicht zu verbergen.

[6]

Heute begräbt die Stadt ihre Toten, die bei dem Luftangriff britischer Bomber umgekommen sind.

Es ist ein windiger, frühlingshafter Apriltag. In den Vorgärten stehen Büschel von gelben Narzissen, die jetzt, in dieser ersten Zeit im Frühjahr, voll aufgegangen sind. Sie sieht unnahbar aus, als sie durch die Veilchenstraße hinüber zum Dörnen, an ihrer alten Schule vorbei zum Marktplatz geht, wo sich die Musikkapellen bereits zum Defilee versammeln.

Sie wird sich mit ihrem Vater auf der Nirgena-Brücke treffen. Die Jahre des Krieges sind auch an Paul Fischer nicht spurlos vorübergegangen. An den Schläfen schimmern die Haare grau, unter den Augen liegen Falten, auf den Wangen haben sich Kerben eingegraben, die es vor Kurzem noch nicht gab.

Seit Monaten warten die Eltern auf Nachricht von Adolf, der eingezogen wurde. Er hat die Feldzüge in Polen und Frankreich glücklich überstanden. Jetzt kämpft er an der Ostfront; die Eltern machen sich Sorgen, dass er im russischen Schnee erfroren ist.

Der Wind fährt in Böen über das Gelände, streift über die Köpfe der Zuschauer und lässt die Fahnen flattern. Neben den Särgen haben sich Hitlerjungen postiert, die Fackeln in den Händen halten. Sie sieht Angehörige der Toten, die in sich gekauert auf die Szenerie starren, als könnten sie die Tragödie noch immer nicht begreifen.

Sie sieht fünf weiße Kindersärge. Wieder spricht sie still mit Max. Sie nimmt sich vor, später zum Friedhof zu gehen und nach den Blumen auf seinem Grab zu sehen.

Ihre Stadt ist von einem Schicksalsschlag getroffen. Sie spürt grenzenloses Mitleid. Von einem tragischen Geschick spricht der Redner und ruft mit lauter Stimme, wie feige der Überfall war. Jetzt habe man einen Wall der Herzen zu bilden. »Bravo«, murmeln die Leute, als müssten sich Zorn und Verbitterung entladen.

Mit einem Mal, als der Redner über Gerüchtemacher spricht, macht das Wort die Runde. »Drückeberger«, schallt es aus der Menge, erst vereinzelt, dann leise im Chor. Niemals zuvor hat sich Ellen zu dieser Stadt und ihren Bewohnern so zugehörig gefühlt wie gerade in diesem Augenblick. Sie vertraut dem Redner, der gerade vom Willen aller Deutschen redet, von der Abwehr gegen einen Feind, der es nie fertigbringen darf, die Front der deutschen Kämpfer zu überwinden. Sie sieht die Särge und Fahnen, hört die Musik und sieht die Menschen, von denen sich einige an den Händen halten.

Sie umarmt ihren Vater, schluchzt und fühlt sich plötzlich frei. Sie hat eine Lösung gefunden. Sie wird sich nicht davon abhalten lassen. Übermorgen wird sie es tun. An ihrem Geburtstag. Dann wird sie ihnen die Wahrheit sagen.

Hans Müller, Feldwebel, 34 Jahre, 1942

»Seit dem Bombenangriff hatten wir Angst, dass die Tommys wiederkommen würden. Weniger am Tag, meistens nachts. Wir mussten die Leute beruhigen, dass sich das nicht wiederholen würde.

Ich weiß noch, als meine Sekretärin sagte, da unten sei eine

Frau, die mich persönlich sprechen will. Ellen Rinsche, blond, mit Hut, sie kenne mich von früher. Ich hab sie kommen lassen und muss sagen, dass ich sie zunächst nicht erkannte. Erst als sie an die Kirchstraße erinnerte, wusste ich, wer sie war. ›Elli‹ aus Milspe, mit der ich rumpoussiert hatte.

Sie sprach von ihrem Mann, der Josef hieß und bei Krefft in Stellung war. Von ihrem Kind, das seit vier Jahren tot war. Sie war nervös und druckste herum. Dann kam sie mit der Sprache heraus und fragte, warum Männer wie Josef nicht in den Krieg müssten. Sie sprach von Drückebergern. Das hat mich gewundert.

Eine Woche später kam sie zurück. Wieder die Geschichte mit ihrem Josef. Als sie zwei Tage später kam und mir die Sache mit dem Flugblatt erzählte, habe ich bei der Gestapo Meldung gemacht.«

JOSEF

[1]

Von der Zimmerstraße, wo die Bombe niederschlug, sind es bis zur Herdfabrik fünfzehn Minuten: Über die Hagener Straße in Richtung Stadtmitte, rechts über den Bahnübergang; schon sieht man an der Mühlenstraße das Verwaltungsgebäude.

Das Unternehmen gehört zur größten Herd- und Ofenfabrik im Deutschen Reich. Man fabriziert nicht nur Herde für den Haushalt in lackierter, emaillierter Form, sondern Öfen für die Frontverpflegung. Der Wasserkocher ist begehrt. Jede Hausfrau ist stolz, das praktische Gerät in der Küche zu haben.

Seit dem Angriff sind die Leute alarmiert. Sie fürchten, dass der Feindflug auf die Firma abzielte, wo zweitausend Menschen beschäftigt sind. Der englische Flieger hätte dann sein Ziel nur knapp verfehlt.

Der Nachtpförtner berichtet, dass er lange vorher die Bombe hörte. Er hat das Sausen verfolgt, bevor es zur Explosion kam.

Er kann sich noch genau daran erinnern. Er ist in seine Pförtnerloge gegangen, um Tür und Fenster zu öffnen. Plötzlich die Detonation. Das Gebäude zittert, die Scheiben der Werkshallen splittern.

Der Schock sitzt tief. Noch in der Nacht beraten alle, was zu tun ist. In der Firma mit ihren sechs Hallen wird die Sicherheit verbessert. Die Werkschutzleute sind angewiesen, den Luftschutz zu verstärken. Das Werksgelände ist in grüne Tarnnetze gehüllt. Feindliche Flugzeuge dürften die Firma nicht als Ziel ausmachen.

Josef Rinsche wird mit einer neuen Aufgabe betraut. Als Chef der Frühschicht muss er überprüfen, ob die Verdunkelung todsicher ist. Kein Lichtschein darf nach draußen dringen. Manchmal treten nämlich Schweißblitze auf, die selbst aus der Luft noch zu orten sind.

[2]

Jetzt stehen sie noch früher auf. Zuerst geht Ellen in die Küche und macht den Ofen warm. Sie hebt die Eisenringe von der Platte und prüft, ob sich im Kohlenbett noch Glut befindet. Dann schiebt sie Holzscheite nach. Sobald der Wasserkessel brummt, brüht sie den Kaffee auf, füllt die Thermoskanne und stellt das Frühstück auf den Tisch. Wenn sie tags zuvor bei »Tengelmann« war und rechtzeitig einkaufen konnte, gibt es Marmelade und Wurst, sogar ein gekochtes Ei. Waren die rationierten Lebensmittel ausverkauft, bleibt es bei Graubrot und Marmelade.

Vor diesen Momenten hat sie Angst; denn meist gibt es Streit. Er verdächtigt sie, zu lange geschlafen, mit der Nachbarin gequatscht oder auf der faulen Haut gelegen zu haben. Sonst könne es nicht passieren, dass alles ausverkauft ist. Er redet sich sehr schnell in Rage.

> *»Einmal bin ich mit dem Kopf gegen die Türkante geflogen; die Narben habe ich noch heute. Ich hätte zum Arzt gemusst, aber ich hatte Angst, dem Doktor die Wahrheit zu sagen.«*

Josef greift über den Tisch, fasst ihren Arm und dreht ihn auf die Seite. Danach gibt es Ohrfeigen oder einen Tritt mit dem Fuß. Sie wehrt sich selten. Sie mimt die Dulderin und schwört Besserung. Früher hat sie noch geweint. Dann verlor er noch mehr die Kontrolle.

»Mein Mann setzte vor jedem Streit die Brille ab. Er tat es, weil ihm einmal die Brille kaputt gegangen war. Immer wenn er sie absetzte, wusste ich, was die Glocke geschlagen hat.«

Seit dem Bombenangriff hat sie den Eindruck, dass er bei der Verdunkelung penibler wird. Sobald er nach Hause kommt, kontrolliert er die Oberlichter und lässt die Rollpappen herunter.

Einmal muss sie vor der Richtzeit das Licht anmachen, weil er von einer Stelle im Garten überprüft, ob Helligkeit nach außen dringt. Neuerdings kniet er auf dem Fußboden, ordnet die Gardinen und tritt zurück, um sein Werk zu begutachten. Oft misst er mit dem Zollstock nach. Vielleicht will er auf diese Weise seine Schuldgefühle kontrollieren. Alles soll in Ordnung sein. Dabei ist er es, der alles zerstört.

Sie hat kein Selbstvertrauen mehr. Er hat sie in vier Ehejahren verbraucht und zermürbt. Sie spürt keinen Anflug von Schuld oder gar Betrug. Irgendwie fühlt sie sich seit ihrer eigenmächtigen Entscheidung zu neuem Leben erwacht. Sie ist lange Zeit wie tot gewesen. Jetzt schöpft sie wieder Hoffnung.

Sie muss aus dieser Ehe ausbrechen. Das Leben mit diesem Mann ist eine Qual. Sie will vor dessen Gier und Geilheit sicher sein. Der Weg des Herzens ist nicht immer der richtige. Die Liebe ist keine sichere Bank. Das Gefährliche hat seinen Reiz. Es braucht zwei offene Fenster, damit ein Luftzug entsteht.

[3]

Er bemerkt nicht, dass sie sich längst verändert hat. Spätestens seit ihrem Geburtstag, den er natürlich vergessen hatte, ist sie anders geworden. Sie spielt das anschmiegsame Kätzchen, schlüpft in die Rolle der braven Magd und mimt die ergebene Ehefrau.

Sie fragt scheinheilig, wie sein Arbeitstag verlaufen sei. Sie lügt, dass sie sich Sorgen um sein Wohlbefinden mache und den ganzen Tag über auf ihn warte. Wenn er zu Hause ist, spielt sie die demütige Sklavin.

»Ich musste meinen Mann von vorne bis hinten bedienen. Jeden Abend die Schuhe und Strümpfe ausziehen, wehe, ich hätte das nicht gemacht! Solange er nüchtern war, war das Essen lecker. Sobald er etwas getrunken hatte, war es Schweinefraß.«

Sie kauft Cognac, den er mag. Sie benutzt ein scharfes Parfüm. Nachts will sie mit ihm schlafen.

Ihm fällt nicht auf, dass sie ihm ein abgeworfenes Flugblatt der Engländer in die Arbeitstasche schiebt, das sie bei ihren Spaziergängen gefunden hat. Die Weitergabe von Feindpropaganda ist Hochverrat und bei Höchststrafe verboten. Sie steckt den Zettel trotzdem unter seinen Arbeitskittel.

So macht er sich an einem dunklen Septembermorgen des Jahres 1942 aus dem Haus. Pünktlich wie an jedem normalen Tag.

[4]

Er geht die Treppe hinunter, fingert den Schlüssel aus seiner Jacke und schließt die Haustür auf. Er bewegt sich leise. Er drückt die Tür auf und zieht sie an der Klinke zu. Draußen ist es so finster, dass er vor der Dunkelheit fast erschrickt.

Es ist kühl. Der Himmel ist von tiefgrauen Wolken verhangen. Nur schemenhaft sind die Straßenbäume zu erkennen. Nirgendwo ein Licht. Josef registriert, dass bei allen Nachbarn richtig verdunkelt ist.

Natürlich wird er auf die Benutzung von Dynamo und Lampe

verzichten. Er kennt seinen Weg. Die Veilchenstraße, wo sein Arbeitskollege wartet, über die Feldstraße, an der Königsburg vorbei zur Bahn, weiter über die Jahnstraße zur Fabrik, wo die Leute um sechs mit der Arbeit beginnen.

Den Wagen sieht er zuletzt, der oben an der Straße steht. Das Auto hat ausgebuchtete Kotflügel und einen breiten, mit Messing beschlagenen Kühler. Plötzlich spürt er, wie ihm kalter Schweiß in den Nacken tritt, die Ahnung von etwas Besonderem. Hinter der Windschutzscheibe glaubt Josef, ein Gesicht unter heruntergezogenem Schlapphut zu erkennen. Ihn überfällt plötzlich eine Beklemmung. Er hält den Atem an, wie immer, wenn er nicht weiß, was er vor sich hat.

Als er sich auf den Seitenweg zubewegt, wird er von einem Unbekannten so stark gepackt, dass er aufschreien muss. Er spürt einen Handschuh auf dem Mund. Er wird wie von unsichtbarer Kraft auf den parkenden Wagen zugeschoben, wo der Fahrer die Seitentür aufgerissen hat und ihn mit einem Stoß in das Auto befördert. Er hört den geknurrten Befehl, er möge bitte keine Schwierigkeiten machen.

Es geht alles schnell. Die Männer entreißen ihm die Tasche, die er wie einen Schutzschild vor die Brust hält; dann hört er das klickende Geräusch. Er spürt das kalte Eisen der Fessel an den Händen, während der Wagen die Straße hinabrollt, an einem Mann mit Schiebermütze vorbei, der auf jemanden wartet und hinter ihnen herblickt, ins Tal, auf Fluss und Brücke zu, während die Männer schweigend nach vorn starren, wo die Bahnlinie in den Blick kommt. Sie rumpeln über Schienen, fahren auf die »Straße der SA« zu, an Schnellmark und Vogelsang vorbei, wo er zur Schule ging und aufgewachsen ist.

Seine Kehle ist wie zugeschnürt. Er spürt einen Kopfschmerz und versucht, seine Gedanken zu sortieren. Er ist sicher, es muss sich um einen Irrtum handeln. Oder jemand muss ihn verleumdet haben. Er hatte noch nie etwas mit der Polizei, geschweige mit der Gestapo zu tun. Er kennt sie nur vom Hörensagen. Im Übrigen hat er noch nie etwas Böses getan.

Allmählich beginnt er, sein Gedächtnis zu durchforsten; mit pochendem Herzen kramt er in seiner Erinnerung, überlegt fieberhaft, wer ihn im Kreis der Freunde oder in der Firma denunziert haben könnte. Das hämmert er sich ein, während er nervös registriert, dass sie an Hagen vorbei in Richtung Dortmund fahren.

Er starrt auf die Armaturen, auf den Kilometerzähler und die rote Nadel, die zwischen fünfzig und sechzig zittert. Er achtet auf den Winker, der wie ein Pfeil mit leisem Klicken ausgefahren und mit einem Hebel wieder eingeholt wird.

Einmal hat er die Hupe gehört. Er möchte sich mit den Männern unterhalten. Aber er traut sich nicht, hört auf das Geräusch des Wagens, von dem er Autobilder besitzt, die er neben Fotos von Fußballern und Filmschönheiten in einer Kramkiste verwahrt. Es ist ein Adler, Modell Trumpf.

Irgendwann schläft er vor Erschöpfung ein. Als der Wagen zum Stillstand kommt, wacht er auf. Er sieht einen Hinterhof, auf dem Polizeifahrzeuge stehen. Manchmal ein Blaulicht. Uniformierte Beamte laufen herum. Er kommt sich wie ein Verbrecher vor, als ihn die Gurtmäntel über den Hof stoßen, auf eine Treppe zu. Er registriert Männerköpfe unter Deckenlampen. »Steinwache« steht auf einem Schild. Plötzlich weiß er, wohin er verschleppt wurde. Von dem berüchtigten Gestapo-Gefängnis haben die Leute erzählt. Auch von Otto Kassebaum, den sie »Kanonen-Otto« nennen.

[5]

Er hat den Tag in einer Zelle verbracht. Er erinnert sich an seine Mutter. Er sieht sie vor sich in der Küche, die selbst gestrickte Jacke über dem Kittel, mit Töpfen und Wäsche beschäftigt.

Oft denkt er an Erna Becker, an ihre Bluse, die Konturen ihres Büstenhalters und die hochgetürmten Haare. An die letzte gemeinsame Nacht. Wie sie in halbhohen Stiefeln, den rechten Fuß auf einem Hocker, im roten Kleid mit Federboa eine französische Nutte imitiert. An seine Frau Ellen, die sich am Morgen darüber wundert, dass sein Fahrrad am Gartentor steht, verschwendet er keinen Gedanken.

Irgendwie hat er alles Zeitgefühl verloren. Ist es früher Abend oder schon Nacht? Vor seiner Zelle hört er Schritte, das Schlagen von Türen, laute Kommandos. Er hat nichts gegessen außer einer Suppe, die ihm der Wachhabende auf den Tisch schob.

Er spürt die gewalttätige Atmosphäre. Und hat plötzlich schreckliche Angst.

[6]

Otto Kassebaum blickt auf die Tür, die sich gleich öffnen soll. Er hat einen langen Tag hinter sich. Es ist spät. Er greift sich die Akte und beschließt, es diesmal kurz zu machen: Josef Rinsche aus Gevelsberg, bei dem sie ein Flugblatt gefunden haben. »Offene Feindpropaganda«, konstatiert der Chef der NS-Polizeidienststelle. »Alles Kommunisten und pazifistische Schwärmer.«

Sie haben den Verdacht, dass sich Saboteure in die Firma einschleichen. Wer sind die Hintermänner? Sollte der Häftling zu einem Netzwerk gehören, dann hat er sich gut getarnt. In seinen Papieren steht, dass Josef R. vorbildliche Hilfe bei der Luftschutzarbeit leistet. Der Mann ist eine Stütze für die Firma.

Der Chef der Polizeidienststelle ist ein Mann mit breiten Schultern, der wie ein Boxer aussieht. Starke Wülste unterhalb der Stirn, breite, abgeflachte Nase, schwere Hände, an denen ein Siegelring blitzt. Er ist schon mit seinem Vater zum Boxen gegangen, bevor er selbst in den Ring stieg und einige Amateurkämpfe gewann.

Freunde sagen, er habe Augen wie ein Adler. Gegner fürchten seine Aufwärtshaken. Meist auf die Leber, am besten gleich auf die Milz. Es sind nur die Nehmerqualitäten, die den Charakter des Mannes ausmachen. Das ist sein Lebensmotto. Daran will er sich halten. Auch der Führer sieht im Boxen nicht einen Wettstreit der Körper, sondern den Kampf um den stärkeren Willen.

Sein kräftiges, dunkles Haar ist nach hinten gekämmt. Seit Kurzem benutzt er Pomade. Er hat wässrige blaue Augen, die zwischen dicken Tränensäcken verschwinden. Er trägt einen Schnauzbart wie sein Führer.

Er gilt als unberechenbarer, reizbarer Mann. Seine Uniformjacke hat er über die Stuhllehne gehängt. An seinen Oberarmen kann man durch das Hemd seine Muskeln, am rechten Unterarm eine Tätowierung erkennen.

Der Häftling interessiert ihn. Er kommt aus der Gegend, wo Kassebaum aufgewachsen ist. Er ist dort SA-Führer gewesen. Er war jung, keine dreißig; es war eine verrückte, wild bewegte Zeit. Oft trafen sie sich in der Gaststätte »Strandbad«, wo sie tagsüber am Schwimmbad lagen und abends die Gegend unsicher machten.

Er mag die Verlässlichen, die genau wissen, um was es geht. Die Loyalen und Verschwiegenen. Und die Tüchtigen, die für des Führers Idee kämpfen und sterben. Das ist für ihn das Wesen der Diktatur. Deshalb geht er auf den Häftling zu und trifft ihn mit einem harten, kurzen Schlag so brutal in den Magen, dass Josef laut aufschreit.

Er hat das Gefühl, sich übergeben zu müssen. Er fühlt sich vollkommen ratlos, weil sie von ihm erfahren wollen, wer seine Helfershelfer sind. Als er mit der Antwort zögert, schlägt ihm einer der Schergen auf die Hand. Als er sie zur Seite reißt, treffen die Schläge seine Oberschenkel.

»Weichkloppen«, befiehlt Kassebaum. »Wer sind deine Genossen? Gib Antwort, sofort!« Sie reißen Josef vom Stuhl, fesseln ihn an Händen und Füßen und werfen ihm eine Decke über den Kopf.

Jetzt folgt Hieb auf Hieb. Einer der SA-Männer drischt von den Fersen aufwärts auf seinen Körper, immer und immer wieder; Josef krümmt sich und weiß nichts zu sagen, bis sie ihre Knebelung lösen und ihm befehlen, in Haltung Aufstellung zu nehmen.

Er steht lange und blickt mit glasigen Augen auf die Wand, bis alles verschwimmt. Der Häftling Josef R. bricht zusammen. Er wird in seine Zelle gebracht, wo sie ihn mit Medizintropfen wieder munter machen. Er soll ihnen noch viel sagen.

[7]

Später erinnert er sich, dass sein Elend plötzlich vorbei war. Die Zellentür wird aufgerissen, und Kassebaum spaziert herein. Josef sitzt seinem Peiniger gegenüber.

Er bemerkt dessen dünne Beine, die in Reithosen stecken und nicht zum Oberkörper passen. Schultern, Arme und der über den Hosenbund quellende Bauch erinnern an einen Gewichtheber, während sich darunter die Beine eines Tänzers befinden. Kassebaum sieht wie ein aufgedonnerter Provinzgockel aus.

Josef spürt eine unbändige Wut, dass er hier sitzt und diesem Mann ausgeliefert ist, der ihn fragt, ob ihm wirklich kein Name einfällt. Es werde sein Schaden nicht sein; es gehe um die Firma, um ihre Angst vor Sabotage, ja, um die Abwehr einer großen Gefahr.

Jetzt rafft sich Josef auf und erzählt, dass es in der Fabrik einen Mann gibt, der ihm verdächtig ist, einen politischen Dickkopf, der Schwierigkeiten macht, weil er gegen das Regime agitiert.

Der Mann in den Reithosen steht auf und verlässt die Zelle. Es dauert Stunden, bis der Gefangene Josef R. auf den Hof geführt wird. Er bekommt Entlassungspapiere. Sie sagen, dass er Glück gehabt habe.

Auf dem Hof wartet ein Militärlastwagen. Junge Uniformierte blicken ihm entgegen und rücken zur Seite, als er den Wagen besteigt. Sie sehen wie Schüler aus, die man aus ihren Betten geholt hat. Im hinteren Halbdunkel hockt ein Junge, der sein Gepäck noch auf dem Rücken trägt. Er weint.

Er wird nie erfahren, wer ihn in diese Lage brachte. Aber er hat Angst. Sie werden in eine Ausbildung fahren, um ihn dann für immer fortzuschicken. Nach Russland oder Italien, vielleicht an die Westfront nach Frankreich. In einen gefährlichen Krieg.

MARIA DURCH EIN' DORNWALD GING

(Weihnachtslied)

Maria durch ein' Dornwald ging.
Kyrieleison!
Maria durch ein' Dornwald ging,
der hatte in sieben Jahren kein Laub getragen!
Jesus und Maria.

Was trug Maria unter ihrem Herzen?
Kyrieleison!
Ein kleines Kindlein ohne Schmerzen,
das trug Maria unterm Herzen!
Jesus und Maria.

Da hab'n die Dornen Rosen getragen.
Kyrieleison!
Als das Kindlein durch den Wald getragen,
da haben die Dornen Rosen getragen!
Jesus und Maria.

Was kriegt das Kind zum Patengeld?
Kyrieleison!
Den Himmel und die ganze Welt,
das kriegt das Kind zum Patengeld!
Jesus und Maria.

DORNWALD

[1]

Sie ist froh, in diesen schrecklichen Zeiten kein Mann zu sein. Das gesteht sie sich ein, während sie sich an die neuen Verhältnisse gewöhnt. Keine Rüpeleien mehr, keine Rechthaberei, keine Schläge. Das Leben gehört ihr. Tief durchatmen, frei sein, sich neu organisieren.

Dazu gehört auch, nach außen hin die Erleichterung zu verbergen, die sie nach dem Weggang ihres Peinigers verspürt. Sie nimmt sich vor, überall die verlassene, um ihren Ehemann bangende Frau zu spielen. Dabei nicht zu übertreiben. »Männer verlieren in Kriegszeiten zwei entscheidende Rechte«, meint sie zur Freundin. »Sie verlieren das Recht zu leben und das, nicht töten zu müssen.«

Ellen sagt das lapidar, sodass man ihr glauben kann, sie sei über den abrupten Weggang ihres Mannes traurig und sogar empört. Die Dinge sind, wie sie sind. Er hat es nicht anders verdient. Nichts muss so sein, wie es ist. Einmal mehr in Zeiten des Krieges, der alles zersprengt. Vielleicht werden die Karten ganz neu gemischt. Josef ist fort, in Frankreich an der Front. Wie Bruder Adolf, der keine zwanzig war. Der einfach fort gewesen und bis heute nicht zurückgekommen ist. Den sie alle so sehr vermissen.

Was Ellen getan hat, behält sie für sich. Das wird nie ein Mensch erfahren. Selbst ihr Beichtvater nicht. Kein Wort gegenüber seinen Eltern. Einer aus der Nachbarschaft, der im braunen Nazi-Tuch durch die Gegend läuft, schwadroniert, dass ihr Mann Dreck am Stecken hatte. Manchmal hasst sie diese Stadt. Das Misstrauen und den Neid der Bewohner. Ihre ordinäre Sprache. Die Neugier und die Blicke der Leute. Das Geläster. Wenn sie im Luftschutzkeller sitzt, kommen sie und fragen, wo er abgeblieben sei. Viele gehen auf Distanz, als hätte ihr Mann Josef ein Verbrechen begangen. Allen voran der Blockwart, ein Hundertprozentiger, mustert sie mit einem Blick, als wären sie beide verdächtig.

Er hat geschrieben, dass es ihm gut geht. Vielleicht hat er Glück und wird als Rechnungsführer abkommandiert. Dann wäre er in der Etappe, nicht im französischen Metz an der Front. Er hofft, zu Weihnachten auf Urlaub zu sein.

Manchmal träumt sie mit offenen Augen. Sie würde sich allein durchschlagen können. Sie war noch jung genug, um einen neuen Beruf zu erlernen und später einen kleinen Laden aufzumachen. Vielleicht etwas mit Mode und schönem Textil. In Düsseldorf oder anderswo. Ihre Tat war ein Schritt aus seinem Schatten.

Im Herbst ziehen Schrottsammler durch die Straße. Ihr hölzerner Karren mit den Deichselrädern wird von einem Pferd gezogen, das einen Federbusch auf dem Kopf trägt. Am Wagen baumeln Papierlaternen, Weidenkörbe und Ketten. Gegen Entgelt darf man Altmaterial auf den Wagen laden: rostige Nägel, Beschläge von Herden und Öfen, Türklinken und ausrangierte Dinge des Hausrats wie Krüge und Töpfe, von denen die Emaille abgesprungen ist. Sie überlegt, den weißen Kinderwagen zu verkaufen, den sie noch im Keller aufbewahrt. Aber dann entscheidet sie sich anders.

[2]

Am Heiligen Abend des Jahres 1942 steht er da. Hager und schmal, im dunklen Armeemantel, ein Dreißigjähriger, der wie vierzig aussieht, mit nervös flackernden Augen und frostzerbissenen Händen, die Stimme rau und belegt. Vor der Haustür liegt Schnee; an den Fenstern haben sich Eisblumen gebildet.

Er ist auf der Fahrt von Metz nach Höxter mit Erlaubnis seines Kompaniechefs aus dem Zug gestiegen, um die Weihnachtstage zu Hause zu verbringen. Er will Ellen überraschen. Mit seinem braunen Koffer in der Hand und einem Paket unter dem Arm ist er den fernen Lichtern der Stadt entgegengestapft. Langsam, tief in Gedanken, ist er den vertrauten Weg vom Nordbahnhof hinauf zum Blumenviertel gegangen, wo sie eben erst den Bürgersteig freigeschaufelt hat.

Sie weiß nach ihrer ersten Überraschung nicht, wie sie mit ihm umgehen soll. Sie schaut ihn lange und prüfend an; dabei überkommt sie ein Gefühl, das an den schlimmen Tag erinnert, als sie nach einem Schulstreich vor dem Direktorium steht und vor Scham in den Erdboden versinken will. Ja, Scham, das ist es, was ihr die Röte ins Gesicht treibt, vielleicht schlechtes Gewissen oder auch Angst.

Ist er gekommen, weil er eine Rechnung offen hat, die er jetzt, an diesem Heiligen Abend, mit ihr begleichen will? Bei diesem Gedanken zieht sich ihr Magen zusammen.

Er stellt den Koffer ab und legt das Paket auf den Tisch. Dann umarmt er sie flüchtig, später mit so innigem Druck, dass sie die Nässe seines Mantels spürt. Sie erinnert sich nicht, was er ihr ins Ohr flüstert. Ihr schlechtes Gewissen wird von einer Welle des Mitleids erfasst, die alles fortschwemmt. Er sieht so schwach und hilfsbedürftig aus. Sie nimmt sich vor, alles wiedergutzumachen.

Sie fragt, ob sie ihm aus dem Mantel und den Stiefeln helfen soll, ob er schon Hunger hat oder sich so lange gedulden kann, bis das Fußwasser heiß ist. Sie ist wieder seine ergebene Sklavin. Sie prüft ihre Vorräte, fragt nach Tee oder Kaffee, bietet Plätzchen an und zeigt die Weihnachtsdecke, die sie mit einer Seidenborte aus goldenen Fäden versehen hat.

Sie spürt, wie er sich verändert hat. Wie er da sitzt und die Wohnung mustert. Wie er den Küchentisch anfasst und über das

Holz streicht; wie er sie anschaut und zärtlich die Kordel des schweren Pakets aufknüpft, das er ihr mitgebracht hat. Wie er den Knoten löst und das braune Packpapier entfernt, bis der schwarze Karton zum Vorschein kommt, den er zu ihrem Platz am Küchentisch hinüberschiebt, wo sie mit leuchtenden Augen sitzt und plötzlich so jung und strahlend aussieht. Weil endlich alles gut zu sein scheint und Weihnachten ist.

Vielleicht sind es die Kerzen, die Lieder im Radio und der Cognac aus der bauchigen Flasche. Oder jene Geschenke, die sie hervorklaubt, aufschraubt und beschnuppert und ganz vorsichtig auf den Tisch legt, um sich die fremden Flakons, Schatullen und Schachteln genauer zu betrachten, die alle französische Beschriftungen tragen. Alles erbeutet, wie er sagt.

Welche Überraschung! Diese Tinkturen für Körper und Haut, die Josef und seine Kameraden aus den Parfümerien des besetzten Metz geplündert haben und die jetzt sofort ausprobiert werden, weil er mit rauer Lüsternheit danach verlangt. Sie reckt sich vor dem Spiegel, dreht sich kapriziös, mit Wimpern und Tusche beschäftigt, wäscht sorgfältig ihr blondes Haar, widmet sich einer Schönheitspflege, die sie lange vermisst hat. Seine Kriegsbeute ist stattlich: Extrakte aus blauem und weißem Lotus, Bronzepuder für Augen und Wangen, Emulsionen und seidige Öle, Cremes für den Tag und die Nacht, mit Mandarine, Thymian, Safran oder Orchidee vermischt, glänzende Lippenstifte, Eau de Toilette und ein Shampoo, das wunderbar nach frischen Äpfeln riecht.

Als sie ihre Haare getrocknet und in ein buntes Schleiertuch gebunden hat, kommt sie in schwarzen Seidenstrümpfen, hochhackigen Pumps und einer losen, offenen Jacke zurück, unter der sie eine rote Korsage trägt. Von ihrem Gesicht, ihrem Körper und den Händen strömt ein Duft, der seine Sinne erregt.

Sie setzt sich so auf seinen Schoß, dass es nur einige Küsse braucht, bis sie in das Schlafzimmer stürzen, wo das Ehebett steht. Sie ist nicht berauscht. Nicht willenlos.

Sie lässt es geschehen, weil es sein muss. Danach liegt er neben ihr, hält sie umklammert, als ob er sie nie wieder loslassen wolle.

[3]

Als sie am Morgen erwacht, ist er gegangen. Auf dem Küchentisch liegt eine Notiz: »Danke. Viel Glück.« Es trifft sie wie ein Schlag. Sie stellt fest, dass Josef den braunen Koffer mitgenommen hat, seinen Mantel, die Tasche und das Bild von den Grachten, das sie sich aus Amsterdam mitgebracht haben.

Sie hat nicht gemerkt, wie er seine Sachen packte. In der Nacht war er zur Ruhe gekommen, aber dann schwemmte alles in ihm hoch. Die verstörenden Grenzgänge im Krieg. Der Himmel voller Rauch, die Granaten, der Graben, in den sie sich verkriechen, bevor die Panzer und Tiefflieger kommen. Die Toten. Die Stahlgewitter. Die Einsamkeit. Seine Seele ist verwundet. Der Krieg steckt noch in seinem Kopf. Wie fremd das bleibt, wie unbewältigt. Besonders hier, im Schlafzimmer zu Hause. Neben der Frau, die warm an seiner Seite schläft.

Er ist nie zum Schießen ausgebildet, zum Töten erzogen, zum Niedermetzeln angestiftet und zum Sterben vorbereitet worden. Aber das ist seit dem ersten Fronteinsatz sein Leben. Er plündert und stiehlt. Er will, dass sich junge Mädchen nackt vor ihm ausziehen. Er schändet sie. Ist er fertig, lässt er sie liegen oder schmettert sie zurück auf den Boden. Er kann nicht über das Soldatenleben reden. Deshalb macht er sich wieder auf den Weg. Er sehnt sich danach, bei seinen Kameraden zu sein; dort fühlt er sich besser als daheim, wo sie ihn doch nicht verstehen.

Er ist froh, ihnen entronnen zu sein. So sitzt er im Zug und blickt über die Dächer der Stadt, auf denen Schnee wie Puderzucker liegt. Der Krieg ist fern und doch so gegenwärtig. Er kann das Grauen nicht vergessen. Er kann nicht einmal darüber sprechen. Er ist einer, der schweigt. Der nicht danach fragt, warum alles passiert ist. Warum die Gestapo kam und ihn in einen Krieg kommandierte, vor dem er lange davongelaufen war.

[4]

Der Frühling ist rascher als erwartet gekommen. Das Wetter hat sich gebessert; Sonne wechselt mit Regenschauern ab. Es gibt sogar ein leichtes Gewitter. Sie ist zur Hebamme gegangen. Sie ist im vierten Monat schwanger und erwartet im September ein Kind. Sie weiß nicht, ob sie weinen oder lachen soll. Sie wandert an der Schule und der Kirche vorbei, über die breite Hauptstraße zum rauschenden Fluss hinunter.

In der letzten Zeit war sie von Erwartungen erfüllt. Sie hatte Träume für die Zukunft. Sie fühlte sich wie ein Vogel, der sich nach langer Gefangenschaft einfach davonmachen will.

FELDPOST

[1]

Sie liebt es mit einem Mal, nichts zu tun und an nichts zu denken. Sobald die Dämmerung einfällt, einfach dazusitzen und die Gegenstände in der Wohnung zu betrachten, wie sie ihre Konturen verlieren und von der Dunkelheit allmählich aufgesogen werden.

Früher ist das anders gewesen. Damals ging alles nach Plan. Jetzt ist ihr das egal. Sie kann warten. Die Zeiten sind ruhiger geworden, weil die Leute mehr denn je damit beschäftigt sind, um ihr tägliches Leben zu kämpfen. Natürlich überlegt sie, aus der Stadt zu verschwinden. Aber wie durch ein Wunder bleibt Gevelsberg fast unbehelligt, während in Hagen, Dortmund und Wuppertal die Angriffe wüten und viele Menschenopfer kosten. Im Übrigen hat der Krieg ihre Familie nicht verschont. Die Kriegsanleihen nehmen den Eltern die Hälfte des Vermögens, die Geldentwertung vernichtet den Rest. Die Wohnung am Carlsplatz bleibt Eigentum, doch die Fischers sind die längste Zeit wohlhabende Leute gewesen.

Es fehlt ihr die Phantasie, sich ein anderes Leben auszumalen. Auch hier ist das Leben hart, weil es an allen Ecken und Enden fehlt; Papier, Holz und Kohle sind knapp, Brot, Milch und Eier, Butter, Kartoffeln oder Fleisch nur auf Karte zu haben. Sie lernt den Wert einzelner Dinge zu schätzen. Sie ist froh, dass sie noch lebt. Noch erinnert ihre Stadt an eine Zwingburg, die vom Feind übersehen wird. Die sich tarnt und duckt, erfolgreich schützt und verkriecht.

Sie kann sich ihr Leben mit dem Kind, das im September geboren wird, nur hier vorstellen. Gemeinsam mit Josef, den sie sich so sehr nach Hause wünscht. Wie sich ihr Leben verändert, wie die Hoffnung zurückgekehrt ist! Deshalb wird sie nie fortgehen, was auch geschieht. Sie wird hier auf ihn warten. Auf ihren Ehemann und den Vater ihres Kindes. Das schreckliche Ende oder eine Katastrophe würden sie überall einholen. Dann besser gleich hier.

[2]

Er hätte ihr sagen müssen, dass die Arbeit eine ehrenvolle Sache ist. Der deutsche Beamte ist das Rückgrat des Staates. Diebe und schräge Vögel kann man nicht gebrauchen. Die gehören ins Gefängnis. Franz Rinsche wird sich später vorwerfen, dass er diese Ermahnung vergessen hat. Als Ellen den »Dienstverpflichtungsbescheid« bekommt und ihn bittet, auf dem Postamt ihren Einsatz ableisten zu dürfen, stimmt er nichts ahnend zu.

Sie ist zwar schwanger, aber einige Stunden am Tag wird sie durchhalten können. Damit sie rasch kapiert, wird er ihr alles Notwendige zeigen. Ganz persönlich; denn sie ist seine liebe Schwiegertochter, die Frau vom Josef. Und sie erwartet in vier Monaten das Kind.

So arbeitet Ellen Rinsche im Sommer 1943 als Aushilfsbeamtin im roten Postgebäude mitten in der Stadt. Rechts liegt der Werkhof. Links beginnt die schnurgerade »Straße der SA« hinunter nach Hagen. In der Mitte öffnet sich über dem Treppenaufgang eine Drehtür, die man kräftig anstoßen muss, um in den Schalterraum zu gelangen. Hier kann man Briefe aufgeben, Pakete in Empfang nehmen oder Briefmarken kaufen. In einer Telefonzelle, die mit einem Samtvorhang verdeckt ist, darf man telefonieren. Die Gespräche sind vorher am Schalter 1 zu bestellen und dort zu bezahlen.

Hier sieht man sie mit dem Schiffchen auf den blonden Locken, in dunkelblauer Uniform und dem Abzeichen der Reichspost am Revers, oft gestikulierend, voll in Aktion, Feuer und Flamme, ständig bemüht, alles richtig zu machen.

Zunächst ist der Schwiegervater mit Ellen zufrieden. Er kontrolliert sie verstohlen und beobachtet mit wachsender Genugtuung, wie geschickt sie Briefe sortiert und Marken verkauft, als hätte sie dies schon immer getan. Sie geht gut mit den Schalterkunden um. Sie ist hilfsbereit. Die Sache macht ihr offenbar Spaß.

[3]

Der Poststellenleiter Franz Rinsche ist ein deutscher Beamter und seit über drei Jahrzehnten bei der Reichspost. Für ihn ist die Arbeit bei einem Reichsunternehmen in erster Linie Vertrauenssache.

Seit Kriegsbeginn ist seine tägliche Arbeit noch mehr mit Verantwortung beladen. Damit ist nicht der tägliche Brief- und Paketkram gemeint, den sie routiniert erledigen. Seitdem die Partei stärker hineinredet, ist die tägliche Erledigung der Feldpost fast eine halbe Staatsaktion geworden. Gemeint ist der Versand von Briefen, Paketen und Päckchen an deutsche Frontsoldaten.

Das läuft nicht über den normalen Dienstweg, sondern über die Wehrmacht. Im hiesigen Zivilpostamt wird alle Feldpost eingesammelt, nach Name, Dienstgrad, Einsatzort, Marine, Heer oder Luftwaffe, Inland oder Ausland sortiert und später auf einen Lastwagen geschafft. Danach wird an geheimer Dienststelle alles gestempelt und noch einmal für den endgültigen Versand überprüft. Mit der Feldpost von draußen ist es einfacher. Da genügt nur die Unterschrift auf dem Berechtigungsschein, um Briefe in Empfang zu nehmen.

Man kann unschwer erraten, was sich in den Paketen nach draußen befindet: Geld, warme Socken und dicke Handschuhe für den Winter, wollene Unterhosen oder selbst gestrickte Mützen, Schokolade und Schnaps, Tabak und Zigaretten, Kuchen oder selbst gebackene Plätzchen. Natürlich Fotos von den Lieben daheim.

Wer diese Feldpost stiehlt und sich dabei erwischen lässt, der muss mit Höchststrafen rechnen; das ist Kriegsverrat. Darauf steht Zuchthaus, Fallbeil, Erschießung oder Tod am Galgen. Allein die zivilen Strafgerichte haben im Dritten Reich etwa sechzehntausend Menschen hinrichten lassen. Die Kontrollen sind härter und die Strafen schärfer geworden, seitdem man die Gewissheit verloren hat, dass Führer und Wehrmacht den Krieg noch siegreich wenden. In Koblenz wird ein angeblicher Gewohnheitsverbrecher zum Tode verurteilt, weil er Vorräte gestohlen und seinen Dienstherrn betrogen hat. In Hagen geht ein Briefträger sieben Monate ins Gefängnis, weil er hundertachtundsechzig Reichsmark Portogeld unterschlagen hat. In Berlin wird ein älteres Schieberehepaar zum Tode verurteilt. Ein Metzgergeselle bekommt vier Jahre Zuchthaus, weil er einen Zuteilungsschein für Fleisch entwendet hat. In einer Gevelsberger Kneipe verhaftet die Polizei zwei siebzehnjährige Schüler beim verbotenen Kartenspiel. Die Ertappten werden vor die Frage gestellt, ob sie an die Front oder ins Gefängnis wollen. Sie entscheiden sich für den Krieg und kommen nie wieder zurück.

Ellen Rinsche hätte es wissen können. Fast jeden Tag stehen die Urteile aus deutschen Gerichtssälen zur besseren Abschreckung in der Gevelsberger Lokalzeitung. Aber sie liest keine Zeitung. Sie hört auch nicht hin, wenn die Leute darüber wispern und erzählen.

Sie wird schon nach kurzer Zeit zur Diebin, weil sie mit einem falsch ausgestellten Berechtigungsschein Pakete und Päckchen, fünfzig Deutsche Reichsmark und eine Stange französische Zigaretten stiehlt. Eine Postkollegin hat sie denunziert. Sie streitet zuerst alles ab, gibt später ihre Diebstähle zu, wird vor den

Augen der Leute im Postamt verhaftet und in Handschellen zur Wache in der Adolf-Hitler-Straße geführt: mitten durch das gaffende Spalier der Leute, wie ein Hund über die Straße am »Deutschen Haus« vorbei, wo schwarz betuchte Kellner hinter den Gardinen stehen und grinsen.

Als sie über die Nirgena-Brücke gehen, treten die Wartenden an der Straßenbahnhaltestelle erschrocken auseinander, machen dem Wachtmeister und der Frau mit den blonden Haaren Platz, die ihre gefesselten Hände so tief in ihrer blauen Uniformjacke zu versenken sucht, als würde sie sich abgrundtief schämen.

[4]

Am nächsten Tag teilt ihr die örtliche Schutzpolizei mit, dass der gerichtliche Prozess mit Rücksicht auf ihre Schwangerschaft ausgesetzt wird. Aber sie hat sich für die Dauer von drei Monaten täglich einmal auf der Polizeiwache zu melden. So geht sie jeden Vormittag in die weiße Villa an der Adolf-Hitler-Straße, wo sie den Einwohner-Meldebogen unterschreiben muss. In der Regel wird sie unfreundlich behandelt. Man tuschelt über sie, weil sie zu denen gehört, die deutsche Soldaten bestohlen hat. Sie heißt bei ihnen »die Rinsche«. Bald kennen sie alle dortigen Beamten unter diesem Namen. Auch der höfliche Chef mit der militärischen Kurzhaarfrisur, Inspektor Heinrich Faust.

Ihr Leumund ist schlecht. Der Schwiegervater hat ihr sein Haus verboten, weil er mit dieser Diebin nichts mehr zu tun haben will. Im Blumenviertel tuscheln die Leute. Auch hier hat sie einen schlechten Ruf. Im September bringt sie das Kind zur Welt. Ein Junge. Sie werden ihn Peter nennen.

Manchmal kommt Josef zu Besuch. Er ist in Höxter stationiert und wieder froh, zurück in der Etappe zu sein. Weg von der Front. Aber das sagt er nur ihr. Nachts, wenn das Kind schläft und sie miteinander reden können. Am 20. Dezember 1944 wird sie vom NS-Amtsrichter zu einer Gefängnisstrafe von drei Monaten verurteilt. Die Strafe muss nicht verbüßt werden, sondern man bewilligt ihr eine Bewährungszeit von vier Jahren. Der Vorsitzende Richter hat eine schwere Hand. Er spricht davon, dass sie noch einmal davongekommen sei. »Gerechtigkeit muss durchgreifen können«, sagt er mit lautem Vorwurf und rät ihr, ein ordentlicheres Leben zu führen. Jetzt hat sie vier Jahre Zeit, sich zu bessern. Sie ist erleichtert. Aber sie bleibt eine Diebin. »Ein schäbiges Aas«, wie die Leute sagen. Eine Frau, der man nicht traut.

CHRIS

[1]

Es gibt keine Zukunft, nur Vergangenheit. Man nennt es die Stunde null. Die Amerikaner sind von den Hügeln gekommen. Ihre Fahrer sind farbige Soldaten, die hier »Besatzungsneger« heißen. Sie kurven mit ihren Jeeps über die Straße und lassen ein Bein aus dem Wagen baumeln. Sie haben ihre »Shermans« angehalten, um sich zu vergewissern, dass da kein Widerstand mehr ist und sie in die Stadt rattern können. Unwiderstehlich, unbesiegbar, unaufhaltsam.

In jenen Tagen, als die Leute weiße Bettlaken aus den Fenstern halten, die Führerbilder von den Wänden holen und Dürers »Hasen« zurück an die alten Haken hängen; als sich einige aus Angst vor ihren deutschen Rächern im Wald verstecken und man aus Hammerteichen Uniformen fischt, die ehemalige Nazis dort haben verschwinden lassen – in dieser aufgeregten Zwischenzeit trifft Ellen sich mit einem englischen Offizier, den sie zufällig kennengelernt hat. Er gefiel ihr auf den ersten Blick.

Der lange, schlaksige Mann hat sie in gebrochenem Deutsch nach einer Straße gefragt, als sie mit dem Kinderwagen auf dem Nachhauseweg war. Sie ist bis zur Körnerstraße mitgegangen, hat ihm den Weg gezeigt und dabei erzählt, dass ihr Mann in englischer Kriegsgefangenschaft sei. Sie hoffe, dass er bald nach Hause kommen werde.

Der Engländer heißt Chris, ist groß und schlank, hat dünne Haare und ist Mitte dreißig. Er erzählt von seiner Familie in London, nach der er Sehnsucht hat. Seine Frau heißt Lilly, die Söhne sind acht und zehn. Ellen liebt seine lässigen, sanften Bewegungen, sein ruhiges, unaufgeregtes Reden und seine männliche Art. Chris ist sympathisch und kann ansteckend lachen. Er wirkt manchmal immer noch jungenhaft und hat eine angenehme Stimme. Er führt sie am Arm und hilft ihr aus dem Mantel. Wenn er ihr Feuer gibt, greift er nach ihrer Hand. Er hört zu und schaut sie dabei an. Er ist so ganz anders. Sie hat einen Hunger auf Leute, auf Abwechslung und Neues, ist so entzückt von seiner lockeren Art, deutsche Worte zu verdrechseln und zu verdrehen, dass sie ständig über den fremden Mann kichern muss. Im Übrigen pfeift sie auf Sitte und Moral. Die alten Regeln gelten nicht mehr.

Als er sie fragt, ob man sich wiedersehen könne, willigt sie ein, weil sie Lust hat, rauszukommen, etwas zu erleben oder über die Stränge zu schlagen. Ihr gefällt, wie Chris ihr Feuer gibt, als sie zum ersten Mal in einem Tanzcafé sitzen, wo eine Combo Jazz und Blues spielt, als sei das immer so gewesen. Das Lokal ist an Tanzabenden brechend voll. Sie sehen Frauen, die sich eng an ihre Männer schmiegen.

Sie trinken Whiskey und sauren Wein, qualmen lange Pall Malls aus Zelluloidschachteln, die sie zum ersten Mal in ihrem Leben sieht. Manchmal lässt er die halbvolle Schachtel vor dem Weggehen absichtlich auf der Theke liegen, sodass sie die Packung in ihre Tasche stecken kann. Zigaretten sind so wertvoll wie Geld. Man kann sie rauchen oder auf dem Schwarzmarkt verkaufen.

[2]

Für Ellen ist alles eine neue Erfahrung. Sie erzählen sich ihre Geschichte, wobei sie nicht nur erfährt, dass sie fast gleichaltrig sind, sondern dass die Engländer ihre Kriegsgefangenen fairer als die Russen behandeln. Aber auch humaner als die Amerikaner, die ihre Gefangenen angeblich verhungern lassen. Ein deutscher Freigelassener hat erzählt, dass er sich im Lager »Goldene Meile« bei Remagen von Regenwürmern ernährt habe. »It's a man's world«, sagt er. Sie fühlt sich geborgen und schweigt.

Sie treffen sich zu eigenwilligen Zeiten in den paar entlegenen Tanzkneipen, die nach dem Kriege wieder aufgemacht haben. Einmal zieht er sie an sich, um sie zu küssen; ein anderes Mal legt er seinen Finger auf ihre Unterlippe, als sie ihm zuflüstert, dass sie das alles hier nicht darf, weil ihr Mann in Gefangenschaft ist und die Leute reden. Weil er ein verdammter Ausländer und verhasster Tommy ist. Und überhaupt.

Und doch spürt sie, wie sie sich in diesen jungenhaften Mann verliebt. Er ist romantisch und einfühlsam. Sie ist sich ganz sicher, dass er ihr nichts antun wird. Niemals. So schmiegt sie sich beim Tanz in seine Umarmung, bis sie ihn durch ihr Seidenkleid spürt. Sie ist so hungrig auf Leben, dass ihr alles egal ist.

Sie befreit sich körperlich von allem Kummer, und sei es nur für einen Moment, einen verlorenen Augenblick, wo man sich einem jaulenden Saxophon hingibt oder der rauchigen Stimme eines Pianospielers, der nach Mitternacht das Podium erklimmt und Louis Armstrong imitiert. Sie stehen im Kreis, halten sich an den Händen und rufen »Da capo«, fühlen sich unbeschwert und frei. In diesen Augenblicken vergisst sie die Düsternis ihrer Ehe, wenigstens dann.

Wenn sie später darüber nachdenkt, dann waren die Wochen mit Chris ihre schönste Zeit. Sie wissen beide, dass ihre Liebe nur von begrenzter Dauer ist. Er wird irgendwann nach London zu seiner Familie zurückkehren; sie wartet auf ihren Mann, der in einem britischen Internierungslager ist. Dennoch benehmen sie sich wie frisch Verliebte. Wenn sie eine Straße entlanggehen und Chris in Zivil ist – lange, sorgsam gebügelte Hose, ein seidig glänzendes Blouson, offenes, kariertes Hemd –, dann halten sie sich an der Hand, versuchen, in gleichem Tempo zu schlendern, wie ein Paar, das sich gut versteht und zusammenbleiben will.

Sie liebt seine Berührungen. Er sagt »my darling« zu ihr. Er ist schüchtern, nicht unerfahren. Wenn er sie verlegen um die Hüfte fasst, die Hand auf ihrem Schenkel liegen lässt, genau dort, wo sich der Saum ihres kurzen Kleides befindet, sich mit sanftem Griff nach oben tastet, als müsse er sich vergewissern, dass alles noch da ist, an seinem geheimnisvollen Platz, den er später in einem leeren Treppenhaus, auf einem dunklen Hinterhof oder auf dem Rücksitz seines Ford erobern will.

Er nennt es Sex, was sie nicht versteht und nicht verstehen will. Für sie ist es zurückerobertes Leben, die Lust, sich in eine verlorene Freiheit zurückzuträumen. Und sei es nur für einen unvergesslichen Augenblick.

Sie machen es dort, wo sie sich unbemerkt fühlen. Nie in der Wohnung, in der Nähe des Kindes. Meist im Freien, im Park oder auf den Bänken am Fluss, in jener versteckten Gegend, die man »Seufzerallee« nennt. Dort stürzt sie ihm entgegen, hastig, atemlos, fasziniert von seinem Drängen. Alles ist so, wie sie sich das immer erträumte. Wie er sie küsst und berührt, liebkost, streichelt und mit gekonnter Verzögerungstaktik ihr Verlangen so steigert, bis es sich mit tiefen Wellen in ihrem Körper ergießt.

Einmal sieht sie jemand, als sie an einer Wand stehen und sich umschlingen. Aus einem Fenster ruft ein Mann, der ein weißes Unterhemd trägt: »Du solltest dich schämen, du Nutte!« Als sie nach Hause kommt, weint sie vor Zorn. Chris hat vergeblich versucht, sie zu trösten. Es ist alles so hoffnungslos.

Irgendwann gehen sie auseinander. Josef ist aus der Gefangenschaft entlassen. Es ist Juli und sehr warm. Der Wind lässt Papierfetzen über den Bürgersteig trudeln. Sie trägt einen ihrer weiten Röcke; er ein kariertes Baumwollhemd, das sie kennt. Sie hat seine englischen Sachen geliebt. Eine Frau radelt vorbei. Sie tritt so heftig in die Pedale und hält den Kopf so hoch, dass man ihr wehendes Haar sieht. Beide verschränken ihre Arme vor der Brust, um sich vor unbedachter Regung zu schützen. So stehen sie sich wie Fremde im Schein der Straßenlaterne gegenüber, als wüssten sie sich nichts zu sagen und wären heftig entschlossen, vernünftig zu bleiben und den Augenblick rasch hinter sich zu bringen.

Als sie sich wegdreht und den Weg nach Hause läuft, spürt sie neben Verlassenheit auch Erleichterung, dass es endlich vorüber ist.

So oft sie sich später nach ihm zurücksehnt, so sicher ist ihre Gewissheit, dass man allein ist, einsam bleibt und irgendwann stirbt, nur mit der Erinnerung an die Menschen, die man einmal liebte. Dazu wird Chris gehören. Das weiß sie genau. Für ihn wird sie nur als blasse Erinnerung existieren, später überhaupt nicht mehr.

Als sie sich an jenem Abend umdreht, bevor sie die Bahnschienen überquert, ist er schon im Dunkel verschwunden.

[3]

So geht sie wieder in die Stadt zurück, aus der sie einmal kam. Im Jahr 1946 zieht Ellen Rinsche nach Düsseldorf in die Nähe des Vaters. Ihre Mutter war 1944 bei einem Angriff der Engländer umgekommen. Als die Flieger kamen, war sie zu Besuch bei ihrer Schwester in Remscheid gewesen. In der Nacht hatte die Bombe den Dachstock, die Wände, die Fenster und fast alle Türen weggesprengt.

Ihr Bruder Adolf ist aus russischer Gefangenschaft zurück. Der Ehemann Josef steht eines Tages vor der Tür und sagt, sie sollten ein neues Leben beginnen. Um sie herum verändert sich das Land. Ruinen werden abgerissen, der Wiederaufbau beginnt. Keine Sirenen mehr, keine Bomben, keine Nazis. Dafür die Erinnerung an einen Offizier, der manchmal auf Kreppsohlen ging und nach Pfefferminzbonbons roch. Noch rauchen die Trümmer. Aber es ist Frieden, endlich Frieden. Als sie ihre neue Wohnung beziehen, feiern sie ein kleines Fest. »Wir müssen an unsere Zukunft glauben«, meint Josef. »Dann wird alles wieder gut.«

ZU HAUSE

Paul Fischer, 63 Jahre, Vater von Ellen Rinsche

»Ellen Rinsche ist meine Tochter. Sie hat meinen Schwiegersohn Josef Rinsche im Jahre 1938 geheiratet. Die Ehe war in den ersten Jahren als glücklich zu bezeichnen.

Im Jahre 1942 wurde mein Schwiegersohn zur Wehrmacht einberufen. Er war als Rechnungsführer bei einer Einheit in Metz stationiert. Hier hat er sich meines Wissens während seiner Ehe mit anderen Frauen abgegeben. Durch den Briefwechsel, den er mit anderen Frauen unterhielt, haben wir davon erfahren.

Meine Tochter hat derartige Briefe gelesen. Sie wurden von ihr abgefangen und mir gezeigt. Nach seiner Entlassung aus der Wehrmacht wurde der Briefwechsel eine Zeit lang fortgesetzt. Ich weiß, dass die Ehe darunter litt und dass es häufiger zu Auseinandersetzungen zwischen meiner Tochter und meinem Schwiegersohn gekommen ist. Ob meine Tochter Beziehungen zu anderen Männern unterhalten hat, weiß ich nicht. Mein Sohn und meine Haushälterin haben mir öfter erklärt, dass mit meiner Tochter auch nichts los sei. Ob sie mit Ausländern Verkehr hatte, weiß ich nicht.

Ich weiß, dass meine Tochter finanziell sehr knapp gehalten wurde. Bezeichnend dafür war, dass ich am Weihnachtstag 1948, als ich die Wohnung meiner Tochter in Düsseldorf aufsuchte, weder etwas zu essen noch zu trinken vorfand. Das fünfjährige Kind hatte nichts zu Weihnachten bekommen.

Am Heiligen Abend rief mich meine Tochter an und bat mich, einen Weihnachtsbaum zu besorgen. Ich habe dies nicht tun können, weil ich nicht wusste, wo ich so spät noch einen Weihnachtsbaum auftreiben sollte. Weil kaum etwas zu essen in der Wohnung war, lud ich meine Tochter und mein Enkelkind zum Mittagessen ein. Mein Schwiegersohn lag um diese Zeit noch im Bett. Als er hörte, dass ich die beiden einlud, sprang er empört auf und schimpfte. Wie ich dazu käme, die Familie an diesem Tage auseinanderzureißen.

Ich habe meinem Schwiegersohn Vorwürfe gemacht, dass er für das Weihnachtsfest nicht besser gesorgt hätte. Außerdem sagte ich, dass ich über den Empfang, den er mir bereitete, sehr ungehalten war. Ich ließ, um weiterem Streit aus dem Wege zu gehen, meine Tochter und das Kind in der Wohnung zurück. Ich habe öfter erfahren, dass es zwischen Josef und Ellen zu Tätlichkeiten kam. Wer daran Schuld hatte, weiß ich nicht.

Während seiner Düsseldorfer Zeit sprach mein Schwiegersohn dem Alkohol sehr viel zu. Damals ließ er sich mehrere Anzüge schneidern. Ich machte mir Gedanken darüber, woher er das Geld dafür hatte. Die Tätlichkeiten, die zwischen meinem Schwiegersohn und meiner Tochter vorkamen, traten damals immer öfter auf.

Meine Tochter hat wiederholt erklärt, dass sie es bei ihrem Mann nicht mehr aushalten könne. Sie hat mehrfach die Absicht geäußert, sich von ihrem Mann scheiden zu lassen. Wiederholt hat sich meine Tochter bei mir Geld geliehen, weil sie erklärte, dass sie nichts mehr besitze.«

Elfriede Hilgert, 28 Jahre, vormals Haushälterin im Haushalt Fischer

»Nach Beendigung des Krieges wusste ich nicht, was ich eigentlich anfangen sollte. Schließlich fand ich eine Beschäftigung als Haushälterin bei Herrn Fischer.

Ich kenne die Tochter des Herrn Fischer und habe deren Mann, Josef Rinsche, gut gekannt. Ich habe sie öfter in der Wohnung des Herrn Fischer gesehen. Ich weiß, dass ihre Ehe zerrüttet war. Ich weiß, dass Frau Rinsche oft von ihrem Mann geschlagen worden ist. Augenzeugin bin ich nicht gewesen. Ich habe Frau Rinsche oft mit einem zerschlagenen Gesicht in der Wohnung des Herrn Fischer gesehen. Wiederholt erklärte sie, sie sei von ihrem Mann geschlagen worden. Ich weiß auch, dass Herr Rinsche seine Ehefrau in finanzieller Hinsicht sehr knapp hielt. Frau Rinsche hat darüber oft Klage geführt, und ich habe ihr öfter Geldbeträge geliehen. Ich weiß, dass Rinsche Beziehungen zu anderen Frauen hatte und oft tagelang nicht nach Hause kam.«

Adolf Fischer, 30 Jahre, Bruder von Ellen

»Ich bin der Bruder von Ellen. Nach meiner Rückkehr aus der Kriegsgefangenschaft habe ich bis Ende Februar 1949 ein Zimmer in der Wohnung meiner Schwester gehabt.

Es kam oft vor, dass mich meine Schwester auf der Straße erwartete, um mit mir die Wohnung zu betreten, weil sie geschlagen wurde und ihrem Mann davongelaufen war. Weihnachten 1948 war die Ehe so stark zerrüttet, dass er sich nicht um die Vorbereitung des Weihnachtsfests gekümmert hat. Er hatte weder einen Tannenbaum noch Essen besorgt. Auch keine Geschenke für seine Frau und das Kind.

In der ersten Zeit hat sich meine Schwester gegen seine tätlichen Angriffe nicht gewehrt. Wie ich aus eigener Anschauung weiß, hätte das bei der körperlichen Kraft und dem Jähzorn meines Schwagers keinen Zweck gehabt. Auf einige Ratschläge, die ich meiner Schwester machte, sagte sie, dass sie durch das Benehmen ihres Mannes jegliches Interesse verloren habe und nur noch für das Kind lebe. Sie werde nicht wie eine Ehefrau, sondern wie eine Dienstmagd behandelt. Ich muss betonen, dass mein Schwager sehr anspruchsvoll war. Er zog jeden zweiten Tag ein sauberes Hemd an und ließ sich täglich die Hose bügeln.«

Karoline Roland, 57 Jahre, vormals Nachbarin in Düsseldorf

»Von August 1920 bis September 1939 haben wir im Haus am Carlsplatz zusammen mit Familie Fischer gewohnt.

Die hatten zwei Kinder, eine Tochter und einen Sohn. Die Tochter hatte ein schweres Los bei der Mutter, da diese den Sohn vorzog. Die Wohnung musste die Tochter immer allein putzen. Es ist sogar so gewesen, dass wir gesagt haben, die Ellen sei ein ›lebender Putzlappen‹.

Meines Wissens hat die Ellen einige Jahre nach unserem Fortgang den zwei Jahre jüngeren Josef Rinsche heiraten müssen, weil sie von ihm in anderen Umständen war. Das Kind wurde jedoch tot geboren. Es wurde mir von Frau Fischer öfter mitgeteilt, dass ihre Tochter es nicht gut bei ihrem Mann habe. Sie bedauerte die Heirat besonders deswegen, weil ihre Tochter von ihrem Mann grundlos misshandelt werde.

Als Rinsche 1945 nach der Kriegsgefangenschaft hier in Stellung kam, hat mir Frau Rinsche oft ihr Leid geklagt, was sie mit ihrem Mann alles aushalten müsse. Mehrmals erschien sie gegen zehn Uhr abends, manchmal sogar noch später, weil sie von ihrem Mann geschlagen worden war und sie es in der Wohnung nicht mehr aushalten konnte. Sie hatte blaue Flecken und Kratzwunden im Gesicht und an den Armen.

An einem Abend, es war schon nach Mitternacht, kam Frau Rinsche weinend zu mir und zeigte mir ihren Rücken, der von einer Nachtkonsolen-Lampe aufgeschlagen worden war. Ich habe Frau Rinsche in dieser Nacht den Rücken gepudert, weil ich die Wunden nicht ansehen konnte. Ihr Kleid war auf dem Rücken zerfetzt.

Ich muss sagen, dass Herr Rinsche nicht viel für seine Familie über hatte und dass er nur glaubte, alles sei für ihn da. So ist es in meinem Beisein vorgekommen, dass Herr Rinsche von dem Nikolausteller, den die Frau für das Kind vorbereitet hatte, eine halbe

Tafel Schokolade nahm und aufgegessen hat. Seine Frau hatte diese Schokolade, die damals sehr teuer war, von ihrem letzten Wirtschaftsgeld gekauft.

Als Frau Rinsche das ihrem Mann sagte, drohte er ihr in meinem Beisein wieder Schläge an. Der hatte sogar die Angewohnheit, Wurst, Butter und Speck, was er sich selbst besorgt hatte, in seiner Aktentasche zu verstecken, damit seine Frau und das Kind davon nichts bekamen.

Frau Rinsche hat für ihr Kind alles getan. So kam es vor, dass sie von dem Schinken in der Aktentasche ihres Mannes heimlich eine Scheibe abschnitt, um dem Kind ein Brot zu machen. Der Mann durfte davon nichts merken. Sie tat es, wenn er im Bett lag und schlief.

In der Zeit, wo Brot und Lebensmittel sehr knapp waren, hat Herr Rinsche nicht danach gefragt, ob seine Frau und sein Kind zu essen hatten. Sie hat dagegen gehungert, um dem Kind etwas zukommen zu lassen. So weiß ich, dass Frau Rinsche die auf Karte zustehende Butter nur ihrem Kind gab; sie selbst hat davon nichts angerührt.

Wenn Frau Rinsche bei mir war, habe ich ihr oft gesagt, sie könne nachts bei mir bleiben. Sie meinte jedes Mal, dass sie das nicht machen wolle. So setzte sie sich in den Keller, um morgens bei ihrem Kind zu sein. Das hat sie sogar im strengen Winter gemacht.

Zum Abschluss möchte ich sagen, dass keine Frau so viel mitmachen musste wie Frau Rinsche. Er hat mir in die Hand versprochen, dass er seine Frau nicht mehr schlage.

Als nach einigen Tagen Frau Rinsche zu mir kam und sagte, dass ihr Mann sie wieder verprügelt hatte, konnte ich Herrn Rinsche nicht mehr ertragen. Ich habe ihn nicht mehr beachtet.«

Heinrich Roland, 58 Jahre, vormals Nachbar in Düsseldorf

»Nachdem mir die Vernehmung meiner Ehefrau vorgelesen wurde, kann ich nur sagen, dass die Angaben der Wahrheit entsprechen. Ich möchte hinzufügen, dass Herr Rinsche oft betrunken war und spät in der Nacht, oft erst gegen Morgen, nach Hause kam. Der war ein sehr brutaler Mensch.«

Paul Gebhardt, 59 Jahre, vormals Arbeitskollege von Josef Rinsche

»Befragt erkläre ich, dass ich Herrn Rinsche als anständigen Menschen kennengelernt habe. Meiner Ansicht nach war er sehr korrekt. Von seiner Familie hat er nicht gesprochen. Ich hatte den Eindruck, dass er ein gutes Familienleben hatte; er sprach viel von seinem Kind. Während der ganzen Zeit, in der ich beruflich mit ihm verkehrte, habe ich ihn nie betrunken gesehen.

Ich habe nicht gehört, dass Herr Rinsche seine Frau geschlagen hat.«

Hans Steinberg, 60 Jahre, vormals Arbeitskollege von Josef Rinsche

»Herr Rinsche war ein Herrenmensch und markierte gerne den ›dicken Wilhelm‹. Er fühlte sich gegenüber seinen Mitarbeitern sehr erhaben. Wenn man ihm entgegentrat, so wie ich es machte, weil ich bedeutend älter war als er, dann gab er sofort klein bei. Ich weiß positiv, dass er mit fremden Frauen verkehrte.

Er machte einen sehr guten Eindruck und legte bei allem, was er tat, eine große Ruhe an den Tag. Es ist allerdings vorgekommen, dass er grob werden konnte.

Anfang September 1948 traf ich Herrn Rinsche in der Stadt und fragte ihn, weil er wieder getrunken hatte, was mit ihm los sei. Er erwiderte mir: ›Meine Alte, die will sich scheiden lassen. Aber ich will nicht, weil ich das Kind habe.‹«

Emilia Neumann, 40 Jahre, vormals Nachbarin des Ehepaars Rinsche in Düsseldorf

»Mir ist die Familie Rinsche bekannt, weil sie im Düsseldorfer Nebenhaus wohnte. Unsere Balkone stießen aneinander; so war es mir möglich, die Streitigkeiten zwischen Herrn und Frau Rinsche zu verfolgen.

Am ersten Weihnachtsfeiertag des Jahres 1948 wurde ich gegen fünf Uhr morgens durch ein furchtbares Schreien geweckt. Ich bin nicht sofort aufgestanden, sondern habe mir vom Bett aus den Wortwechsel in der Wohnung nebenan angehört. Ich hörte nur, wie Herr Rinsche seine Frau hart ausschimpfte.

Weiterhin hörte ich, dass die Frau wimmerte. Dieses Wimmern hörte sich so an, als wenn sie mit dem Kopf unter der Bettdecke gelegen hätte. Ich hörte, wie sie rief: ›Nein, nein, tue das nicht.‹

Auf Vorbehalt gebe ich an, dass ich mich nicht erinnern kann, dass Frau Rinsche rief: ›Du machst mich tot.‹ Ich muss aber sagen, dass ich eine wahnsinnige Angst und den Eindruck hatte, als wenn jeden Augenblick etwas Furchtbares geschehen könnte.

Deshalb habe ich zuerst mit Tannenzapfen gegen das Schlafzimmerfenster geworfen. Da dieses Werfen nichts nutzte und ich wusste, dass die Nachbarn Telefon hatten, habe ich dort angerufen. Zuerst meldete sich Frau Rinsche. Ich bat sie, dass ihr Mann an den Apparat kommen sollte. Diesem habe ich dann Vorhaltungen wegen seines Verhaltens am Weihnachtsmorgen gemacht. Ich habe ihm gesagt, dass ich nicht wüsste, warum er seine Frau so furchtbar schlage. Ich fände es sehr ungehörig, eine hilflose Frau so zu behandeln.

Herr Rinsche war mir gegenüber äußerst frech und meinte, ich solle mich nicht um seine Angelegenheiten kümmern. Er könne machen, was er wolle. Nach meinem Anruf war es ungefähr zehn Minuten still.

Plötzlich fing Herr Rinsche wieder an zu toben und seine Frau weinte wieder.

Darauf habe ich noch einmal angerufen und ihn darauf aufmerksam gemacht, dass ich sofort die Polizei rufen würde, wenn er nicht sofort Ruhe gäbe. Darauf hörte ich noch einen Wortwechsel. Der war aber nicht mehr so laut.

Frau Rinsche äußerte mir gegenüber einmal, dass sie die Behandlung durch ihren Mann nicht mehr aushalte und sie die Absicht habe, sich scheiden zu lassen.

Eines Morgens sah ich sie auf dem Balkon stehen und stellte fest, dass sie wieder überall blaue Flecken hatte. Sie sagte, dass ihr Mann sie in der vergangenen Nacht fast mit einem Ziegelstein, der zum Wärmen im Bett lag, erschlagen hätte.

Daraufhin meinte ich, dass sie die Misshandlungen nicht einfach ertragen solle. Sie müsse sich auch einmal zur Wehr setzen. Nach einigen Wochen traf ich Frau Rinsche in einem Lebensmittelladen.

Da erzählte sie, dass es mit ihrem Mann besser gehe; sie habe sich gewehrt: Sie habe ihrem Mann bei einem Streit einfach den Puddingtopf an den Kopf geschmissen.

Ich habe Frau Rinsche nur als ganz stille Frau kennengelernt und hatte den Eindruck, dass sie schüchtern war. Mir kam es vor, als habe sie gegenüber ihrem Mann richtige Angst. Ihn habe ich nie gesprochen, weil ich mit diesem Mann nichts zu tun haben wollte. Er war mir unsympathisch.

In diesem Zusammenhang möchte ich bemerken, dass Frau Rinsche in der letzten Zeit ihres Wohnens in Düsseldorf einen sehr nervösen Eindruck machte. Ob dieses merkwürdige, nervöse Verhalten auf die Streitigkeiten mit ihrem Mann zurückzuführen war, kann ich nicht sagen.«

»Während seiner Soldatenzeit kam mein Mann einige Male auf Urlaub; ich kann mich während dieser Zeit nicht über ihn beklagen. Er war stets nett zu mir. Als er in Höxter bei den Pionieren lag, habe ich ihn besucht und etwas zu essen mitgebracht.

Im Jahr 1945 nach dem Zusammenbruch lernte ich einen englischen Offizier kennen, mit dem ich ein Verhältnis unterhielt. Im Juli 1945 kam mein Mann aus englischer Gefangenschaft zurück. Ich habe ihm gleich nach seiner Rückkehr mein Verhältnis zu dem englischen Offizier gestanden. Aus Rücksicht auf meinen Mann habe ich das Verhältnis abgebrochen.

Er war noch gar nicht lange zu Hause, da fing das alte häusliche Drama wieder an – weil er ohne Beschäftigung war, lebten wir von dem Geld, das ich mir während seiner Abwesenheit gespart hatte. Im September 1945 fand er dann eine Anstellung beim Bauwirtschaftsamt in Düsseldorf. Er nahm solange bei meinem Vater Wohnung, während ich noch bis 1946 in Gevelsberg verblieb.

Ich hatte von meinem Vater erfahren, dass mein Mann ein intimes Verhältnis mit einer Kollegin unterhielt. Es sei höchste Zeit, sagte mein Vater, endlich nach Düsseldorf zu kommen. Als ich in Düsseldorf war, stellte ich fest, dass mein Mann durch seine Tätigkeit mit vielen Fabrikanten in Verbindung stand, von denen er Lebensmittel und später sogar Geld erhielt. Wahrscheinlich durch Gefälligkeiten, die mein Mann ihnen kraft seines Postens erwies.

Er war auch viel geschäftlich unterwegs, wahrscheinlich mit der Frau aus dem Betrieb. Seinen Vergnügungen ging er stets allein nach. Ich saß dann meist zu Hause.

Er gab enorm viel Geld aus und ließ sich manchmal Nächte

hindurch nicht bei mir sehen. Er trank sehr viel, und die Streitigkeiten wurden heftiger und häufiger. Oft schlug er aus nichtigen Anlässen auf mich ein und misshandelte mich. Oft, wenn er abends betrunken nach Hause kam und über mich herfiel, flüchtete ich mich im Nachtgewand in den Keller und blieb dort manchmal bis morgens früh hocken.

Vor meinem Vater und meinen Bekannten schämte ich mich einzugestehen, dass ich so misshandelt wurde. Trotzdem glaube ich, dass in Düsseldorf genügend Zeugen vorhanden sein werden, denen diese Streitigkeiten nicht entgangen sind.

Für unser Kind hatte er kaum etwas übrig. Obwohl er das Geld mit vollen Händen ausgab, wüsste ich nicht, dass er ihm je etwas mitgebracht hätte. Zu Weihnachten 1948 blieb er bis zum Mittag im Bett liegen und scherte sich nicht um Vorbereitungen. Er hat nicht einmal versucht, durch ein Geschenk mir oder dem Kind eine Freude zu bereiten. Der Kleine war oft Zeuge unserer ehelichen Streitigkeiten. Wenn er versuchte, das Kind zu schlagen, sprang ich dazwischen und verhinderte das.

Als die Zwangsbewirtschaftung aufhörte und das Bauwirtschaftsamt aufgelöst werden sollte, bewarb sich mein Mann bei seiner früheren Firma in Gevelsberg und wurde angenommen. Die neue Stelle trat er 1948 an. Er blieb in Gevelsberg und logierte bei seinen Eltern, während ich vorläufig in Düsseldorf bleiben sollte.

Wenn er zum Wochenende kam, setzte es meist Schläge und Misshandlungen. Ich ging in Düsseldorf meinem Vergnügen nach und knüpfte Bekanntschaft zu anderen Männern. Von meinem Mann wusste ich, dass er sich in Gevelsberg mit anderen Frauen vergnügte.

Dazu möchte ich bemerken, dass mein Mann mich im Jahre 1947 mit der Syphilis ansteckte. Ich musste mich längere Zeit in ärztliche Behandlung begeben; denn ich war bereits im zweiten Stadium. Von meinem behandelnden Arzt wusste ich, dass mein

Mann bereits im fortgeschrittenen Stadium war und mich angesteckt hatte. Mein Mann hatte mir strikt verboten, mit anderen über unsere Krankheit zu sprechen.

Im Juli 1949 veranlasste mein Mann unsere Übersiedlung nach Gevelsberg, wo wir in der Mittelstraße 18 eine Vier-Zimmer-Wohnung erhielten. Gegen diesen Umzug hatte ich mich gesträubt, weil ich bei täglichem Zusammensein Streit und Schlägereien befürchtete.

Obwohl mein Mann bei Krefft monatlich 575 DM verdiente, erhielt ich wöchentlich nur dreißig DM, von denen ich den Einkauf der Lebensmittel und unsere Kleidung bezahlen musste. Außerdem verlangte er immer einen gut bestellten Tisch.

Ich war deshalb oft gezwungen, mir bei meinem Vater Geld für die nötigsten Einkäufe zu borgen.

In Gevelsberg setzte mein Mann seine Misshandlungen fort. Noch vierzehn Tage vor der Tat hatte ich eine heftige Auseinandersetzung mit ihm, weil ich seiner Meinung nach meinen häuslichen Pflichten nicht nachgekommen war.

Er schlug mich so brutal, dass ich laut um Hilfe schrie. Hinterher schämte ich mich, dass eventuell Hausbewohner auf diesen Streit aufmerksam geworden waren. Ich wollte nicht, dass wir gleich in unserer neuen Wohnung bei den Nachbarn wegen unserer Streitigkeiten blamiert würden. Deshalb stellte ich diese Rufe um Hilfe später bei der Nachbarin so dar, als ob ich sie im Scherz während einer lustigen Balgerei ausgestoßen hätte.

Wenn mir die Frage vorgelegt wird, warum ich die Ehe trotz der vollkommenen Zerrüttung fortgesetzt habe, anstatt mich scheiden zu lassen, so kann ich nur sagen, dass ich dies wegen meines Kindes vermieden habe. Außerdem habe ich durch die Erziehung, die ich in meinem Elternhaus genossen hatte, keinen Beruf erlernt und stand dem Leben völlig fremd gegenüber. Meinem Vater wollte ich auch nicht zur Last fallen. Kurz, ich hatte eben Furcht, allein im Leben zu stehen, weil ich dann nicht gewusst hätte, wie ich mein Kind ernähren sollte.

Als ich meinem Mann gegenüber äußerte, mich von ihm scheiden zu lassen, weil er mich fortwährend misshandelte und betrog, antwortete er, dass ich keinen Pfennig von ihm erwarten könne. Das hat mich eingeschüchtert.«

DAS VERBRECHEN

[1]

Am Freitag ab sechs ist Lohntütenball. Dann drängeln sich die Frauen am Fabriktor, warten auf ihre Männer und sind froh, wenn sie ihnen so viel Geld übrig lassen, dass die Familien durch die Woche kommen. Am Freitag sind die Kneipen voll. Bei »Herrmann« dreschen die Männer Skat, trinken Pils, Schnäpse oder einen Glasstiefel Bier, weil jemand einen ausgeben will.

Auch Josef und sein jüngerer Bruder sind in der Kneipe, zischen einen Halben und kaufen eine Flasche Cognac, die sie bei den Eltern leer machen wollen. Sie wählen französischen, den man im Mund kreisen lassen muss, damit sich der Geschmack richtig entfaltet. Sie wollen es sich gut gehen lassen. Weil heute Freitag ist und überhaupt. Weil Josef angeblich allen Grund hat, sich einen hinter die Binde zu gießen.

Sie haben vorher zu Abend gegessen, gemeinsam mit Ellen und dem Kind. Sie erklären, dass sie zu den Eltern wollen, wo Ellen seit ihrem Postdiebstahl absolutes Hausverbot hat. Aber Josefs jüngerer Bruder Walter hat geheiratet. Heute soll es dort eine Nachfeier geben.

Sie ziehen los, bis der Bruder erzählt, dass Ellen ihm ein Geheimnis anvertraut hat. Sie sei den Streit mit ihm leid, weil er andere Frauen und so viel Schulden hat, weil er sie betrügt, schlägt und unglücklich macht. Weil sie das Leben nicht länger aushalten kann. *»Du hast einen Tripper gehabt. Das hat sie mir wörtlich gesagt.«*

So gehen sie in das elterliche Haus, wo sie aufgewachsen sind, wo der Vater, Bruder Walter und die Schwägerin wohnen, die sich später an alle Einzelheiten erinnert.

»Am Freitag kam Josef in die elterliche Wohnung. Er kam ins Wohnzimmer und lud mich zu einem Cognac ein. Wir blieben den Abend zusammen. Walter holte eine Flasche Eierlikör. Die tranken wir aus.
Gegen zwei Uhr war es Walter nicht gut. Josef brachte ihn ins Bett und kam ins Wohnzimmer zurück. Wir blieben eine Viertelstunde zusammen. Weil er keine Anstalten machte, nach Hause zu gehen, machte ich ihn darauf aufmerksam, dass ich ins Bett wollte.
Da bat Josef mich, ihn doch dazubehalten; er habe keine Lust, nach Hause zu gehen. Ich konnte ihn nirgendwo unterbringen, weil unsere Wohnverhältnisse sehr beengt sind. Er antwortete, dass er nur gehen werde, wenn ich ihn begleite. Bei dieser Gelegenheit würde er mir seine Frau vorstellen, die ich bisher ja noch nicht kannte.
Da es sehr spät war, ging ich nur ein Stück mit. Als ich mich von ihm verabschiedete, nahm ich an, dass er nach Hause ging. Ich hatte mich ins Bett gelegt, als er an das Fenster klopfte und mich bat, ihn unterzubringen. Er habe wirklich keine Lust, nach Hause zu gehen. Ich fand sein Verhalten albern, weil er ein erwachsener Mann war. Dann ist er endlich gegangen.
Auf den Gedanken, dass er sich vor irgendetwas gefürchtet haben könnte, bin ich damals nicht gekommen.«

[2]

Ellen bringt zuerst die Küche in Ordnung. Dann badet sie das Kind, liest ihm eine Geschichte vor und schickt es zu Bett. Nach dem Gutenachtkuss löscht sie das Licht. Weil er ganz sicher später kommt und sie Angst vor ihm hat, wird sie bei ihrem Kind übernachten. Am liebsten würde sie das Zimmer verschließen. Aber das würde ihn rasend machen.

Bevor sie einschläft, hält sie Peters Hand und horcht auf seine Atemzüge. Sie liebt es, neben ihrem schlafenden Kind zu liegen. Über ihnen schwebt der hölzerne Vogel. Ein bunter Flamingo mit einem langen rosa Schnabel.

Josef muss drei Stunden später, gegen halb drei, nach Hause gekommen sein. Sie wird wach und ahnt im Dunkeln seinen Schatten. Er reißt das Oberbett weg und schreit: *»Schließ die Wohnzimmertür ab!«*

Sie weiß Bescheid. Er hat getrunken; er riecht nach Schnaps und hat einen schwankenden Gang. Sie beruhigt das Kind, das wach geworden ist, und tritt hinaus auf den Flur.

> *»Da ich weiß, dass mein Mann, wenn er getrunken hat, immer frech und brutal ist, bekam ich Angst und stand auf. Deshalb ging ich ins Wohnzimmer und schloss die Tür zur Diele ab.«*

Die Aufforderung ist Auftakt für mehr. *»Mach in der Diele das Licht aus.«*

Sie geht durch das Wohnzimmer, schließt die Tür wieder auf, löscht das Licht in der Diele und kommt zurück. Sie steht im Schlafzimmer, zitternd vor Angst. Er zieht seine Jacke aus und wirft sie auf den Boden. *»Heb sie auf und häng sie in den Schrank.«* Sie tut, wie ihr befohlen wird.

Als sie die Schranktür wieder schließt, schreit er sie an. *»Was hast du dem Walter gesagt? Jetzt rechne ich mit dir ab!«* Er fällt über sie her, zieht sie an den Haaren, schleift sie quer durch das Schlafzimmer, schlägt sie ins Gesicht und auf die Brust, tritt sie in den Unterleib. *»Wie kommst du dazu, dem Walter zu sagen, ich hätte einen Tripper gehabt? Jetzt mache ich dich kaputt.«*

Sie liegt auf dem Boden, das Nachthemd ist nach oben gerutscht; sie zieht beide Hände und Arme schützend über den Kopf. Das Kind steht im Bett und ruft: *»Papa, lass die Mutti los. Mach Mama nicht tot.«*

Sie fleht ihn an und bettelt, dass sie ihm die Schuhe ausziehen will. Plötzlich nimmt er seine Brille ab. Sein Blick ist starr, das Gesicht kreideweiß. Er hört nichts, hat Schaum vor dem Mund, steht breitbeinig vor ihr und drischt auf sie ein. Es ist leicht, sie hochzuheben und zu Boden zu werfen, ihren Hals zu packen und sie zu schütteln.

Er liebt es, wenn sie sich wehrt und er danach über sie herfallen kann. Wenn sie vorher winselt und weint. Wenn er den Alkohol in seinen Adern spürt und langsam erigiert. Er ist stark. Das fasziniert ihn. Er berauscht sich an ihrem Blut, das aus der Nase läuft. Vor Kurzem hat er ihr zwei Zähne ausgeschlagen. Sie traute sich fast nicht mehr aus dem Haus.

Nur heute ist es noch anders. Sein Zorn ist wie ein Schmerz, der einfach nicht aufhören will.

»Nach etwa zwanzig Minuten gelang es mir, aus dem Schlafzimmer in die Küche zu flüchten. Ich schloss, so schnell ich konnte, die Schlafzimmertür von der Küche aus ab, sodass er mir nicht folgen konnte.«

Für den Augenblick hat sie ihn überlistet. Das Schlafzimmer liegt im hinteren Teil der Wohnung, direkt neben Küche und Abstellkammer, die sie als Kinderschlafraum eingerichtet hat. Sie hat Angst, dass der Lärm die übrigen Bewohner wach macht. Er schreit, sie soll sofort die Tür aufschließen. Sonst schlägt er sie ein. *»Ich mache dich kaputt, wenn ich dich kriege.«*

Sie fürchtet sich, die Tür zu öffnen. Sie kennt seine Brutalität. Sie ist oft davongelaufen, in Keller und auf nächtliche Straßen. Erst in der vergangenen Woche war die Prügelei so schlimm, dass sie sich vor den Nachbarn schämte. Das lädierte Auge und die blauen Flecken redeten eine deutliche Sprache.

Sie will ihn ruhig stellen. Am besten mit ihm reden. Das hat schon ein paarmal funktioniert. Deshalb sagt sie schluchzend, dass sie die Tür nicht aufmachen wird, weil sie Angst vor seinen Schlägen hat. Noch reagiert er wütend und schreit: *»Gleich trete ich die Türe ein.«*

Plötzlich ist es so furchtbar still, dass sie das Ticken der Wanduhr in der Diele hören kann. Hinter der Tür flüstert er in schmeichelndem Ton: *»Nun mach schon die Tür auf. Ich tue dir nichts mehr.«*

Später fragt sie sich, ob sie unvorsichtig oder nur gutgläubig gewesen ist. Ist sie auf ihn hereingefallen? Sie ist müde, das Kind liegt tief vergraben unter der Decke und schluchzt; sie will den Streit beenden. Im Übrigen ist es schon fast drei. So öffnet sie die Tür, indem sie den Schlüssel langsam nach rechts dreht.

> *»Im gleichen Moment riss er die Türe auf. Während er mich mit einer Hand würgte, zog er mit der anderen mein Kopfhaar nach hinten.«*

Als sie kreischt: *»Lass mich los, sonst schlag ich auch«*, lässt er ihr Haar los und hält sie an der Kehle. Sie stehen in der Schlafzimmertür neben dem Gasherd, wo sie am Abend gebügelt hat. Sie sieht das Bügeleisen mit dem hölzernen Griff und der eisernen Platte, greift es mit der rechten Hand und führt zwei Schläge gegen seinen Kopf.

> *»Ich glaube, dass ich diese Schläge wuchtig ausgeführt habe. Mein Mann brach sofort zusammen und fiel rücklings mit dem Oberkörper ins Schlafzimmer. Seine Beine und der Unterkörper lagen in der Küche. Er lag in der geöffneten Tür, die unsere Küche mit dem Schlafzimmer verbindet.«*

Sie ist erschrocken. Blut quillt aus seiner Schläfe. Der Fußboden färbt sich rot. Sie zieht den Teppich fort, der nicht schmutzig werden soll. Sie drückt sich hinter ihn, greift unter seine Arme und zerrt ihn auf das Bett. Er ist schwer, wiegt neunzig Kilo. Sie zieht den Kopf und seinen Oberkörper schräg auf die Matratze, sodass nur noch Beine und Füße auf dem Boden liegen. Die Tür zum Kinderzimmer steht halb offen. Es brennt kein Licht. Aber Peter ist immer noch wach.

»Mein Kind lag wach im Bett. Ob es gesehen hat, wie ich ihn auf das Bett legte, weiß ich nicht. Es hat gefragt: ›Was hat der Papa?‹«

Sie antwortet, dass es dem Vater schlecht geworden sei; sie werde gleich das Licht ausmachen. Er könne jetzt ruhig schlafen. Vorher nimmt sie ein Betttuch aus dem Wäscheschrank sowie ein Tuch aus Leinen. Das macht sie nass und tupft es dem Blutenden auf den Kopf. Sie weiß nicht, wo sich die Wunde befindet. Deshalb nimmt sie das große Tuch, faltet es auseinander und legt es zusätzlich auf.

Frage: *»Als Sie das Bügeleisen erfassten und damit zum Schlage ausholten, wich Ihr Mann da zurück?*

Antwort: *Ja, da wich er zurück. Er hielt mich aber fest, wo genau, das weiß ich nicht mehr. Er lachte zynisch, als ob er sagen wollte: ›Du Krabbe, was willst du denn schon?‹ Er schrie immer wieder: ›Ich mach dich kaputt. Ich mach dich kaputt. Warum hast du das gesagt? Warum hast du das gesagt?‹*
Mein Mann redete sich immer mehr in Wut. Der Schaum stand ihm vor dem Mund. Dann schlug ich mit dem Bügeleisen zweimal wuchtig auf seinen Schädel.

Frage: *Warum schlugen Sie zweimal mit dem Bügeleisen?*

Antwort: *Weil er mich nach dem ersten Schlag nicht losließ und ich Angst hatte, er würde mich weiter schlagen. Deshalb schlug ich ein zweites Mal zu.*

Frage: *Wissen Sie genau, dass Sie beim ersten Schlag, den Sie ausführten, den Kopf Ihres Mannes trafen?*

Antwort: *Ja, ich zielte zum Kopf, und ich weiß, dass ich ihn sofort getroffen habe.*

Frage: *Brach Ihr Mann denn da nicht schon zusammen?*

Antwort: *Nein. Er fasste noch fester meine Kehle und versuchte, sie zuzudrücken. Alles ging viel schneller, als ich es überhaupt schildern kann. Nach dem zweiten Schlag spritzte das Blut aus dem Kopf, und mein Mann brach seitlich zusammen und fiel in das Schlafzimmer.*

Frage: *Wurden Sie beim Schlagen mit dem Bügeleisen mit Blut bespritzt?*

Antwort: *Ja. Ich erhielt Blutspritzer im Gesicht. Als ich meinen Mann aufs Bett legte, wurde mein Nachthemd mit Blut besudelt.*

Frage: *Hielten Sie die Verletzungen, die Ihr Mann mit dem Bügeleisen davongetragen hatte, für lebensgefährlich?*

Antwort: *Nein. Ich wusste es nicht, und ich habe es auch nicht angenommen. Ich nahm an, mein Mann sei besinnungslos, würde bald wieder zu sich kommen, wieder aufspringen und auf mich einschlagen. Deshalb verließ ich das Schlafzimmer, schloss es ab, lief durch die Küche auf die Diele und schloss auch die Küchentür ab.*

Frage: *Ihr Mann war aber doch im Besitz eines Schlüssels, mit dem er die Tür des Wohnzimmers hätte aufschließen und dann auf die Diele hätte treten können.*

Antwort: *Ja, das hätte mein Mann gekonnt. Aber dann war ich ja auf der Diele und hier hätte er keinen Krach gemacht. Er schämte sich vor den Mitbewohnern. Wenn er versucht hätte, mich zu schlagen, wäre ich die Treppe hinaufgelaufen und hätte die Hausbewohner gerufen.*

Frage: *Warum haben Sie, als Ihr Mann Sie in Ihrem Schlafzimmer etwa zwanzig Minuten misshandelte, nicht laut um Hilfe gerufen?*

Antwort: *In Düsseldorf in der Askanierstraße, wo ich mit meinem Mann gewohnt habe, bin ich durch sein brutales Handeln oft genug blamiert worden. In diesem Hause wissen alle Leute, dass mein Mann mich sehr oft misshandelt hat. Sein Schreien und Toben war über die Straße bis in die Nachbarhäuser zu hören.*
Ich habe mich stets geschämt, am anderen Morgen auf die Straße zu gehen; denn ich wusste nicht, was ich den Leuten sagen sollte, woher meine Verletzungen kamen. Einmal sagte ich, ich sei gefallen. Ein anderes Mal, ich hätte mich gestoßen oder geritzt, und wiederum ein anderes Mal, wir hätten eine Katze, die mich gekratzt hat. Ich habe alle möglichen Ausreden gebraucht.
Am anderen Tag war es meinem Mann selbst unangenehm, wenn ich so lädiert vor ihm stand. Wenn ich hinausging, hat er mir oft gesagt, ich möchte ein hochgeschlossenes Kleid mit langen Ärmeln tragen, damit die Leute nichts von meinen Verletzungen sehen konnten.

Frage: *Sie erklärten, dass das Blut aus seinem Kopf spritzte und dass, als Ihr Mann auf dem Bett lag, das Blut unaufhörlich aus seinem Kopf quoll. Sie mussten sich doch sagen, dass Ihr Mann verblutete.*

Antwort: *Sicher. Es war sehr viel Blut. Aber ich habe nicht darüber nachgedacht, dass ein Mensch dabei verbluten könnte. Das habe ich bestimmt nicht. Ich wollte ihm doch nur eine tuppen.*

Frage: *Hielten Sie die Verletzung auch nicht für so schlimm, dass Sie einen Arzt hätten rufen müssen?*

Antwort: *Für schwer hielt ich die Verletzungen wohl. Ich hatte Angst, einen Arzt zu rufen; denn ich war es ja schuld.*

Frage: *Warum hatten Sie Angst?*

Antwort: *Weil ich schon ahnte, dass etwas passiert war. Ich konnte mir jetzt denken, dass es etwas Schlimmes war.*

Frage: *Wenn sich der Vorgang so abgespielt haben soll, wie Sie ihn hier geschildert haben, so brauchten Sie doch keine Angst zu haben.*

Antwort: *Nein? Da braucht man keine Angst zu haben, wenn man einen Menschen erschlagen hat? Ich danke!«*

[3]

Sie befürchtet, dass er wieder aufstehen kann. Sie hat eine panische Angst vor seinen Schlägen. Sie verschließt die Tür und verriegelt den Ausgang zum Flur. Sobald er wach würde, wäre er gefangen. Wie ein wildes, unberechenbares Tier.

Ihr Nachthemd ist vom Blut besudelt; sie sucht nach den Schuhen, die sie im Schlafzimmer vergessen hat. Dort will sie nicht hinein. Er könnte aufgestanden sein und wieder auf sie lauern. So tastet sie sich aus der Wohnung, schließt die Tür und durchquert die Diele. Sie drückt sich in die Ecke zum Keller und kauert an der Wand.

Es ist so still im Haus, dass sie das Ticken der Standuhr hört, das durch die Wohnungstür dringt. Irgendwo bellt ein Hund. Ihre Uhr zeigt Viertel vor vier. Plötzlich vernimmt sie Schritte. Irgendjemand ist auf der Treppe. Vielleicht ein Bewohner aus der oberen Etage, der lauschen will? Sie hält den Atem an, hört, wie der Unbekannte verschwindet. Sie bleibt, bis der Morgen dämmert. Dann flüchtet sie zurück in die Wohnung, streift den Morgenrock über und blickt in den Spiegel. Sie erschrickt.

»Unterm Kinn war ich dick geschwollen. Mein Gesicht wies Blutspritzer auf. Mein Nachthemd war blutbesudelt. Ich wusch mein Gesicht und kämmte mich. Dabei lösten sich Haarbüschel, die mein Mann mir ausgerissen hatte. Auch an Armen und Handgelenken gab es blaue Flecken.«

Sie dreht den Schlüssel, öffnet die Tür zum Schlafzimmer und riskiert einen Blick. Er liegt, wie sie ihn verlassen hat. Auf dem Bett ist eine blutrote Lache. Sie legt ihr Ohr auf seine Brust und fühlt seinen Puls. Nichts. Sie klappt sein Augenlid auf. Die Pupille ist kalt und starr.

»Ich wusste nicht, was ich davon halten sollte. Denn ich stellte fest, dass mein Mann noch warm war. Aber Tote sind doch kalt. Ich zog ihm Schuhe und Hose aus. Dabei habe ich aufgepasst, dass kein Blut auf seine Hose kam, weil ich mir sagte, morgen fällt er wieder über dich her.
Aber der Mann war tot. Ich habe es genau überprüft. Als ich merkte, dass er tot war, kam Verzweiflung über mich. Ich war es schuld. Hätte ich mich nicht gewehrt, dann wäre alles gut gewesen.«

Sie faltet das Betttuch auseinander und legt es über ihren Mann. Sie deckt ihn zu, um sich und ihrem Kind den Anblick zu ersparen. Draußen dämmert der Morgen. Sie sitzt am Tisch in der Küche und denkt nach. Jetzt bloß nicht die Nerven verlieren.

Deshalb kocht sie wie jeden Morgen Kaffee und zieht den Jungen an. Als sie sich kämmt, spürt sie eine Wunde am Kopf.

Sie stammt von der nächtlichen Schlägerei. Aber sie denkt nicht darüber nach. Jetzt darf sie nicht trödeln. Keine Fehler machen.

Sie verlässt um zehn Uhr das Haus, weil sie vom Postamt mit der Firma telefonieren will. In der Telefonzelle ist es warm. Sie fischt einen Zettel aus der Tasche, auf den sie seine Büronummer gekritzelt hat. Sie wählt und hört das Kein-Anschluss-Zeichen. Sie wählt noch einmal und kommt durch. Sie sagt der Sekretärin, dass sich ihr Mann nicht gut fühle und heute nicht zur Arbeit kommen könne. Als sie den Hörer auflegt, wundert sie sich über ihren Mut. Sie hat zum ersten Mal in seinem Büro angerufen. Er hatte ihr das streng verboten. Dabei hat sie noch schrecklich gelogen.

Vorsorglich hat sie zu Hause das Schlafzimmer verschlossen. Als sie zurückkommt, läuft sie einige Minuten auf und ab. Sie raucht eine Zigarette und drückt sie mit einer nervösen Bewegung im Aschenbecher aus. Endlich traut sie sich hinein, horcht auf sein Herz und prüft seinen Puls. Dabei stellt sie fest, dass er kalt ist.

Ihr Mann lebt nicht mehr. Josef ist tot. Sie hat einen Mord verschuldet. Ellen, die Mörderin. Die ihren Mann an die Gestapo verriet, die Feldpostbriefe stahl und die jetzt ihren Josef erschlug. Die drei Monate Gefängnis mit einer Bewährung von vier Jahren bekam. Das war an einem Tag, den sie nie vergessen würde: am 20. Dezember 1944, vier Tage vor Heiligabend, an einem bitterkalten Winterabend. Sie hat sich nicht gebessert. Im Gegenteil.

Sie vertreibt solche Gedanken. Das hilft jetzt nicht weiter. Sie blickt ratlos um sich und überlegt, wie sie den Toten beseitigen kann. Josef muss dringend aus dem Haus.

Frage: *»Warum überlegten Sie, wie Sie Ihren Mann aus dem Hause schaffen könnten?*

Antwort: *Dableiben konnte er ja nicht. Da hatte ich doch Angst. Das ist doch klar.*

Frage: *Weshalb hatten Sie Angst?*

Antwort: *Weil ich festgestellt hatte, dass mein Mann tot war.*

Frage: *Darum können Sie doch keine Angst haben.*

Antwort: *Mein Gott, ich habe ihn doch totgeschlagen mit dem Eisen. Können Sie das nicht verstehen?*

Frage: *Wie gedachten Sie Ihren Mann fortzuschaffen, und wohin wollten Sie ihn bringen?*

Antwort: *Ich war zu dem Entschluss gekommen, ich wollte ihn verschwinden lassen. Schließlich werden so viele Leute vermisst. Zuerst dachte ich an die Heilenbecker Talsperre. Ich wusste, wo die Sperre war, und kannte auch den Weg dorthin. Aber dann dachte ich mir, dass sie ihn dort finden und erkennen würden.*
Aber dann kam mir der Gedanke, meinen Mann mit dem Kindersportwagen nach Wuppertal zu schaffen, um ihn dort in die Trümmer zu werfen. Ich hob ihn deshalb im Schlafzimmer auf, stellte aber fest, dass er mir viel zu schwer war. Ich habe dann die Größe meines Mannes mit dem Zentimetermaß genommen, mich in den Keller begeben und dort nachgemessen.
Als ich die Maße verglich, stellte ich fest, dass der Kindersportwagen kürzer war. Also schied diese Transportmöglichkeit aus.

Frage: *Wie hatten Sie sich das vorgestellt? Sie konnten ihn doch nicht in einem offenen Kindersportwagen transportieren. Das wäre der Bevölkerung aufgefallen, dass hier ein toter Mensch transportiert wird.*

Antwort: *Ich habe auf meinem Sofa eine große Decke liegen, und ich dachte mir, darin drehst du deinen Mann ein, legst ihn drauf und bringst ihn fort. Um ihn trotz seines Gewichts auf den*

Sportwagen zu bringen, dachte ich, ihn auf die Erde zu legen, an den Schultern hochzuheben und ihn dann auf den Wagen zu ziehen.«

[4]

Nach hektischem Nachdenken hat sie einen Plan. Sie verlässt das Haus, nimmt die Straßenbahn und fährt zum Bahnhof Milspe im Tal. Vor dem Schalter überlegt sie, ob sie sich für eine Sonntagsrückfahrkarte entscheiden soll. Den Gedanken schlägt sie aus. Sie müsste am Sonntagnachmittag fahren, um noch vor Mitternacht nach Gevelsberg zurückzukehren. Das kann sie nicht schaffen.

Für die Hinfahrt nach Wuppertal kommt deshalb nur der Sonntag in Frage. Abends hin, morgens zurück. Einzelfahrschein. Es muss dunkel sein, wenn sie ihre Fracht transportiert. Am Montagabend will sie nach Düsseldorf. Das Kind wird zwei Nächte ohne sie schlafen. Aber sie wird dem Jungen vorher eine Schlaftablette geben, damit er nicht vorzeitig aufwacht und sich ängstigt. Er könnte aus der Wohnung laufen und die Hausbewohner alarmieren.

Der letzte Zug geht um zehn vor elf. Der Bahnhof ist hoch gelegen. Von oben hat man einen weiten Ausblick auf die Hügel und das Tal. An dem Landbahnhof ist ihr Vater oft angekommen und zu Dienstreisen fortgefahren. Hier hat sie als Kind ihre Limonade getrunken. Der Wirt Hans Freitag wird gewiss ihren Papa noch kennen. Oder die Bahnschaffner, die schon vor dem Krieg dort angestellt waren. Aber mit ihr werden sie nichts mehr anfangen können, weil sie nicht mehr Fischer heißt.

Jetzt ist sie ruhiger. So wird sie es machen. Sie fährt mit der Straßenbahn zurück, ruft ihr Kind und sagt ihm, dass der Vater für einige Tage verreist sein wird. Später grübelt sie darüber, wie sie es anstellen soll.

»Ich lief in der Küche hin und her. Nirgends fand ich Ruhe. Außerdem hatte ich Angst, dass das, was ich angerichtet hatte, entdeckt werden könnte. Auch vor dem Toten hatte ich eine unheimliche Angst.«

Sie packt die Wolldecke und versucht, den Toten darin einzuwickeln. Sie zieht so lange an dem Laken, bis er mit einem dumpfen Geräusch zu Boden fällt. Beim Aufschlag spritzt Blut an die Wand. Die Wolldecke ist nach flüchtiger Überprüfung zu kurz. Sie merkt, dass sie den Toten niemals allein aus der Wohnung schleppen kann, weil er zu schwer ist. Trotzdem muss er fort. Möglichst rasch.

»Mir fiel ein, dass ich in Büchern und Zeitschriften gelesen hatte, dass man Leichen zerstückelte. Als mir das eingefallen war, wollte ich die Leiche zerhacken und die Teile einzeln aus dem Haus schaffen. Da ich zu diesem Zweck ein Beil benötigte, holte ich es aus dem Keller.
Als ich damit das Schlafzimmer betrat und meinen Mann dort liegen sah, brachte ich es nicht fertig. Ich bin mit dem Beil hin und her gelaufen.
Einmal war ich im Schlafzimmer, dann in der Küche. So ging das die Nacht über hin und her. Ich habe mich zu der Tat nicht durchringen können.«

Inzwischen ist es hell. Sonntagmorgen. Ihr Mann liegt tot neben dem Bett. Ein Anruf bei der Polizei kommt nicht in Frage. Sie würde auf der Stelle verhaftet werden. Sie denkt an eine Vermisstenanzeige. Aber das muss sie sich noch überlegen. Sie befürchtet, dass die Polizei eine Durchsuchung ihrer Wohnung anordnen könnte. Dabei würde man den Toten mit Sicherheit entdecken. Vorher muss er verschwinden. Niemand darf etwas merken; die Sache muss geheim bleiben. Am späten Nachmittag fasst sie den Entschluss, die Zerstückelung der Leiche in Angriff zu nehmen.

Es bleibt keine andere Wahl. In panischer Verzweiflung greift sie das Betttuch, deckt es über seinen Körper und drischt mit dem Beil genau auf die Stelle, wo sie Josefs Hals vermutet. Der Schlag geht fehl.

Frage: *»Ist es wirklich wahr, dass der erste Schlag, den Sie ausführten, um die Leiche zu zerstückeln, den Schädel traf?*

Antwort: *Ja, das ist wahr. Der erste Schlag traf den Schädel. Ich nahm das Beil, betrat das Schlafzimmer und löschte das noch brennende Licht. Die Jalousien hatte ich auf Luke gestellt.*
Deshalb lag das Zimmer im Halbdunkel. Ich wollte beim Schlagen mit dem Beil nicht den fürchterlichen Anblick haben.
Dann trat ich ans Bett, fasste das Beil mit beiden Händen, holte zum Schlage aus und schlug einmal mit aller Gewalt auf den Kopf der Leiche. Dadurch spritzte das Blut ungeheuerlich.
Ich glaube, ich traf dieselbe Stelle der Schädeldecke, die durch die Schläge mit dem Bügeleisen verletzt wurde. Den Hals werde ich deshalb nicht getroffen haben, weil die Leiche mit dem Betttuch zugedeckt war und ich blindlings drauflos schlug.
Nach diesem Fehlschlag lief ich vor Schreck in die Küche.
Hier bin ich wieder auf und ab gewandert. Inzwischen war es halb sechs geworden. Mein Sohn spielte im Garten. Ich sagte mir, dass ich die Tat endlich ausführen müsse. Ob du es kannst oder nicht.
Ich nahm die Leiche, zerrte sie über den Fußboden, bis sie zwischen dem Kleiderschrank und den Betten lag. Dort hatte ich für die Ausführung mehr Platz.
Nachdem ich eine Stunde gewartet hatte, fing ich mit der Zerstückelung endlich an. Ich wollte mit dem Beil durch das Betttuch schlagen, das die Leiche ja verdeckte. Mir blieb so der grässliche

Anblick erspart. Ich begann mit meiner Arbeit an den Beinen. Ich kann nicht genau angeben, ob ich zuerst das linke oder das rechte Bein versuchte.
Um meine Schläge gezielter und genau anbringen zu können, zog ich das Tuch bis zu den Knien zurück, sodass nur die Unterschenkel sichtbar waren. Vorher hatte ich der Leiche Strümpfe und Unterhose ausgezogen. Nunmehr schlug ich unterhalb des Knies, um Unterschenkel vom Oberschenkel zu trennen. Obwohl ich das Beil mit beiden Händen fasste und kräftige Schläge führte, gelang eine Trennung nicht.
Deshalb habe ich überlegt, wie die Leute wohl eine Zerstückelung vornehmen, von denen ich einmal gelesen hatte. Mir kam der Gedanke, eine Säge zu benutzen, weil die Metzger ja auch alles mit einer Säge zerlegen. Aber ich besaß keine Säge. Deshalb ließ ich den Gedanken wieder fallen.
Jetzt dachte ich an ein großes Brotmesser. Mir fiel ein, dass wir beim Umzug von Düsseldorf nach Gevelsberg dieses Messer zurückgelassen hatten; hier schnitten wir unser Brot mit einer Maschine. Auf dem Küchenschrank lag ein altes Brotmesser.
Aus der Klinge war ein Stück herausgebrochen. Ich dachte: Versuch es damit. Das muss doch gehen.
Vorher fiel mir ein, dass Ärzte bei der Sezierung einer Leiche wegen des Gifts Handschuhe tragen. Um mich bei meiner Arbeit nicht zu vergiften, zog ich ein Paar lederne Handschuhe an. Dann schnitt ich das Fleisch des Unterschenkels bis auf den Knochen durch.
Ich habe das Messer immer wieder angesetzt. Dann nahm ich das Handbeil und durchschlug mit kräftigen Schlägen den Knochen. So habe ich den Unterschenkel abgetrennt. Als der Erfolg sichtbar war, wurde ich ruhiger. Aus dem Zimmer neben der Küche holte ich die Zeltbahn. Damit deckte ich den Unterschenkel zu.«

[5]

Der Tote liegt auf dem blutbesudelten Laken. Sie trennt seine Arme vom Körper. Mit gezielten, wuchtigen Hieben, bei denen sie das Beil mit beiden Händen greift, über den Kopf führt und zwischen Achsel und Rumpf niederfallen lässt, wo sie die Stelle vermutet. Inzwischen hat sie Übung mit dem Messer und benutzt es geschickter, um Haut, Sehnen und Muskelfasern vom Körper zu lösen.

Die abgeschlagenen Teile steckt sie unter die Plane. Sie ist sicher, dass sie den Ober- und den Unterarm in den braunen Reisekoffer packen kann, der Josef gehörte. Damit ist er damals von der Front gekommen. Der Koffer war voller Parfüms und Flakons gewesen. Das ist kaum sechs Jahre her. Sie überlegt, ob sie nach den Unterschenkeln auch noch die Oberschenkel amputieren muss. Deshalb misst sie mit dem Zollstock nach und entscheidet sich dafür. Der Torso wäre zu lang und schwer, würde auf beiden Seiten überstehen und nicht in den Wagen passen.

Als sie den Kopf vom Rumpf hacken will und das Tuch abhebt, erschrickt sie: Sein Gesicht ist kaum zu erkennen, über Stirn, Augen, Nase und Wangen liegt eine Schicht geronnenen Bluts, das sich wie Gummi anfühlt. Ihr wird schlecht. Sie hat ein flaues Gefühl im Magen und flüchtet sich in die Küche.

Es ist Sonntagnachmittag. Draußen liegt die gleißende Helligkeit eines vergehenden Herbsttages. Von Weitem hört sie das Leben der Stadt. Die Menschen flanieren auf den Bürgersteigen oder stehen unter den Markisen, um sich vor der Sonne zu schützen. Manchmal ist Gelächter zu hören. Es herrscht feiertägliche Stimmung. Endlich genießt man die verfügbare Zeit.

Sie lässt die Jalousie herunter. Dann geht sie zurück, deckt ihn mit dem Betttuch sorgfältig zu, sodass nur sein Hals zu sehen ist. Sie greift das Messer, setzt es an und schneidet seinen Kopf vom Rumpf. Die Wirbelsäule durchtrennt sie mit dem Beil. Als sie fertig ist, sind zwei Stunden vergangen.

Sie bedeckt die Leichenteile mit Betttuch und Plane, kontrolliert durch das Fenster, ob das Kind im Garten mit den anderen Kindern spielt, und registriert, dass der Junge abgelenkt ist. Sie muss die Leichenteile verpacken. Arme und Beine, Kopf und Rumpf. Sie beginnt mit dem Torso, den sie in Betttuch und Plane schlägt. Als sie ihn abtastet, fühlt er sich weich an. Sie muss das Verpacken wiederholen und ihn straffer verschnüren. Er soll wie ein Paket aussehen. Sie will nicht auffallen. Die Leute könnten neugierig werden. Das mit dem Kinderwagen ist riskant genug. Vielleicht braucht sie Hilfe. Sie wird sagen, dass sie auf Hamsterfahrt ist.

Sie hastet in den Keller, wo der braune Koffer in der Ecke steht. Er ist noch voller Holzwolle, die sie beim Umzug vor fünf Wochen benutzt haben, um damit die Einkochgläser zu transportieren. Jetzt kann sie die Wolle als geeignetes Verpackungsmaterial brauchen. Sie packt den Rumpf vorsichtig wieder aus. Dann breitet sie Betttuch und Zeltplane auf einer Stelle des Fußbodens aus, die noch nicht so stark von Blut besudelt ist. Das ist links neben ihrem Ehebett.

Als sie mit der Arbeit fertig ist, hat sie plötzlich den Gedanken, dass sie ihm ein Totenbett richtet. Aus der Stelle am Hals, wo sie den Kopf abgetrennt hat, sickert immer noch Blut. Sie hat Angst, dass der Blutfluss die Verpackung durchdringt und als dunkler Fleck sichtbar werden kann. Deshalb will sie die Wunde verschließen. Sie schaut sich in der Küche nach einem Lappen um. Sie entdeckt die Einkaufstasche und reißt das rote Futter heraus. Es ist aus Kunststoff und dürfte genügen. Damit drückt sie die Schnittfläche zu.

Sie arbeitet gut organisiert. Sie ist eine Hausfrau, die ihre Dinge in Ordnung halten kann. Da wird ihr niemand etwas nachsagen können. Sie zieht Plane und Betttuch um seinen Rumpf, stopft Holzwolle dazu und verschnürt das Paket mit einer Wäschekordel.

Als sie fertig ist, schlägt sie das Paket mit der Bügeldecke ein. In der Speisekammer verwahrt sie zwei Lederriemen, die Josef aus dem Krieg mitgebracht hat. Sie sind breit und stark. Sie schlingt die Riemen um den Torso und zieht zu. Die Enden steckt sie in die Schlaufen. Dann steht sie auf, greift die Verschnürung und prüft, ob sie das Paket transportieren kann. Sie hat Mühe, den Torso aufzuheben. Er wiegt über einen Zentner.

Sie ist mit der Verpackung zufrieden. Weil sie den Anblick nicht erträgt, deckt sie auch die übrigen Leichenteile mit der restlichen Holzwolle zu. Natürlich hätte sie ein Betttuch oder eine andere Wolldecke zum Einschlagen verwenden können. Aber sie hält es für besser, nicht noch mehr Wäsche zu beschmutzen.

Sie löscht das Licht, überprüft die Jalousie und verriegelt das Schlafzimmer. Den Schlüssel steckt sie in die Jackentasche. Sie setzt sich an den Küchentisch und stützt den Kopf in die Hände. Ihr Gesicht ist leer. Dann ruft sie das Kind, macht ihm Abendbrot und bringt es ins Bett. Sie nimmt ein halbes Glas Wasser, rührt eine Tablette ein und sagt ihrem Sohn, dass die Medizin gut gegen eine Erkältung sei. Der Junge trinkt brav und schläft nach einer Weile ein.

Auf der Standuhr im Flur ist es zwanzig nach neun. Sie muss sich beeilen, wenn sie den Abendzug erreichen will. Sie schätzt den Weg auf dreißig Minuten. Sie greift den Koffer, mit dem sie die Holzwolle aus dem Keller geholt hat, packt die amputierten Arme sowie Ober- und Unterschenkel hinein und stopft das Betttuch und das Oberhemd des Toten dazu.

Für seinen Kopf bleibt kein Platz. Sie umhüllt ihn mit Holzwolle, knüpft ein Tuch darum und steckt ihn in die Einkaufstasche. Plötzlich fällt ihr auf, dass Blut durchsickert. Sie reißt noch ein Stück vom roten Innentuch aus der Tasche und wickelt ihn ein. Der Stoff ist gut gegen Feuchtigkeit. Das wird genügen.

Sie prüft alles genau. Sie wirkt ruhig. Fast kaltblütig. Die Zeit drängt. Jetzt darf sie keine Fehler machen. Um den Koffer schnallt sie einen breiten Lederriemen und schleppt ihn nach unten in den Keller. Später stellt sie die Tasche mit dem Kopf daneben und schließt die hölzerne Gittertür ab.

Bevor sie die Hausdiele durchquert, horcht sie in das Treppenhaus. Sicherheitshalber macht sie kein Licht. Sie fühlt sich wie eine Diebin, die einen Einbruch verübt. Ihr Herz klopft bis zum Hals. Die Hände zittern. Es gibt ein quietschendes Geräusch, als sie den Kinderwagen aus dem Kellerflur herauszieht. Ein Vorderrad ist anscheinend nicht geölt. Sie registriert, dass es still ist und niemand auf der Treppe steht.

Sie hätte das Schlafzimmer gerne gesäubert. An der Tapete finden sich Spritzer von Blut, sogar auf dem Schrank, an der Nachttischlampe und auf der Matratze. Als sie den Linoleumboden aufwischt, entdeckt sie, dass die Axthiebe Kerben hinterlassen haben. Sie verschiebt Putzen und Waschen auf den nächsten Tag.

Sie geht ins Bad. Die Wanne ist eine Wohltat. Das Wasser wäscht den Schmutz und Gestank der Nacht herunter. Sie spürt, wie es ihre Schmerzen lindert. Den rechten Arm, mit dem sie sich gewehrt hat, kann sie kaum bewegen. Sie braucht viel Wundcreme, um die Schwellung unter dem Kinn zu verdecken.

Im grellen Licht des Spiegels bemerkt sie graue Fäden in ihrem Haar, eine undefinierbare Alterung der Haut und etwas sonderbar Müdes in den Augen. Feine Fältchen ziehen sich von den Augenwinkeln zu den Schläfen. Sie fühlt sich wie eine Frau, deren Leben ruiniert ist. Vollkommen erledigt.

Sie wählt einen hellgrauen Kostümrock, den gestreiften Pullover mit Rollkragen und eine marineblaue Cordjacke. Dazu einen Wollschal und die schwarz-weißen Schuhe aus Schlangenleder.

Alles passend für die Jahreszeit.

Als sie ihre Einkaufstasche vermisst, hastet sie in den Keller, zerrt den Kopf aus der Tasche und legt ihn auf den braunen Koffer. Er ist mit einem Tuch und Holzwolle umwickelt. Sie stellt einen Pappkarton davor. Sie ist froh, dass sie endlich die Tür schließen und ihre Ängste zurückzulassen kann.

Als sie die Kellertür schließt, wallt Übelkeit in ihr auf. Deshalb bleibt sie stehen und holt tief Luft. Dann trägt sie den Wagen zur Hoftür, die steile Eisentreppe hinab und über den gepflasterten Weg zum Haupteingang.

Sie hört ihre Schritte. Die Sträucher des Rhododendrons bewegen sich im Wind. Irgendwo bellt ein Hund. Eine Straßenbahn fährt quietschend vorbei.

Sie schaut auf die Armbanduhr. Es ist Viertel nach zehn, als sie das Paket vom Boden hebt und über den Parkettboden der Diele zum Hauptportal zieht. Sie öffnet die Tür und blickt sich um, ob sich jemand durch den Vorgarten nähert. Alles bleibt ruhig. Das Gittertor zur Straße ist geschlossen. In der Arztpraxis, die auf der ersten Etage liegt, ist es dunkel. Die Jalousien sind heruntergelassen.

Es macht Mühe, den Torso durch die äußere Doppeltür zu bringen, weil der Abstand zwischen Außenportal und Innentür kleiner ist, als sie vorher dachte. Sie stellt das Paket aufrecht. Da klappt es besser.

Bis zur Eingangstreppe setzt sie ihre Fracht öfter ab. Dann zieht sie den Torso Stufe für Stufe hinunter.

Es kostet viel Kraft, die Last auf das Gefährt zu legen. Der Wagen hat einen festen Boden und ein weißes Metallchassis mit stabiler Kopfstütze und einen Fußtritt, den man herausziehen kann. Vorne gibt es einen Haken für die Einkaufstasche. Die

Räder haben einen Belag aus Vollgummi. Die Deichsel kann umgelegt werden.

Als sie den Torso in den Wagen legen will, erschrickt sie. Das Paket ist so groß, dass es über die Kopflehne ragt.

Erst muss sie zurück, um die Kellertür zu verschließen. Als sie das Licht anknipst, sieht sie seinen Kopf: Es ist ein Klumpen, mit Holzwolle und weißem Tuch umwickelt.

Plötzlich hat sie eine Vorahnung. Was passiert, wenn Bewohner das Paket entdecken und die Polizei alarmieren? Deshalb nimmt sie die Einkaufstasche und stopft den Kopf hinein. Sie drückt ihn fest nach unten. Dann zieht sie die Lasche darüber und schnallt das obere Teil fest. Sie tastet nach seinen Haaren. Sie spürt, wie ihre Hände zittern. Sie blickt sich nach Holzwolle um. Sie legt sorgfältig und mit geübten Bewegungen ihre Strickjacke obenauf, die sie mitnehmen will, falls es kühler wird.

[6]

Plötzlich ein Geräusch. Ein dürres Rascheln. Was war da? Sie ist starr vor Schreck. Da ist wer! »Hallo«, ruft sie in das Dunkel. Keine Antwort. Gespenstische Stille. Wieder das Rascheln, darauf das Knacken von Geäst. Wer ist dort? Sie zuckt zusammen. Nichts.

Sie steht wie betäubt. Eine Sekunde lang ist sie unfähig, an etwas zu denken oder zu handeln. Sollte sich ausgerechnet jetzt, in diesem Augenblick, ein Einbrecher im Vorgarten verstecken, ein Verbrecher, der einen Gewaltakt plant, im Parterre in das Haus einsteigen will, um aus den Wohnungen etwas mitgehen zu lassen?

Sie schaut sich um und starrt in das Halbdunkel am unteren Erkerfenster, wo sie eine fremde Gestalt vermutet. Sie meint, auf dem Gehweg einen Schatten wahrzunehmen, der hastig im

Dunkeln verschwindet. Nur jetzt nicht die Nerven verlieren, denkt sie, ruhig bleiben, sich nicht rühren! Keine falsche Bewegung, die nächsten Minuten überstehen.

»Guten Abend, Frau Rinsche«, sagt eine Männerstimme. »So spät noch unterwegs?« Vor ihr steht Dr. Weiß, den Hut in der Stirn. Er schaut sie an: »Ich habe nur einen Rundgang gemacht, um die Jalousien zu überprüfen. Es passiert so viel in letzter Zeit.«

Sie bleibt freundlich, höflich und gelassen. Freundlichkeit ist ihre Art, sich die Leute auf Distanz zu halten. Sie sagt, dass sie zum Bahnhof müsse. Ja, zu dieser späten Zeit.

Sie hat das Gefühl, dass der Doktor sie aufmerksam mustert. Aber dann wünscht er einen »guten Abend« und verschwindet im Haus. Als er endlich fort ist, atmet sie tief durch.

Sie darf nicht auffallen. Deshalb vermeidet sie die Mittelstraße, die für den Weg zum Milsper Bahnhof bequemer wäre. Aber auf den Bürgersteigen ist viel los. Die Leute stehen vor den Geschäften und reden. Sie genießen den Sonntagabend. Die Polizeiwache ist noch hell erleuchtet. In der Auffahrt parkt ein Streifenwagen. Es fehlt nur, dass Heinrich Faust aus der Tür tritt und sie wie eine alte Bekannte begrüßt.

Sie überquert die Mittelstraße und steuert auf das Fachwerkhaus am Fluss zu. Dahinter gibt es einen schmalen, verwachsenen Trampelpfad. Er führt am Garten der Familie Hülsenbeck vorbei und endet auf einer romantischen Steinbrücke. Danach geht es über einen steilen Spazierweg hinauf.

Der Herbstnebel und der Geruch feuchter Blätter sind ihr vertraut. Auch der Fluss und die Allee, die im Sommer so dicht sein kann, dass man den Himmel nicht sieht; das murmelnde Wasser und die herabhängenden Zweige, die mit den Wellen spielen. Unter den Bäumen ist es so ruhig wie immer. Es ist die Gegend ihrer Jugendzeit. Die »Seufzerallee«. Auf zugefrorenen Teichen ist sie hier Schlittschuh gelaufen. Auf den Bänken am

Teich hat sie zum ersten Mal geküsst. Hier ist sie oft spazieren gegangen. Früher mit Hansi, danach mit Chris und Josef, den sie gestern umgebracht hat.

Es ist schon dunkel, als sie die Abzweigung zur Straße erreicht. Von dort ist Autogeräusch zu hören. Ein Lastzug fährt donnernd vorbei. Der Weg ist so steil, dass sie den Wagen mit beiden Händen ziehen muss. Als sie oben ist, bleibt sie stehen.

Sie hat ein flaues Gefühl im Magen und ringt nach Luft. Sie spürt, dass sie wenig geschlafen hat. Sie hat Hunger. Ihre Knie zittern. Der Abendnebel lässt sie frösteln. Sie stellt den Jackenkragen hoch. Ein Hund läuft wie ein Schatten vorbei. Vor einem Haus stehen Menschen und blicken herüber.

Starren die Leute sie an? Egal. Jetzt ist kein Platz für anderes. Sobald der Feind im Hause ist, soll man ihn nicht draußen suchen.

[7]

Der Bahnhofsschaffner Friedrich Krüger sieht die Frau von Weitem. Sie hinkt ein wenig. Im Sportwagen schläft ihr Kind. Als sie auf ihn zukommt, macht er ein höfliches Gesicht. Sie wirkt nervös und erregt. Ihr Haar liegt in schweißnassen Strähnen. An der Hand baumelt eine Tasche, die prall gefüllt ist. Darauf hat sie eine Strickjacke gelegt.

Sie hat den Zug verpasst. In der Ferne ist noch sein Pfeifen zu hören. Der Bahnsteig ist fast menschenleer. Auf einer Bank gegenüber sitzt eine Frau mit zwei halbwüchsigen Kindern. Sie warten auf den Nachtzug nach Hagen.

Der Bahnhof hat ein lang gestrecktes Stationsgebäude. Im hinteren Teil liegt die Gepäckaufgabe. Davor die Kneipe mit dem Wartesaal, wo der Wirt Hans Freitag am Biertresen steht, benutzte Gläser unter einen Wasserstrahl stellt und mit Männern redet, die vor ihm auf Barhockern sitzen.

Die Züge nach Hagen fahren auf 1, nach Wuppertal auf 2. Weil die Frau mit dem Kinderwagen den Zug um 22:50 Uhr nicht erreicht, wird sich der Schaffner später an die Reisende ganz genau erinnern. Sie hat den Zug verpasst. Er ist schon lange bei der Bahn. Deshalb versucht er, die Lebensweisheit zu beachten, die ihm seine Lehrmeister eingetrichtert haben. »Wenn der Zug weg ist, und du bist nicht dabei, dann lachen oben die Geier. Zu früh ist auch nicht gut. Exakt am Bahnhof sein, wenn der Zug einfährt. Das ist die Kunst!«

»Die blonde Dame wollte mit diesem Zug fahren. Sie erreichte ihn nicht, wie er sich schon in Bewegung gesetzt hatte. Ich habe ihr gesagt, dass der Kinderwagen und ein verschnürtes Paket zu schwer für sie seien. Sie möge das Gepäck besser aufgeben und mit dem nächsten Zug fahren. Der ging um null Uhr elf. Weil der aber keinen Gepäckwagen hatte, wäre das Paket bis zum nächsten Tag liegen geblieben. Das wollte die Dame auf keinen Fall.«

Sie wirft sich vor, dass sie Fehler gemacht hat. Sie hat Zeit vertrödelt. Natürlich hat sie sich verschätzt. Den Berg hinauf hat es länger gedauert. Schon auf dem Pfad ist ihr die Puste ausgegangen. Sie hätte sich vorher erkundigen müssen, ob es erlaubt ist, einen Kindersportwagen mitzunehmen, der nur eine Transportkarre ist. Und überhaupt. Sie hat zwei entsetzliche Tage hinter sich. Ihr Herz rast. Der Körper ist ein einziges Prickeln.

Sie steht auf dem Bahnsteig, gestikuliert mit den Händen und redet auf den Beamten ein. Sie müsse dringend zu ihrem schwer kranken Vater. Auf keinen Fall könne sie das Paket noch einmal den Berg hinab- und hinaufschleppen. Für eine Mietdroschke fehle ihr das nötige Geld.

Deshalb geht der Beamte zu seinem Fahrdienstleiter, erklärt die Angelegenheit und holt sich die Erlaubnis, im Ruhrschnellzug nach Wuppertal einen Kinderwagen im Abteil mitzuführen, obwohl dies streng verboten ist. Größere Gepäckstücke müssen bei der Gepäckaufgabe abgegeben und später am Bestimmungsbahnhof abgeholt werden. So steht es in der Dienstanweisung.

Später räumt er ein, dass er anfangs wirklich dachte, die blonde Frau sei mit ihrem Kind unterwegs. Danach habe er bemerkt, dass draußen ein längeres, mit Riemen verschnürtes Paket abgelegt war, das offenbar der Dame gehörte. Hätte er dem Fahrdienstleiter erklärt, dass der Wagen nicht für ein Kind, sondern für das Paket gewesen ist, wäre der Chef nicht so konziliant gewesen.

Dann hätten sie alles in die Gepäckaufbewahrung gelegt und sie hätte wieder abziehen müssen. Er hätte auf einer Erklärung bestanden, was sich unter der Decke verbarg. Sie hätten alles aufgeschrieben und auf dem Packschein notiert. Alles hätte seine Richtigkeit gehabt. Er erinnert sich noch an eine Last, die viel gewogen hat.

»Das Paket war in eine graue Wolldecke eingewickelt. Zwei Lederriemen waren in der Querrichtung an beiden Enden verschnürt.
Die Kordel hatte die Stärke eines kleinen Fingers. Es war einen Meter lang und vierzig bis fünfzig Zentimeter breit. Dreißig Zentimeter hoch. An dem einen Ende war es etwas breiter und stärker, am anderen fiel es ab.
Das Gewicht betrug nach meiner Schätzung sechzig Kilo.«

[8]

Sie sitzt in der Bahnhofskneipe und wartet auf den Zug. Es ist eine Stunde vor Mitternacht. Sie braucht noch sechzig Minuten. Dann ist es geschafft. Sie hat sich ein Bier bestellt und ist auf die Toilette gegangen.

Den Kinderwagen hat sie draußen gelassen, die Einkaufstasche packt sie auf die Theke, etwas seitlich von dem Platz, wo ihr Glas auf einem Bierfilz steht.

Im Toilettenspiegel mustert sie sich und stellt fest, dass sie nicht verdächtig aussieht. Vielleicht eine Spur zu elegant. Aber das liegt an der Kleidung.

Sie kann andere spüren lassen, dass sie nicht etwas Besseres, aber doch etwas anderes ist. Sie kann ihnen noch zeigen, dass sie einmal auf großem Fuße lebte und nur an diesem Abend an einen Menschen erinnert, der gefallen ist. Vor Kurzem abgestürzt.

Sie zieht Augenbrauen und Lippen nach, legt Creme und Puder auf. Jetzt sieht sie wie eine Reisende aus, die nervös ist, weil sie den letzten Zug verpasste. Die vielleicht ein verlebtes Gesicht hat. Aber nicht wie eine Frau, die eine grausame Mordtat verübte.

Sie kennt die Neugier der Leute, deren Klatschsucht und Argwohn, sobald sie einen Raum betritt. Sie ist keine attraktive Frau mehr. Aber sie hat sich durch ihre Kleidung und ihr Auftreten eine gewisse Nonchalance, ja sogar eine innere Distanz bewahrt, die jede plumpe Anbiederei verbietet. Im Übrigen hat sie gelernt, stets die Initiative zu übernehmen.

Deshalb grüßt sie in der Regel als Erste, stellt banale Fragen und streut im Gespräch lapidare Sätze ein, um die anderen zu irritieren und, wenn nötig, zu überrumpeln. Sie ist höflich, aber bestimmt. Sie kann die Unterhaltung auf Dinge lenken, die sie gut kennt, spricht über die eigene Gesundheit oder ihre neue Frisur. Manchmal auch über das Wetter und den Sommer, der sehr heiß gewesen ist.

Sie redet mit dem Wirt, als käme sie rein zufällig vorbei, fragt ihn nach dem Woher und Wohin, lehnt mit dem Ellenbogen auf der Theke, spricht über alte Zeiten und den Vater, der hier oft angekommen und abgereist ist. Über ihre Mutter, die jetzt schon fünf Jahre tot ist, über den Bruder, ihren kleinen Sohn und den Krieg, der endlich vorüber ist.

Sie wirkt wie eine Reisende, die den Anschluss verpasst hat und amüsiert die Wartezeit bis zur Ankunft des letzten Nachtzugs verplaudert.

Sie raucht Filterzigarette mit Spitze und trinkt das Bier in durstigen Zügen. Das macht sie schlapp. Mit einem Mal sieht sie fertig aus. Der Wirt hat ihre zittrigen Hände beobachtet und stellt fest, dass sie dreimal auf die Toilette geht. Sie erzählt, dass sie nach Wuppertal will. Dort wohne ihre Tante, die am Bahnhof auf sie warte. So spät in der Nacht. Aber der Bahnschaffner Krüger wird später aussagen, dass sie zu ihrem schwer kranken Vater wollte. Der wohne in Düsseldorf oder Wuppertal-Barmen. Vielleicht sogar in Oberbarmen. Das könne er jetzt nicht mehr so genau sagen.

Kurz vor Ankunft des Zuges wird sie nervös und fängt an, den Bahnschaffner zu suchen. Sie lässt ihre Einkaufstasche auf der Theke liegen und geht in die Gepäckaufgabe, um dem Beamten zu sagen, dass sie gleich auf Bahnsteig 2 müsse, wo elf nach zwölf endlich der letzte Zug nach Wuppertal geht.

Als sie schon auf dem Weg zum Bahnsteig sind, sieht sie den Wirt im Türrahmen der Gaststätte stehen. Der Mann blickt angestrengt zu ihr herüber und gestikuliert mit seinen Händen. Ihr stockt der Atem. Über ihr Gesicht huscht Entsetzen. Er hebt ihre schwarze Einkaufstasche hoch und ruft, die habe sie in der Kneipe vergessen. Sie hastet auf ihn zu und nimmt das Stück entgegen.

Plötzlich merkt sie, wie übermüdet sie ist. Sie gehen durch die Unterführung. Es wirkt alles ganz normal. Der Schaffner packt den Wagen, schleppt ihn die Treppe hinunter und auf der anderen Seite hinauf. Man sieht ihm die Anstrengung an. Als sie oben angelangt sind, gibt sie ihm ein Trinkgeld, das sie aus der Jackentasche zieht. Sie atmet die kühle Nachtluft ein. In der Ferne hört sie den Zug, der kurz darauf donnernd einfährt. Im

Seitenfenster der Lokomotive lehnt der Heizer. Er hat ein rußiges Gesicht, trägt eine Schiebermütze und blickt sie im Vorbeifahren aufdringlich an.

Sie ist froh, als der Bahnbeamte mit geübtem Griff die Tür aufreißt. Wie er die Lederriemen packt und das Paket in das Abteil bugsiert, wo ein älteres Ehepaar mit seiner Tochter sitzt und widerwillig die Beine anzieht, als sie mit dem Kinderwagen kommen und der Mann das Gepäckstück hineinwuchtet, direkt vor die Knie und die Beine der anderen.

Die Tasche stellt sie in das Gepäcknetz, wo schon zwei Koffer liegen. Eine Mitreisende steht auf und nimmt ihren Mantel herunter. Jetzt hat sie mehr Platz, um die schwarze Tasche abzulegen. Sie stopft die Strickjacke sorgfältig darüber und prüft genau, ob nichts herunterfallen kann. Aber die Tasche liegt ganz sicher im Netz, direkt neben den Sachen der anderen. Auch bei einem plötzlichen Halt des Zuges könnte wohl nichts passieren. Dort oben im Gepäcknetz, zwischen Holzwolle und blutverklebten Tüchern, liegt der abgehackte Kopf von Josef, ihrem ermordeten Mann.

Sie sind fünf Leute im Abteil. Im Gang zwischen ihren Füßen, direkt vor ihren Knien und im grellen Licht des Zugabteils, schaukelt der Kinderwagen, den sie neugierig mustern, weil sie sich einfach darüber ärgern, dass sie aneinanderrücken müssen, nur weil diese Frau ein Gepäckstück mitführt, das eigentlich in den Packwagen gehört.

> *»Während der Fahrt war die Dame sehr still. Auf meine Bemerkung, dass es nicht richtig sei, mit einem Kinderwagen und einem solch großen Gepäckstück in ein kleines Abteil zu kommen, erwiderte sie, der Bahnbeamte habe ihr das erlaubt, weil sie angeblich den vorherigen Zug verpasste. Nach ihrem Dialekt handelte es sich um eine Wuppertalerin.«*

Sie haben gesehen, wie die blonde Dame eingestiegen ist. Danach haben sie den Wagen umständlich in den schmalen Gang gezogen. Der Schaffner hatte es eilig gehabt. Er schaute ständig auf die Uhr. Die blonde Dame bekam den Platz am Fenster. Einer der Mitreisenden fragte, ob er ihr behilflich sein könne. Aber sie sagte: Nein. Sie waren alle froh, als sich der Zug endlich in Bewegung setzte. Sie waren müde und wollten endlich nach Hause.

»Wir mussten die Beine zeitweilig auf die Bank legen, weil es in dem Abteil sehr eng war. Bei dem Sportwagen handelte es sich um einen nach hinten klappbaren, mit Armlehnen versehenen Wagen, weiß mit Nickelstange. Darin lag ein Paket in einer dunkelgrauen Wolldecke. Wie ein alter Militärmantel.«

[9]

Sie sitzt still auf ihrem Platz und hört auf das monotone Geratter des Zuges. Sie starrt aus dem Fenster, hinter dem schwarze Dunkelheit vorbeifliegt. In der schmutzblinden Scheibe sieht sie ihr bleiches Gesicht. Im Abteil riecht es nach Wasserdampf und Kohlenstaub. Sie möchte schlafen, weil sie sich erledigt fühlt.

Schlaf könnte sie wenigstens einen Augenblick lang vor dieser Nähe schützen, die ihr in der Gestalt von vier Mitreisenden gegenübersitzt, die sie argwöhnisch mustern, weil sie sich einfach keinen Reim darauf machen können, warum eine elegant gekleidete Frau nachts mit einer Kindersportkarre durch die Gegend fährt, in der sich kein müdes kleines Kind, sondern nur ein hässlicher Militärsack befindet.

»Die Dame war circa ein Meter sechzig groß, schlank, hatte hellblonde Haare, keine Naturfarbe. Es war glatt gekämmt und lief nach hinten in eine krause Nackenrolle. Ihre Gesichtszüge waren verlebt.

Das Gesicht war etwas breit. Sie trug keine Kopfbedeckung. Bekleidet war sie mit einem Rollkragenpullover, einem Kostüm und einem losen Umhang. Außerdem hatte sie eine schwarze Stadttasche dabei.«

Natürlich spürt sie, wie sie gemustert wird. Der Mann gegenüber blickt sie aufdringlich an.

»Schläft aber durch, der Kleine«, sagt er plötzlich so laut, dass alle es mithören können. Er will mit ihr ins Gespräch kommen. Er ist neugierig und grinst. Sie erschrickt und weiß nicht, wie sie reagieren soll. Deshalb schließt sie die Augen. Sie hat sich vorgenommen, nicht mit den Leuten zu reden. Möglichst unauffällig bleiben. Am liebsten würde sie dem Mann eine passende Antwort geben. Aber sie schaut nur hinüber, lächelt und schweigt.

Sie könnte jetzt die Geschichte mit dem Schwein und der Hamsterfahrt erzählen.

Aber das wäre zu riskant. Die Leute könnten neugierig werden, die Wolldecke hochheben und einen Blick in den Kinderwagen werfen. Oder dumme Fragen stellen. Wo haben Sie denn heute geschlachtet? Ist das nicht alles für diese Jahreszeit zu früh? Bei uns zu Hause wird immer im November und Dezember frische Wurst gemacht, auf jeden Fall nur dann, wenn es richtig kalt ist.

Im Übrigen registriert sie einen unangenehmen Geruch, der aus dem Bündel aufsteigt, ein süßliches, bitteres Etwas. Noch scheinen die Mitreisenden nichts zu riechen. Aber sie ist sich sicher, dass es diesen Geruch von Fäulnis gibt. Sie registriert ihn genau. Vielleicht liegt es daran, dass sie sich dicht an den Wagen drängen muss, um auf der engen Bank noch Platz zu haben. Sie befindet sich mit ihrer Nase genau über der Stelle, wo sein Kopf gewesen ist. Sie hat einmal gelesen, dass Tote früh von Maden angefallen und zerfressen werden. Aber das beginnt am dritten oder am vierten Tag. In der Nacht zum Samstag hat sie ihn erschlagen. Heute ist Sonntag, eigentlich Montag. Der dritte Tag danach.

So sitzt sie auf ihrem Platz, umklammert die Stange des Kinderwagens und hofft, dass die Fahrt bald vorüber ist. Als die ältere Frau sie fragt, wie weit sie fahren wird, sagt sie »Barmen«. Dann korrigiert sie sich, weil sie hört, dass das Ehepaar nach Oberbarmen fährt. Allein wird sie es nie schaffen, ihre Last durch den Gang, die steile Einstiegstreppe hinunter auf den Bahnsteig zu tragen, vom Weitertransport ganz zu schweigen. Sie wird die Hilfe des Mannes noch nötig haben.

»Als wir nach Oberbarmen kamen, stieg die Dame aus. Mein Vater war ihr beim Aussteigen behilflich. Die Frau wusste nicht, wo sie aussteigen wollte. Dies schließe ich daraus, weil sie nach Barmen wollte.
Weil wir die einzigen Reisenden im Abteil waren, hätte sie keinen gefunden, der ihr beim Aussteigen geholfen hätte. Darum fuhr sie mit uns nach Oberbarmen.«

Der Mann fasst den Wagen am Fußteil und trägt ihn mit ihr aus dem Abteil. Sie gehen langsam und vorsichtig, weil der Gang ziemlich eng ist und andere Reisende aus den Abteilen kommen, um auszusteigen. Sie haben viel Gepäck dabei. Als sie an die Wagentür kommen, steigt der Mann als Erster aus und hebt die Kinderkarre am Fußende so hoch, dass sie auf der steilen Ausstiegstreppe folgen kann.

»Dabei fielen das Kopfende und das Fußende sowie das ganze Bündel vom Wagen. Alles lag auf dem Bahnsteig herum. Die anderen Reisenden mussten darüber hinwegsteigen, um nicht zu stolpern. Dann brachte die Dame den Wagen wieder in Ordnung. Sie war ganz ruhig. Ich wollte ihr

helfen, das Bündel wieder hineinzulegen. Als ich es anhob, war ich über sein Gewicht dann doch sehr verblüfft.
Auf meine Frage, warum das Paket eigentlich so verdammt schwer sei, antwortete sie, dass sie ein Ferkel darin verpackt habe. Aber ich antwortete ihr, dass es dem Gewicht nach wohl ein Schwein sein müsse. Dann bin ich in Richtung Ausgang verschwunden.«

Sie schaut sich nach einem Dienstmann um. Dabei lässt sie den Wagen stehen und sucht nach dem Büro des Aufsichtsbeamten. Plötzlich spricht sie ein fremder Mann an und fragt höflich, ob er ihr behilflich sein könne.

»Er nahm das Paket vom Wagen, trug es die Treppe durch die Unterführung hinunter und die andere Treppe hinauf. Ich folgte ihm mit dem Kinderwagen. Dann packte er das Bündel auf den Wagen, ich fuhr durch die Sperre und war auf dem Platz vor dem Bahnhof.«

[10]

Es ist schon weit nach Mitternacht, als sie am Schwebebahnhof vorbei über die Berliner Straße in Richtung Wupperbrücke geht. In der Ferne hört sie den Fluss. Es ist kühl. Hin und wieder geht ein sanfter Wind.

»Auf der Suche nach einer Stelle, wo ich den Rumpf lassen konnte, kam ich an der Wupper vorbei. Plötzlich kam mir der Gedanke, den Kopf aus meiner Tasche zu nehmen und ihn einfach in den Fluss zu werfen.«

Es ist genau auf der Höhe vom Pfälzer Steg. Eine Gaslaterne verbreitet mattes Licht. Sie hört, wie der Kopf aufschlägt. Sie blickt hinunter und sieht, wie der Stumpf in den Strudel des Wassers taucht. Einmal hakt er sich fest. Dann dreht er und folgt dem Wasserlauf in der Mitte. Der Kopf liegt mit dem Gesicht nach unten. Sie kann sehen, wie das Knäuel hinter dem Ufergestrüpp wieder hervorkommt und allmählich im Wasser verschwindet.

Sie blickt sich vorsichtig um. Sie ist sich ganz sicher, dass niemand in der Nähe war. In der Ferne erkennt sie die Rücklichter eines Lastwagens, die hinter einer Kurve verschwinden. Sonst nichts. Von unten rauscht der Fluss herauf. Sie bemerkt, dass er nach dem heißen Sommer wenig Wasser führt. Bald kommt der Herbst. Zeit, dass es regnet.

Sie geht an den zerbombten Fassaden der Häuser vorbei, von denen es hier im Stadtzentrum Unzählige gibt. Sie fröstelt. Sie öffnet die Einkaufstasche und greift nach ihrer Jacke. Nirgendwo ist ein Mensch zu sehen. Weil die meisten Laternen zerstört sind, ist es in der Umgebung fast stockdunkel. Von der Hauptstraße biegt sie immer wieder in Seitenstraßen ab.

Fast alle Häuser sind beschädigt, haben zerschossene Wände und zerborstene Fenster, dunkle Höhlen, schwarz und tot. Eine Tür ist mit Brettern vernagelt. Es gibt Schuttberge vor den Eingängen, sodass sie nicht in das Innere gelangen kann. Andere sind durch Drahtverhau und hohe Gitterzäune abgesperrt.

Sie durchquert eine dunkle Gasse. Rechts sieht sie im Halbdunkel ein riesiges Mietshaus, das völlig ausgebrannt ist. Das große, fast vier Meter hohe Portal ist mit Brettern vernagelt, die Außenwand von weißen Kalkflecken übersät. Die unteren Kellerfenster sind mit Eisendraht gesichert. In der Einfahrt türmt sich ein Trümmerberg. Links davon entdeckt sie den Eingang, den früher die Dienstboten und Zulieferer benutzten. Er führt in den Hof und nach links über die Treppe in den Keller.

Die Zufahrt zum Inneren der Ruine scheint bequem. Als sie heranfährt, erschrickt sie. Aus den Trümmern leuchten die

Augen einer Katze. Im Halbdunkel erkennt sie einen gemalten Totenkopf. Darunter die Aufschrift: *»Warnung vor Minen und Bomben«.*

Nur einige Schritte weiter entdeckt sie die zweite Toreinfahrt. Sie lässt den Wagen stehen, geht vorsichtig hinein und schaut sich um. Es riecht nach Kot und Urin. Sie tastet sich nach vorn und verliert die Orientierung. Im Haus ist es stockdunkel. Sie bekommt es mit der Angst. Sie überlegt, ob sie umkehren soll. Sie zögert einen Moment, bis sie links das schwarze Kellerloch entdeckt.

> *»Ich hielt diesen Platz für das Abladen geeignet. Rasch schob ich den Wagen hinein, hob ihn mit der Stoßstange hoch und kippte das Paket in den Keller. Ich verließ rasch den Ort.«*

In der Umgebung ist es still. Sie läuft den Weg zurück. Sie fröstelt. Plötzlich entdeckt sie die Katze, die ihr gefolgt ist und sich mit einer aggressiven Bewegung an ihre Beine schmiegt. Sie stampft mit dem Fuß auf und ist erleichtert, als das Tier im Dunkel verschwindet.

Jetzt läuft sie auf der Hauptverkehrsstraße in Richtung Barmer Bahnhof. Dort ist der Wartesaal geschlossen. Es ist fast zwei Uhr, als sie zurück nach Oberbarmen eilt, wo sie angekommen ist. Sie geht mitten auf dem Bürgersteig. Sie hat Angst und schaut sich um. Vom atemlosen Laufen ist sie müde und schlapp.

Einmal überlegt sie, den Kinderwagen in die Trümmer zu werfen. Sie bleibt kurz stehen. Dann gibt sie den Gedanken auf.

An diesem Montagmorgen, in der dunkelsten Stunde der Nacht, sieht sie verräterisch aus. Als sei sie auf der Flucht. Eine elegant gekleidete Frau mit einem Kindersportwagen, an dem eine leere Einkaufstasche baumelt. Mit wehendem Blondhaar, im Kostüm und mit schwarz-weißen Schlangenschuhen. Ganz allein und mitten in der Nacht.

Die Gepäckaufgabe ist schon offen. Sie streicht ihre Haare zurück und wartet auf den Beamten, der aus einer Ecke heranschlurft. Sie gibt den Kinderwagen ab und unterschreibt den Gepäckschein. Als der Mann den Wagen in den hinteren Teil des Raumes schiebt, fühlt sie sich erleichtert. Sie hat das Gefühl, als sei sie nicht mehr beteiligt. Sie hat das Verbrechen abgegeben. Es gehört nicht mehr zu ihr. Es steht dort zwischen alten Koffern, zerbeulten Pappkartons und abgetragenen Taschen. Es ist verschwunden wie ein Spuk in der Nacht. Der Beamte blickt sie an. Es kann sein, dass er sich ihr Gesicht einprägen will.

Sie geht in den Wartesaal. An schmutzigen Tischen, auf denen Bierpfützen stehen, sitzen Männer, die sie anstarren, als gehöre sie nicht hierher. Sie bestellt ein Kännchen Kaffee. Plötzlich entdeckt sie Blut an ihrem Jackenärmel. Das muss vom Abwurf des Kopfes kommen. Sie geht auf die Toilette in den Keller, zieht ihre Jacke aus und hält den Ärmel unter das Wasser.

Im Spiegel hinter ihr sieht sie eine Schwester in Rote-Kreuz-Tracht. Die Nachtbereitschaft der Bahnhofs-Mission. Sie blickt ihr ängstlich nach. Sie will jetzt nicht reden. Sie ist froh, den Kinderwagen endlich los zu sein. Jetzt will sie fort. Ihr Zug geht um zwanzig nach fünf.

Sie ist im dämmrigen Licht des anbrechenden Morgens zu Hause. Die Luft ist plötzlich feucht und kalt. Ihr Kind schläft, als sei nichts gewesen.

[11]

Sie hat am Vorabend einen verdächtigen Eindruck gemacht. Als der Ruhrschnellzug nach Wuppertal abgefahren ist, trifft Friedrich Krüger seinen Kollegen von der Sperre. Es ist eine halbe

Stunde nach Mitternacht. Beide Männer wollen endlich Feierabend machen. »Hast du die blonde Frau gesehen? Die mit dem Paket?«

Der Angesprochene zündet sich eine Zigarre an.

»Ich habe mich mit ihr unterhalten. Sie sagte, dass sie geschlachtet haben. Sie müsse ein halbes Schwein nach Düsseldorf bringen. Wer nachts ein Schwein durch die Gegend fährt, der hat es ganz sicher irgendwo gestohlen. Im Übrigen ist sie nach Wuppertal und nicht nach Düsseldorf gefahren.«

Er sagt es mit feindseliger Stimme.

Der Beamte glaubt nichts. Sie hat ihn gefragt, wo in Wuppertal die meisten Ruinen sind. Er hat Barmen gesagt. Vielleicht ist sie ja dorthin. Wer weiß, was in dem Paket wirklich drin gewesen ist. Er kommt vom Bauernhof und wohnt schon lange auf dem Land. Seitdem weiß er, dass es Frischfleisch nur im Winter gibt, wenn es draußen kalt ist, die Bäume kahl werden und die Schneeflocken fallen. Heute war es ungewöhnlich heiß. Da wird kein Schwein geschlachtet.

[12]

Sie sitzt in der Küche, brüht einen Kaffee und denkt nach. Das Kind darf nichts merken. Es schläft im Wohnzimmer auf der Couch. Sie zieht die Jalousien hoch.

Sie legt den Kopf auf die Unterarme. Sie möchte einige Minuten dösen, einfach fort sein und alles vergessen. Plötzlich schreckt sie hoch. Das Wasser brodelt.

Sie steht auf, nimmt den Topf vom Feuer und sucht nach der Seife, die sie im unteren Küchenschrank verwahrt. Es ist teure Seife, die nach Olive riecht. Für Putzarbeit eigentlich zu schade. Sie schneidet die Hälfte davon ab. Das Stück sollte reichen.

Sie wirft die Seife in den Eimer und beginnt, den Fußboden des Schlafzimmers zu säubern. Überall entdeckt sie Blut. Das Wasser färbt sich dunkelrot. Sie schüttet es in den Ausguss der Küche.

Sie darf den Jungen nicht wecken. Er könnte wach werden, sich erschrecken und nach seinem Vater fragen. Sie wird sagen, dass Papa verreist ist und für längere Zeit nicht wiederkommt. Sie schließt die Tür des Schlafzimmers ab. Als sie fertig ist, wird Peter wach.

Sie trägt das Kind in die Küche, macht Frühstück und schickt es in den Garten. Peter gilt als gut erzogen, fragt nicht viel und ist gerne mit sich allein. Manchmal vermisst er seine alten Freunde. Der Junge hat nicht nach seinem Vater gefragt.

Sie macht sich daran, die Matratze aus Josefs Bett zu säubern. Sie entdeckt, dass der mittlere Teil rot durchtränkt ist. Sie schleppt sie in die Waschküche und beginnt, das Blut mit Bürste und Seifenwasser auszuwaschen. Dabei wird sie vom Hausmädchen der Dörkens überrascht, das sie fragt, was sie da mache. Sie sagt, sie habe ihre Periode bekommen und gestern bis zum Hals im Blut gestanden.

Die Angestellte gibt sich zufrieden. Sie merkt, wie kurz angebunden die neue Mieterin ist. Sonst hätte sie ihr geraten, es mit einer stärkeren Lauge oder mit kaltem Wasser zu versuchen. Aber die Frau hat zur Seite geblickt.

Je mehr sie schrubbt, umso tiefer dringt das Blut. Es ist zwecklos, alles entfernen zu wollen. Sie hat keine Kraft mehr: die schwere Matratze hochheben, umdrehen, alle blutigen Stellen bürsten, wieder abseifen und darauf achten, dass das Wasser kocht und unter Glut ist.

Sie trägt das schwere Teil in den Garten und lässt es in der Sonne trocknen. Neben dem niedlichen Pavillon, wo ein runder Marmortisch mit zierlichen Eisenstühlen steht, wirkt der unförmige Stoff fast anstößig, wie das aufdringliche Relikt aus einer unordentlichen Welt.

Sie wirkt abwesend und tief in Gedanken. Einmal kommt sie zurück und prüft mit der Hand, ob die Matratze schon getrocknet ist. Dann greift sie in den Wäschekorb, nimmt die nasse Schondecke und hängt sie daneben.

Im Schlafzimmer entdeckt sie Spuren am Kopf des Bettes und über dem Nachtschrank, die sie mit einem feuchtem Tuch entfernt. Auch die Tapete oberhalb der Bettverkleidung ist mit roten Spritzern übersät. Sie will sie mit einem feuchten Lappen beseitigen. Es bleiben helle Flecken; an einer Stelle reißt die Tapete entzwei.

Sie fürchtet, dass die Tat von der Polizei, durch Besucher oder rein zufällig entdeckt werden könnte. Deshalb müssen alle Spuren weg.

Josefs Bruder könnte zu Besuch oder zum Mittagessen kommen. Der Junge könnte neugierig fragen. Die Kerben im Linoleum wird sie vielleicht später entfernen.

»Mir fiel ein, dass mir die Vormieterin Frau Weiß gesagt hatte, dass sich im Keller Tapeten befänden. Ich ging in den Keller, fand dort Muster und Kleister und klebte sie auf. Für die Seiten benutzte ich andere Muster. Unter dem Bett fand ich Knochensplitter, die ich in die Toilette warf.«

Sie macht noch einmal Wasser heiß, weil sie Beil und Bügeleisen säubern will, die auf dem Küchenschrank liegen. Es ist ein sicheres Versteck. Beide Teile sind mit Blut beschmiert. Sie reinigt das Eisen gründlich.

Sie geht in die Waschküche und steckt die Wäsche in das kochende Wasser: Bettlaken, Kissenbezüge, Tücher, Hemd und Unterwäsche, seine Socken und Strümpfe.

»Bei dieser Gelegenheit verbrannte ich unter dem Waschkessel die Papiere meines Mannes.«

Vor drei Tagen hat sie ihn erschlagen und zerstückelt. Jetzt zerstört sie alles, was an ihn erinnert. Sie wirft seinen Personalausweis, den Arbeitspass und alle Papiere ins Feuer. Sie findet in seinen Taschen Zettel, auf denen Zechschulden stehen. In seiner Brieftasche steckt ein Brief von Ursula, mit der er eine Liebschaft hatte. Sie wirft ihn in die Flammen. Die Adresse hebt sie auf. Um die Frau wird sie sich noch kümmern.

Später bringt sie den Reisekoffer nach unten, in den sie seine Kleidung und andere Utensilien hineingepackt hat: Anzug, Schuhe, Aktentasche mit Rasier- und Waschzeug, Krawatte mit Einstecktuch und sogar die Brille. Den Koffer stellt sie ganz nach hinten in den Keller, dorthin, wo der dunkle Verschlag für Koks und Kohle beginnt. Sie ist sicher, dass ihn dort niemand finden kann.

Frage: *»Ich frage Sie noch einmal eindringlich. Warum suchten Sie Ursula Eckermann in Hagen auf?*

Antwort: *Ich wusste nicht, wer die Ursel war. Ich wollte einfach mal sehen, wer das war. Außerdem wollte ich wissen, welche Verbindung zwischen ihr und meinem Mann bestand. Ich wollte in Erfahrung bringen, ob mein Mann bei dieser Frau war, sobald er nachts nicht nach Hause kam.*

Frage: *Sind das die wirklichen Gründe? Ihr Mann war doch nun tot. Was wollten Sie überhaupt damit erreichen, wenn Sie von Frau Eckermann Ihre Vermutungen bestätigt bekamen?*

Antwort: *Es interessierte mich lediglich, wer es war, mit dem mein Mann da verkehrte.*

Frage: *Sind Sie nicht mit dem Vorsatz nach Hagen gefahren, sich an dieser Frau zu rächen? Haben Sie die Eckermann deshalb mit in Ihre Wohnung nach Gevelsberg genommen?*

Antwort: *Ich bin nicht mit solchem Vorsatz nach Hagen gefahren; ich habe Ursel aus diesem Anlass auch nicht mit nach Gevelsberg genommen. Sie bot mir ja an, mit mir zu kommen.*
Dazu möchte ich noch sagen, dass ich vor langer Zeit von meiner verstorbenen Mutter einen kleinen Reisewecker bekam. Dieser Wecker war eines Tages aus der Wohnung verschwunden. Ich vermutete, dass mein Mann den Wecker immer dort ließ, wo er sich nachts gerade aufhielt. Deshalb glaubte ich, den Wecker bei Fräulein Eckermann zu finden.
Diese Vermutung war richtig; ich erhielt den Wecker noch in Hagen zurück.«

Gegen sieben schleppt sie die Matratze nach oben und stellt sie in das offene Fenster, damit sie weiter trocknen kann. Aber es sind gut erkennbare Blutflecken zurückgeblieben. Deshalb muss sie das Stück irgendwo in der Wohnung verstecken, vielleicht hinter dem schweren Wohnzimmerschrank. Dort gibt es einen Hohlraum, der mit einer Hartfaserplatte vernagelt ist. Aber das wird sie später machen. Dazu hat sie jetzt keine Kraft mehr. Das Ding muss verschwinden. So oder so.

Sie blickt aus dem Fenster. Durch die Äste der Bäume kann sie die weiße Nachbarvilla der Polizei erkennen. Beim Einkaufen hat sie am Morgen hinübergeblickt. Sie sah Polizisten in Uniform. Einmal fuhr ein blauer Polizeiwagen vor. Ein grauhaariger Mann stieg aus. Es war Inspektor Heinrich Faust. Sie erkannte ihn sofort. Er trug noch immer seinen Kurzhaarschnitt. Wie damals vor fünf Jahren.

[13]

Wenn sie darüber nachdenkt, dass sie am Abend noch einmal zum Bahnhof und mit dem Abendzug nach Düsseldorf muss, wird ihr ganz flau.

Aber sie reißt sich zusammen. Im Keller hat sie einen Handflachwagen entdeckt, den sie vor die Kellertür stellt. Als es dunkel ist, schleppt sie den Koffer mit den Körperteilen aus dem Keller und legt ihn auf den Wagen. Sie nimmt ihre Tasche und geht los.

Als sie mit ihrem Wagen auf die angrenzende Mittelstraße fährt, ist sie schon von Weitem zu hören. Das kleine Gefährt, das gewöhnlich zum Transport von Kohle und Kartoffelsäcken benutzt wird, hat vier unbereifte Räder aus Gusseisen, die einen Lärm machen, mit dem sie vorher nicht gerechnet hat.

Sie ist froh, als sie nach zweihundert Metern in die Milsper Straße einbiegen kann, wo es nicht so viele Passanten gibt, die verwundert hinter ihr herstarren, nur weil sie ein Wägelchen hinter sich herzieht, von dessen Geratter sie sich belästigt fühlen.

Tatsächlich sieht sie komisch aus. Ihr Aufzug wirkt fast schon grotesk. Sie trägt keinen Hut. Aber sie wählte die blaue Jacke, ein Stück aus dem Fundus ihrer toten Mutter. Die Jacke hat einen weiten Kragen und locker fallende Ärmel, große Vordertaschen und eine doppelte Knopfreihe in Gold. Darunter trägt sie einen blau-weiß gestreiften Pullover sowie einen grauen, enger geschnittenen Rock mit ihren bequemen schwarz-weißen Schuhen. Keine Strümpfe.

Ihre überelegante Erscheinung kontrastiert vehement mit der Ärmlichkeit ihres Gepäcks. An die Seite dieser Frau gehört ein livrierter Diener mit Gepäckwagen; noch besser ein weltgewandter Herr mit Hut, der ihr den Koffer abnimmt und sie beschützend unterhakt. Ein Typ wie Humphrey Bogart mit langer Zigarettenspitze. Oder ein betagter Chauffeur, der mit dem Auto vorfährt, den Kofferraum öffnet und das Gepäck hineinlegt, um sie danach höflich nach ihrem Reiseziel zu fragen.

»Übrigens habe ich der Frau noch Vorhaltungen gemacht, weil sie zu so später Abendstunde mit einem Bollerwagen zur Bahn fuhr, und erklärte ihr, dass so etwas nur in der Hamsterzeit üblich war. Mir war die Sache komisch.«

So reagiert ein Passant, den sie auf dem Weg zum Bahnhof fragt, ob er ihr nicht helfen könne, den Wagen nur ein Stück zu ziehen. Sie könne ihm dafür sogar ein Trinkgeld geben.

Sie schwitzt und ist außer Atem. Sie merkt plötzlich, wie schwer ihre Last ist, zumal das Wägelchen schlecht geölt ist und die Räder erbärmlich laut quietschen. Sie zieht den Wagen mit der linken Hand. Am rechten Arm trägt sie die Tasche. Man könnte sie auf den ersten Blick für eine Frau auf Hamsterfahrt halten; nach flüchtigem Nachdenken freilich nicht.

Über ein Jahr nach der Währungsreform sind die Zeiten vorbei, wo Menschen mit ihren Sachen von Haus zu Haus ziehen, um dafür Essbares einzutauschen. Auf den Wochenmärkten gibt es längst wieder Rind- und Schweinefleisch zu kaufen. Es hamstern nur noch Zugezogene und Flüchtlinge, die auf der Flucht in den Westen ihr letztes Hab und Gut verloren haben. Leute aus der »kalten Heimat«, die von den Einheimischen auch schon einmal eine »Plage« genannt werden, »schlimmer als Kartoffelkäfer, die auch alles wegfressen«.

Diese Menschen besitzen aber keine vornehmen Handtaschen, tragen keine schicke Kleidung und ausgesuchte Schuhe aus feinem Leder.

Ihr Aufzug wirkt ein wenig lächerlich. Die auffallenden Schuhe und der schäbige Wagen. Der modische Rock und der Koffer mit den angerosteten Verschlüssen. Die gut gekleidete Frau, die so vornehm tut und doch so gehetzt aussieht, als sei sie auf der Flucht. Ihr mysteriöses Gepäck, das auf der steilen Straße vom Flachwagen rutscht und plötzlich mitten auf dem Pflaster liegt, als habe es dort jemand verloren.

Sie wirkt sogar verräterisch. Die Anstrengung fällt auf, mit der sie sich nach dem Koffer bückt und hektisch an den Schlössern nestelt, als habe sie furchtbare Angst, der Inhalt könne auf die Straße fliegen. Sie bleibt öfter stehen. Dabei nimmt sie einmal das Halstuch, windet es zu einem Strick und knüpft damit den Koffer an das untere Ende der Holzdeichsel. Er liegt jetzt quer und sicher auf dem Brett. Sie kontrolliert gründlich beide Schlösser. Am Koffer zieht sie die Lederriemen noch einmal nach.

Sie hat Angst, dass das Gepäckstück beim Herunterfallen so beschädigt werden könnte, dass sich der Koffer nicht mehr schließen lässt. Einmal hat sie sogar Holzwolle zurückstopfen müssen, die plötzlich seitlich durch den Kofferschlitz zu sehen war. Sie verschätzt sich wieder in der Zeit und läuft erneut Gefahr, wie gestern zu spät zum Zug zu kommen. Manchmal zieht sie den Flachwagen mit beiden Händen. Ihre Füße schmerzen. Von der Anstrengung stehen ihr Schweißperlen auf der Stirn. Hin und wieder bleibt sie stehen und fährt sich mit dem Taschentuch über das Gesicht. Abendliche Spaziergänger treten zur Seite. Ein Mann will ihr helfen. Die Frau tut ihm leid.

»Der Wagen war schwer zu ziehen. Das fiel mir auf. Mir fiel weiter auf, dass die Frau sehr nervös war. Man merkte es an ihrem Sprechen und dem schnellen Tempo, das sie vorgelegt hat.
Nach einer Weile fragte ich sie, ob sie zum Hamstern wolle. Sie wich mir aus und antwortete, dass sie nur den Ruhrschnellzug um zehn vor elf erreichen müsse. Wenn sie den nicht kriege, dann klappe gar nichts mehr, dann sei alles hin. Was sie damit meinte, das weiß ich nicht.«

Am Bahnhof blicken sie auf, als die blonde Dame um die Ecke biegt. Die Angestellten nicken ihr zu; die Frau des Gastwirts begrüßt sie und entschuldigt sich, dass sie sich am Abend zuvor keine Zeit genommen hat. Der Bahnhofswirt gibt später zu, dass er bei ihrem Anblick verwundert war und ins Grübeln kam.

> *»Am Montagabend sah ich Frau Rinsche gegen halb elf mit einem Bollerwagen am Bahnhofseingang. Ich war schon vorher durch das laute Geräusch des Wagens aufmerksam geworden.*
> *Auf dem Wagen transportierte sie einen größeren Koffer. Bei der Einfahrt ins Bahnhofsgebäude rutschte der plötzlich herunter. Deshalb schleppte sie zuerst den Koffer in den Flur und holte erst dann den Wagen, den sie einfach unter den Arm genommen hat.«*

Der Wirt hat sich seine Gedanken gemacht. Er ist ein Leben lang Kneipier und lässt sich nichts vorgaukeln. Diese Frau hat am Abend davor zu viel geredet. Er traut ihr nicht über den Weg. Weil er misstrauisch geworden ist, fragt er bei den Leuten vom Bahnpersonal nach, wohin die Dame gefahren ist.

Er erfährt, dass sie eine einfache Rückfahrkarte für den Ruhrschnellzug nach Düsseldorf löste, zehn vor elf. Was macht die Frau so spät am Bahnhof, zweimal nacheinander und mit derart ominösem Gepäck? Der Schaffner hat sie noch heute am frühen Morgen beobachtet, als sie mit dem ersten Zug aus Wuppertal kam. Ohne den weißen Kinderwagen, völlig übernächtigt, die Hände tief in ihrer Jacke vergraben. Dabei wollte sie angeblich für einige Tage zu ihrem kranken Vater.

[14]

Gegen Mitternacht kommt sie am Düsseldorfer Hauptbahnhof an. Sie nimmt zehn Minuten nach zwölf die Linie 16 zum Ratinger Tor. Sieben Minuten später steigt sie aus und geht mit ihrer

Last in Richtung Oberkasseler Brücke. Aus der Ferne hört sie das Rauschen des Stroms. Sonst ist es still. Irgendwo tasten Scheinwerfer durch die Nacht.

Sie kennt sich hier aus. Sie sitzt über eine Stunde und horcht auf den Fluss. Manchmal fährt ein Schiff vorüber. Enten paddeln durchs Gehölz und fliegen schnatternd davon. In der Ferne hört sie einen Zug. Der Güterbahnhof ist nicht weit. Die Autogeräusche sind fast verstummt.

Die Nacht ist noch warm. Der Mond hat sich verzogen. Es ist stockdunkel geworden, aber sie sitzt immer noch da, ohne sich zu rühren. Die Zeit scheint stillzustehen. Hier hat sie ihre Mädchenjahre verbracht, bis Josef in ihr Leben trat. Wie eine böse Laune des Zufalls ist er eines Tages aufgetaucht. Sie hat ihn zuerst anziehend gefunden, weil sie das Verletzte in seinem Wesen liebte, eine entwaffnende Hilflosigkeit, die sie noch nicht mit seinem Charakter in Verbindung brachte. Manchmal war es nur sein Lächeln. Oder, in einem unbewachten Augenblick, seine unerwartete sanfte Berührung ihrer Hand.

Am Anfang, als er noch um sie warb und nach Düsseldorf kam, war alles anders; für beide waren diese Jahre eine unbeschwerte Zeit. Sie sind Hand in Hand über den Deich gewandert, haben Pläne geschmiedet und verliebt im Sand gelegen. Sie haben Steine in den Fluss geworfen. Sie sind mit dem Schiff bis Amsterdam und an den Wochenenden bis hinauf nach Königswinter gefahren. Zuerst mit ihren Eltern, später mit Josef, den sie trotz allem geheiratet hat.

Sie ist zu müde, um klar zu denken. Sie möchte zu ihrem Vater. Sich nur eine Weile an den Händen halten und miteinander reden. Ihm wie früher alles sagen. Warum sie es tat und nicht anders konnte. Je länger sie darüber nachdenkt, umso mehr kommt sie zu dem Schluss, dass sie eigentlich keine andere Wahl hatte. Weil Josef sie sonst erschlagen hätte. Sie und das Kind. Deshalb spürt sie Erleichterung. Für sie war es eine befreiende Tat.

Dann geht sie los. Sie wandert langsam bis zur Mitte der Brücke. Der Lärm des Wagens ist überlaut zu hören. Sie bleibt stehen, bückt sich nach dem Koffer, hebt ihn über das Geländer und wirft ihn in den Strom.

»Nachdem ich den Koffer in die Strömung geworfen hatte, fuhr ich mit meinem Wagen unterhalb der Brücke herunter und kam auf einen Weg, der an das Rheinufer führt. Hier hielt ich an und setzte mich auf meinen Wagen. Ich zitterte an allen Gliedern und war mit den Nerven so fertig, dass ich keinen einzigen Schritt mehr gehen konnte.«

[15]

Sie sind mit der Anhörung fertig. Oberinspektor Heinz Gassmann lehnt sich in seinen Sessel zurück. Inspektor Heinrich Faust schaut unzufrieden. Er sehnt sich nach einer Zigarette, tastet seine Jackentaschen ab, obwohl er weiß, dass er keine Schachtel mehr dabeihat. Er stützt das Kinn in die Hand. Über sein Gesicht huscht ein abschätziges Lächeln.

Er glaubt ihr nichts. Natürlich sind sie schon weit gekommen. Zu der Frage, wie Josef Rinsche zu Tode kam, werden sie die Frau noch einmal befragen. Hart, ohne Kompromisse.

Die übrigen Mitglieder der Mordkommission blicken erwartungsvoll in die Runde. Die Beschuldigte soll dem amtlichen Haftrichter vorgeführt werden, der darüber entscheiden muss, ob sie in Untersuchungshaft kommt. Alle wirken erschöpft. Das Geständnis hat sie mitgenommen. Jeder von ihnen macht sich seine eigenen Gedanken. Einige schütteln ratlos den Kopf.

Eigentlich müsste sofort ein Telegramm an alle deutschen Polizeidienststellen geschickt werden, wonach der Torso-Fund von Wuppertal aufgeklärt ist. Genau eine Woche später, nur sieben Tage nach der Tat. Ein schöner Erfolg. Fast eine Sensation.

Der Oberinspektor macht Fräulein Hahne ein Zeichen. Heinz Gassmann hat noch ein paar zusätzliche Fragen.

Frage: *»Nehmen wir einmal an, dass sich das Erschlagen Ihres Mannes so zutrug, wie Sie es hier schildern. Gehört nicht eine ungeheure Herzlosigkeit und Brutalität dazu, Ihren toten Mann im Bett liegend mit dem Beil zu schlagen? Was haben Sie sich bloß dabei gedacht, und woher nahmen Sie den Mut?*

Antwort: *Ich bin gewiss nicht brutal und herzlos. Glauben Sie das nur ja nicht. Er war ja doch einmal tot. Ich tat ihm nicht mehr weh, und ich hab an all das gedacht, was er mir während unserer Ehe angetan hat.*
Ich habe alles nur aus Angst vor einer Entdeckung getan. Er musste aus dem Haus, egal wie.

Frage: *Wie war Ihnen zumute, als Sie die Zerstückelung vornahmen? Was dachten Sie, als Sie mit den Leichenteilen Ihres Mannes durch fast ausgestorbene Straßen fuhren?*

Antwort: *Ich habe bisher nicht gehört, dass eine Frau Ihren Ehemann so zerlegte, wie ich es getan habe. Sie glauben nicht, wie furchtbar mir zumute war, als ich die Zerstückelung vornahm.*
Es war mir unheimlich, als ich die Leichenteile in die Trümmer, in den Rhein und in die Wupper warf. Ich habe die Bilder vor meinen Augen und finde keine Ruhe. Ich glaube, ich werde noch toll darüber.

Frage: *Kam Ihnen nie der Gedanke, Ihren Mann umzubringen?*

Antwort: *Ein solcher Gedanke ist mir nie gekommen. Wohl habe ich in Erwägung gezogen, von ihm fortzugehen. Aber dann dachte ich an unser Kind. Im Grunde hatte ich ihn, den ich nicht mehr so liebte, doch noch gern.*
Befragt, ob ich meine Tat bereue, antworte ich, dass ich dieses be-

stimmt und aufrichtig tue. Ich möchte, ich könnte die Tat, egal, wie mein Mann auch gewesen ist, ungeschehen machen. Ich habe nie den Plan gehabt, meinen Mann aus dem Weg zu räumen. Wenn ich das je vorgehabt hätte, dann wäre dafür in Düsseldorf eine viel bessere Gelegenheit gewesen.

Frage: *Sind Sie sich klar darüber, dass es für einen Menschen sehr schwer ist, zu glauben, Sie hätten die Zerstückelung der Leiche nur deshalb vorgenommen, weil Sie Angst hatten, für den Tod Ihres Mannes verantwortlich gemacht zu werden?*

Antwort: *Ja, ich gebe zu, dass das zu glauben sehr schwer fallen muss. Ich war der Verzweiflung nahe und in meiner wahnsinnigen Angst habe ich das fast Unglaubliche getan.«*

[16]

Oberinspektor Heinz Gassmann hängt die Jacke über die Rückenlehne seines Stuhls, setzt sich und starrt vor sich hin. Dann knipst er die Tischlampe an und schafft auf der Arbeitsplatte Platz.

Er nimmt die Schutzdecke von der Schreibmaschine, spannt das Papier ein und dreht gedankenverloren an der Walze. Er lässt die Leertaste rattern.

Hinter der Gevelsberger Villa haben die Polizisten den Bollerwagen gefunden, mit dem sie den Koffer nach Düsseldorf schleppte. Der Fall ist gelöst. Noch heute soll es eine Pressekonferenz geben. Morgen werden die Zeitungen über ihn, den erfolgreichen Ermittler, berichten.

Der Oberinspektor stützt das Kinn in die linke Hand und schaut versonnen aus dem Fenster. Er fühlt sich erleichtert. Eine schwere Last ist von ihm abgefallen. Trotzdem hatten sie unverschämtes Glück. Die Beschuldigte hätte ihnen leicht entwischen können. Kurz vor ihrer Verhaftung und buchstäblich im letzten Augenblick. Es war nur der Wachsamkeit eines einzelnen Bahnbeamten zu verdanken, dass man sie fasste.

Nicht auszudenken, wenn Ellen Rinsche nach der Hausdurchsuchung ihre Habseligkeiten gepackt, mit Sohn und Koffer die Straßenbahn genommen hätte und in Richtung Hagen abgehauen wäre. Dort gehen die Züge in Richtung Osten. Eine Fahndung wäre schwierig gewesen. Es gab wenig Personal. Fast nirgendwo ein Telefon. Das Land lag noch zur Hälfte in Trümmern.

Aber jetzt saß sie sicher hinter Schloss und Riegel. In seinem Brief an den Obersten Polizeichef des Regierungsbezirks Arnsberg wird Heinz Gassmann seine Zweifel darüber anmelden, ob die Beschuldigte den Tod ihres Mannes als Totschlag, als einen Akt der Notwehr oder sogar als Körperverletzung mit tödlichem Ausgang begründen kann. Nach der Beweislage hat sie vorsätzlich getötet und seinen Tod willentlich in Kauf genommen. Sie werden sie vermutlich wegen Mordes anklagen. Wenn es vorher eine Misshandlung gab, könnte sogar Totschlag vorliegen. Aber hat der Ermordete seine Frau vorher misshandelt?

Er kann der Beschuldigten jedenfalls nicht glauben, dass sich die Tat wie geschildert zugetragen hat. Vor allem bezweifelt Gassmann die These, wonach der Ermordete nach zwei Schlägen mit dem Bügeleisen sofort tot gewesen ist. Deshalb ist begründete Skepsis angebracht.

»Nach der Tatortuntersuchung erscheinen die Einlassungen der Beschuldigten zweifelhaft. Der Verdacht, dass es sich um eine wohl überlegte Mordtat handelt, ist nicht ausgeräumt.«

Er faltet den Brief zusammen, schiebt das Papier in ein Dienstkuvert und legt es in den Ausgangskorb für die Post. Später setzen sie das Fernschreiben auf.

»Der hier aufgefundene Torso ist identifiziert. Es handelt sich um den Rumpf des Technischen Angestellten Josef Rinsche, geb. 20.4.1913 in Lippstadt, wohnhaft in Gevelsberg, Mittelstraße 18. Die Fahndungsmaßnahmen sind einzustellen.«
Kriminalpolizeiamt Gruppe Wuppertal. 11.9.1949

LOKALTERMIN

[1]

Sie finden seinen Kopf am Montagmorgen, genau eine Woche später. Er liegt in der Wupper, nicht weit von der Stelle, wo sie ihn damals abgeworfen hat. An einer von Gestrüpp und Geröll verdeckten Sandkuhle, in der Nähe des Pfälzer Stegs. Gegenüber einer Fabrik.

Die Strömung hat ihn angehoben, ein wenig gedreht und zurück in das Dickicht der Äste getrieben. Dort hat er sieben Tage und Nächte gelegen. Im Ufergestrüpp kann man feine Fäden von Holzwolle erkennen.

Der Fabrikarbeiter Hans Riedel entdeckt das Objekt schon am Freitag durch sein Werkstattfenster. Es kommt ihm rätselhaft vor. Weil der Fluss nach einem Dauerregen Hochwasser führt, traut er sich nicht die lehmige Böschung hinab. Deshalb hat er sich seine schweren Arbeitsschuhe mitgebracht.

Am Montagmorgen zieht er den Tuchklumpen aus dem Unterholz. Als er ihn packt, flattert eine Krähe auf und fliegt schreiend davon. Der Gestank ist entsetzlich. Angefaulter Fisch mit Ammoniak. Ihm wird fast schlecht, als er den Fund mit beiden Händen greift und die Böschung hinaufschleppt. Er sieht Menschenhaare. Unter dem blutigen Tuch spürt er etwas, das eine Nase sein könnte. Er ist kreidebleich, als er die Verkehrsstraße erreicht und mit ausgestreckten Händen, den triefenden Fund weit von sich haltend, auf das Fabriktor zuläuft, wo ihn seine Kollegen erwarten. Er möchte am liebsten davonlaufen, weil er plötzlich eine Ahnung hat, was er da aus dem Unterholz geklaubt hat. Völlig nichts ahnend, aus purer Neugier, weil er sich keinen Reim darauf machen konnte, was sich da am Ufer der Wupper festgezurrt hatte.

Aus den Fenstern blicken die Kollegen herüber und rufen ihm ermunternde Worte zu. Sie sind stumm, als Hans Riedel in der Werkshalle eintrifft und seinen Fund auf einen Arbeitstisch legt. Sie stehen dicht gedrängt und fordern einen älteren Kollegen auf, das ominöse Bündel aufzuwickeln. Der Mann hat bei Stalingrad gelegen und gilt als nervenstark.

Sie halten sich die Hände vor die Gesichter und drücken ihre Nasen zu. Viele von ihnen waren im Krieg und haben Tote und Verwundete gesehen. Über den Anblick, den sie jetzt ertragen müssen, sind sie noch lange schockiert. Vor ihnen liegt ein blutverkrusteter, zerschmetterter Männerkopf.

Der Kopf ist verschmutzt und an der linken Stirnseite zertrümmert. Der Schädel ist deformiert. Das rechte Auge ist völlig geschlossen, das linke leicht geöffnet. Die Haut ist grünlichgelb verfärbt. Die Nase ist schief nach rechts gedreht. Der Mund ist geöffnet. Der Schädel ist mit langem braunschwarzem Haar bedeckt. Die vordere Schädelpartie, das Stirnbein und die vordere linke Seite des Schädels sind gebrochen.

Alle diese Verletzungen erklären nach Auffassung der Gutacher, die den Kopf am Nachmittag sezieren, den gewaltsamen Tod. Nach dem ersten Telefonat mit der Polizei steht fest, dass es sich um den gesuchten Mann aus Gevelsberg handelt. Um Zweifel an der Identität des Toten auszuschalten, wird die Beschuldigte vor der Sezierung in den Obduktionssaal geführt. Sie erkennt ihn als ihren Mann. Sie wendet sich plötzlich ab, als müsse sie sich übergeben. Dann bricht sie in lautes Schluchzen aus.

»Ich habe solche Angst«, stammelt sie und knüllt weinend ihr Taschentuch zusammen. Sie verbirgt ihr Gesicht in den Händen, die Schultern zucken, und sie verlangt nach einem Stuhl. Oberinspektor Gassmann betrachtet sie ausdruckslos und sagt, dass sie sich nicht so anstellen soll. Für ihn hilft falsche Sentimentalität in diesem Fall nicht mehr weiter. Die Polizisten wollen ihr

ohnehin nicht glauben. Das Geständnis der Beschuldigten enthält noch zu viele Lücken. Sie machen sich längst auf eine komplizierte Beweisaufnahme gefasst, zumal sie einen engagierten Pflichtverteidiger gefunden hat. Der junge Anwalt überschüttet die Anklagevertreter bereits mit zahllosen Eingaben und Fragen. Bis jetzt findet sich noch kein Beweis für seine These, dass seine Mandantin ihren Mann durch zwei Schläge mit dem Bügeleisen so zu Boden streckte, dass er unmittelbar an den Folgen starb. Der Ehemann scheint im Bett gelegen zu haben, als ihn der tödliche Streich getroffen hat. Aber es könnten auch Schläge mit einem anderen Gegenstand gewesen sein, die auf den bewusstlos im Bett Liegenden abgegeben wurden. Der Kopf wirkt wie zerschlagen.

Auf jeden Fall reicht ein normales Bügeleisen für solche Verletzungen am Kopf nicht aus. Das werden die Gutachter ganz sicher noch beweisen.

»Es scheint glaubhaft, dass eine Frau diese Tat allein ausgeführt hat. Es gibt Beispiele dafür, dass Frauen zu erstaunlichen Leistungen fähig sind und geradezu bestialisch handeln, wenn sie ein Verbrechen begehen.«

Zu den Reaktionen gehört, dass man sich nicht nur über die Kaltblütigkeit wundert, mit der ein Mord verübt und eine Woche lang vertuscht worden ist. Es ist auf den ersten Blick schwer zu begreifen, dass nicht allein das Unmenschliche und Unfassbare, also die heimtückische Beseitigung der Leiche, für eine hohe Bestrafung genügen. Das wäre früher ganz anders gewesen, weil es längst einen ordentlichen Schauprozess gegeben hätte. Man wäre bereits zur fälligen Tagesordnung übergegangen. Kurzer Prozess und Rübe ab!

Vier Jahre nach der Nazi-Diktatur, wo man ein höchst willkürliches, auf Strafe und Abschreckung gerichtetes Strafgesetz praktizierte, können nur ganz Besonnene einsehen, dass diese wahnwitzige Tat juristisch nach allen Seiten abgeklopft werden muss. Nach damaligen Umfragen des Meinungsforschungsinstituts Allensbach plädierte eine Zweidrittelmehrheit der Bundesbürger für die Todesstrafe; eine juristische Fachzeitschrift fand unter den Juristen sogar 83 Prozent Befürworter. Das war nicht verwunderlich; die meisten Juristen waren Mitglieder der NSDAP gewesen. Viele hatten an Todesurteilen mitgewirkt. Keiner von ihnen wurde dafür später zur Rechenschaft gezogen.

Für die meisten ist deshalb alles ganz klar. Sie können nur schwer einsehen, dass der äußere grausame Tatbestand, also die Zerstückelung der Leiche, nicht ursächlich für eine Bestrafung genügt, sondern eine eher nachgeordnete Rolle spielt. Der Beklagten muss nachgewiesen werden, dass sie schuldhaft, also bewusst und gewollt, getötet hat. Ferner ist zu prüfen, ob die Tat der Beklagten widerrechtlich ist und ob sie bei »klarem Verstand« gehandelt hat. Auch dies wird wenig verstanden. Früher war alles einfacher. Da hätte sie längst am Haken gehangen.

Betroffen stellt man fest, dass es eine normale Frau war, die dieses Kapitalverbrechen verübte. Weibliche Kriminalität ist in den Nachkriegsjahren wenig verbreitet. Frauen werden in der Regel nur straffällig, weil damals Abtreibung noch mit Mord gleichgesetzt wird und Abtreibungswillige gegen den Paragraphen 218 verstoßen.

Im Mai 1950 wird eine Frau aus Gevelsberg zu drei Monaten Gefängnis auf Bewährung verurteilt, weil sie abgetrieben hat. Ihre sozialen Verhältnisse sind ausgesprochen schlecht. Deshalb billigt man ihr mildernde Umstände zu. Ihr Bräutigam und die Engelmacherin werden wegen Begünstigung zu zwei Monaten Gefängnis ohne Bewährung verurteilt.

Der Täter ist eine Frau! Aber hat die Mörderin ganz allein gehandelt? Zur Paradoxie des Falles gehört, dass man nach einem

Motiv sucht, weil man der Beschuldigten ihre Gefühlskälte nicht abnehmen will. Die Existenz eines Liebhabers brächte ein plausibles Motiv. Das könnte man noch verstehen. Mord aus Liebe, Eifersucht oder Ähnliches.

Hinweise auf die Brutalität und sexuelle Anomalität ihres Mannes fehlen. Die »heillos zerrüttete Ehe« wird zwar als Motiv akzeptiert; was darunter zu verstehen ist, wird nicht gesagt. Ihre sklavenhafte Erniedrigung bleibt bis zuletzt abstrakt. War die Beschuldigte nicht im Recht, sich gegen die nächtlichen Angriffe ihres Mannes zu wehren? Hat sie nicht doch in Notwehr gehandelt? War sie nur allein verantwortlich? War sie nicht doch Opfer einer Gesellschaft, die mit dem damaligen Eherecht eine Zwangsjacke bereithielt, der eine Frau nur schwer entkam?

> *»Als ich meinem Mann gegenüber einmal äußerte, mich von ihm scheiden zu lassen, und ihm erklärte, ich würde schuldlos geschieden, weil er mich fortwährend misshandelte und betrüge, gab er mir zur Antwort, dass ich dann keinen Pfennig von ihm zu erwarten hätte. Er würde dann in der Firma eben nur noch dreihundert Mark verdienen. Ich habe mich dadurch einschüchtern lassen.«*

So steht es im Polizeiprotokoll.

[2]

Der erste Ortstermin folgt kaum eine Woche danach. Als sie mit dem vergitterten Gefängniswagen um die Kurve biegen, erschrickt sie. Zum ersten Mal kommt sie wieder an den Tatort zurück. Jetzt ist sie eine Mörderin, ein Monster, ja sogar ein Monstrum. *»Die schreckliche Rinsche«*. Die Leute haben seit dem frühen Morgen vor dem Haus gewartet. Jetzt stehen sie missgelaunt auf der Straße und behindern den Verkehr. Gleich muss sie kommen.

Sie starrt auf die Menschen, die sich vor der Villa eingefunden haben. Das Gerücht über ihre Ankunft hat sich herumgesprochen. Sie kommen aus den benachbarten Cafés und den angrenzenden Gärten. Sie steigen aus ihren wartenden Autos und lassen ihre Fahrräder stehen. Aus der vorbeifahrenden Straßenbahn, die sich den Weg freibimmeln muss, blicken die Fahrgäste aufgeregt nach draußen.

So stehen sie auf den Bürgersteigen, versperren die Straße und lauern mit lüsterner Neugier darauf, dass sich der Polizeiwagen endlich nähert: alte Frauen mit Kopftüchern, die Kinder an den Händen halten; halbwüchsige Schüler, die auf dem Nachhauseweg sind; rotgesichtige Rentner, die als Erste hier waren und jetzt schon seit Stunden darauf warten, dass sie endlich erscheint. Ein Schutzmann bewacht den Eingang des Hauses, das stadtbekannt ist, weil ein geschätzter Arzt dort seine Praxis hat. Der Polizist hält die Menge zurück.

Sie bemerkt den ihr seit Jahren bekannten Lokalfotografen Hans Klocke, der ihr seinen Fotoapparat entgegenhält, als sehe er die blonde Frau zum ersten Mal in seinem Leben. Seit ihrer Tat ist sie zur fragwürdigen Berühmtheit geworden. In der Menge raunt man ihren Namen. In der Zeitung stehen Reportagen über den Gevelsberger Gattenmord. Sie haben Fotos von ihr gebracht.

Erschrocken greift sie das Halstuch, wirft es über den Kopf und eilt den Polizistinnen nach. Sie hört Schimpfworte. Einmal wird sie bespuckt. Ein Mann schlägt mit dem Stock nach ihr. »Bei Adolf wäre das nicht passiert. Der hätte sie einen Kopf kürzer gemacht. Gar nicht lange gefackelt. An die Wand gestellt oder vergast. Die Hexe. Sie hatte es mit einem Besatzungsneger. Hast du ihren Ring gesehen? Ganz sicher ein Brillant. Ich habe gedacht, sie hätte Häftlingskleidung an. Dafür ein graues Kostüm. Schwarz-weiße Schlangenschuhe. Als sie reinging, hat sie gelacht. Sie hat große Zähne. Sie soll katholisch sein. Die gehört aufgehängt oder weggeschlossen.«

Im Haus müssen sie warten. Sie steht im Flur mit den Geweihen und Jagdtrophäen, die sie an das Haus des Großvaters erinnern, der ein Jäger war und eine weiße Villa hatte. Wenn sie nach oben schaut, kann sie die Gesichter der Hausbewohner sehen, die sich über das Treppengeländer beugen. Das Hausmädchen blickt sie mit erschrockenen Augen an. Der Arzt steht in der Tür und mustert sie mit feindseligem Blick. Die Eigentümerin reagiert nicht einmal mit einem Nicken. Die streng wirkende Frau starrt durch die Beschuldigte hindurch, wie es nur Menschen tun, die sich durch das Verhalten des anderen tief beleidigt fühlen und sich schwören, nie wieder etwas mit solchem Proletenpack anzufangen.

Diese Schlampe, die in ihrem Haus zur Mörderin wurde, hat das Ansehen ihrer Familie besudelt. In der Stadt redet man nur mit Entsetzen über die »Villa Dörken«, die über Nacht zur Attraktion für alle Neugierigen und zum verrufenen Mörderhaus wurde. Nur gut, dass ihr verstorbener Mann das nicht mehr erlebt.

Bei der Rekonstruktion des Tathergangs prüfen sie noch einmal alle Einzelheiten. Sie gehen von der Diele in die Küche. Sie konzentrieren sich auf das Schlafzimmer, wo die Matratze vom Bettgestell gezogen wurde.

Sie untersuchen die Fensterbank, wo man noch Blutspritzer erkennt. Sie muss sich vor den Augen der Polizisten, der beiden Staatsanwälte und der Journalisten auf das Bett legen und noch einmal in allen Einzelheiten demonstrieren, wie sie ihren Mann angeblich erschlug. Dabei fotografieren die Reporter ununterbrochen.

Eine Hamburger Illustrierte hat eine Seite mit Bildern von dem Mord in Gevelsberg gebracht. Sie haben das polizeiliche

Foto gezeigt, das sie nach der Verhaftung gemacht haben. Sie trägt einen quer gestreiften Pullover und sieht erbärmlich aus. Ihre Augen liegen tief in den Höhlen. Der Mund steht halb offen. Das Haar wirkt strähnig und ungewaschen. Sie ist alles andere als eine elegante Frau. Eine ehemalige Nachbarin hat den Reportern erzählt, dass sie schon als junges Mädchen die Männer verführte. Im Schwank »Kohlhiesels Töchter« habe sie die reiche Erbin gespielt. Die mit den unzähligen Verehrern. Da war sie nicht einmal achtzehn.

Sie geben ihr das Bügeleisen noch einmal in die Hand. Vor dem Bett zeigen die Kriminalbeamten auf die Einschnitte im Fußboden, die vom Beil herrühren müssen. Sie verweisen auf die Wand, wo ein Stück neue Tapete klebt. Daneben eine helle Stelle, wo früher das Kruzifix hing. Das hat man ihr in die Zelle gebracht. Sie hat gesagt, dass sie an Gott glaubt und jeden Abend betet.

»Die Atmosphäre war geladen. Die Täterin sollte beweisen, dass sie in der Lage war, den Körper ihres Mannes ohne Hilfe auf das Bett zu schaffen. Ein Kriminalbeamter musste sich auf den Fußboden legen.
Es kam darauf an, die Täterin zu überführen. Das Ergebnis war verblüffend. Es schien der kleinen Frau keine Mühe zu machen, den schweren Körper zu bewegen. Sie legte ihn ohne Mühe auf das Bett. Die Täterin wirkte ruhig, obwohl sie am Anfang ein Schluchzen unterdrückte.«
Westdeutsche Rundschau, 17.9.1949

[3]

Inspektor Heinrich Faust will die Beschuldigte noch einmal verhören. Deshalb setzen sich die Ermittler um den runden Wohnzimmertisch: Die beiden Staatsanwälte, Oberinspektor Heinz

Gassmann, drei Mitglieder der Kommission und Fräulein Hahne, die wie immer für das Stenogramm zuständig ist.

Vor der Tür warten Fotoreporter und Journalisten, die aus Düsseldorf, Wuppertal und Hagen angereist sind. Sogar ein Mann vom Kölner Rundfunk ist da. Die Angeklagte sitzt still und in sich gekehrt vor dem breiten Bücherschrank zwischen zwei Frauen in Polizeiuniform. Ihr kommt alles fremd vor. Die Möbel, die Bilder und Buchrücken, die Gardinen und Tischdecken, die sie selbst genäht und bestickt hat. Nur im Kinderzimmer ist es über sie gekommen, als sie die Bettdecke entdeckte, die sie im letzten kalten Winter für ihren Peter aus Schafswolle strickte.

Sein Spielzeug liegt auf dem Fußboden noch so durcheinander, als sei nichts gewesen. Die schöne Ritterburg, die farbigen Cowboys und alle ausgestopften Tiere. Dazwischen steht der Panzer zum Aufziehen, den ihm irgendwann sein Vater schenkte. Von der Decke schwebt der hölzerne Flamingo. Mit seinem langen rosa Schnabel.

Sie rückt auf ihrem Stuhl nervös hin und her. Wo der Junge jetzt bloß ist? Die Polizistinnen blicken auf. Sie lassen sie nicht aus den Augen.

Frage: *»Es hat Streit gegeben?*

Antwort: *Ja. Er zog mich an den Haaren durch das Zimmer. Dann bin ich rausgelaufen und hab die Küchentür abgeschlossen. Er sagte: ›Mach sofort die Tür auf oder ich trete sie ein.‹ Ich sagte: ›Nein, ich mache nicht auf.‹ Ich machte die Tür auf, und er fiel über mich her. Er fasste mich an den Hals.*

Frage: *Die Geschichte mit dem Bügeleisen.*

Antwort: *Es stand hier auf dem Gasherd. Auf dem Tisch habe ich gebügelt. Mit dem Untersetzer stand das Bügeleisen auf dem Gasherd.*

Frage: *Wo stand das Bügeleisen, wenn Sie bügelten?*

Antwort: *Auf dem Tisch, mit dem Tellerchen.*

Frage: *An dem Bügeleisen ist kein Blut. Wie kommt das, dass kein Blut dran ist?*

Antwort: *Es war nur etwas Blut daran. Mein Mann brach zusammen, als ich ihn geschlagen hatte.*

Frage: *Was haben Sie mit dem Bügeleisen gemacht?*

Antwort: *Ich habe es in der Hand gehabt. Als ich das Blut sah, habe ich ›Josef‹ gerufen.*

Frage: *Das hat aber niemand gehört.*

Antwort: *Doch, die Frau Reiter hat es gehört.*

Frage: *Wo ist Ihr Mann hingefallen?*

Antwort: *Hier in die Tür rein.*

Frage: *Wo ist das Blut hingelaufen?*

Antwort: *Es lief an der Seite runter. Die Blutlache war nicht groß. Ich wollte ihn nicht so treffen, sondern ihm nur eine tuppen.*

Frage: *Haben Sie die ganze Zeit das Bügeleisen in der Hand gehabt?*

Antwort: *Ja, sicher habe ich es in der Hand gehalten. Das Blut ist rausgespritzt. Es ist nicht gelaufen. Ich weiß nicht, wie lange es gespritzt hat. Als er auf dem Bett lag, hat es nicht mehr gespritzt, es ist nur rausgelaufen. Ich habe ein Tuch darüber getan. Genau habe ich mir das nicht so gemerkt.*

Frage: *Wann haben Sie den Blutflecken fortgewischt?*

Antwort: *Später, nachdem ich merkte, dass er tot war.*

Frage: *An die Seiten von der Tür ist kein Blut gespritzt. Wie er stand, spritzte das Blut nicht?*

Antwort: *Nein, er fiel hin.*

Frage: *Und wie lange hat es gedauert, bis Sie ihn dorthin getragen haben?*

Antwort: *Es ging langsam. Er hat keinen Ton gesagt. Er hat auch nicht geröchelt. Er war besinnungslos. Ich habe ihn unter die Arme gefasst und ins Bett gezogen. Ich hatte mein Nachthemd an. An den Händen hatte ich kein Blut. Mein Mann war so schwer.*

Frage: *Ihre Hände müssen doch voll Blut gewesen sein.*

Antwort: *Nein. Ich bückte mich und zog ihn. Meine Hände und Arme waren nicht voll Blut.*

Frage: *An der Hose des Mannes ist nicht ein Tropfen Blut.*

Antwort: *Er lag schräg. Ich habe ihn so rübergezogen. Ich war über meinen Mann gebeugt. So ist das Blut an mein Nachthemd gekommen.*

Frage: *Sie mussten Ihren Mann auf das Bett schieben?*

Antwort: *Ich habe aufgepasst, dass kein Blut auf die Hose kam, weil ich mir einredete: Morgen fällt er wieder über mich her.*

Frage: *Der Mann war nicht tot?*

Antwort: *Mein Mann war tot. Doch, ich habe es genau geprüft. Die Verzweiflung kam über mich, als ich merkte, dass er tot war. Ich habe es ja in Schuld. Hätte ich mich nicht gewehrt, so wäre es gut gewesen.*

Frage: *Was sagen Sie dazu, dass die Ärzte sagen, der Mann hat offensichtlich noch gelebt, als mit dem Beil geschlagen wurde?*

Antwort: *Das stimmt nicht.*

Frage: *Was haben Sie dann gemacht, wie Sie feststellten, er ist leblos?*

Antwort: *Ich bin wieder rausgegangen, und dann habe ich das Betttuch ganz drübergedeckt, damit das Kind, sobald es wach wird, das Blut nicht sieht.*

Frage: *Sie lügen uns an! Als Ihr Mann noch lebte, haben Sie ihn erschlagen!«*

[4]

Am Sonntag, den 11. September 1949, finden morgendliche Spaziergänger unter der Rheinbrücke bei Mündelheim und kurz darauf am Rheinkilometerstein 800 zwei menschliche Oberschenkel. Die sonntäglichen Ausflügler verständigen die Polizei. Ihr Verdacht bestätigt sich. Der untere Teil der Gliedmaßen ist vermutlich mit einem Beil abgehackt worden. Die Knochen weisen mehrere unregelmäßige Schnittflächen auf. Bereits am späten Freitagnachmittag macht ein Fährgehilfe bei Rheinkilometerstein 836 einen zweiten grausigen Fund.

> *»Ich befand mich auf dem Reeser Eiland beim Fischen. Dabei beobachtete ich einen Strohsack, der stromabwärts trieb. Mir fiel auf, dass der Strohsack nicht so aussah, als sei er mit Stroh gefüllt. Er war nicht glatt, sondern aufgebeult. Allerdings war auch Stroh darin. Das konnte man an den Strohhalmen feststellen, die überall herausstanden.*
> *Weil der Sack fast zwanzig Meter von den Kribben entfernt im Strom trieb, konnte ich ihn nicht an Land ziehen. Aber unmittelbar hinter dem Sack trieb ein Menschenarm. Den habe ich dann ans Land gezogen, am Ufer abgelegt und mir die Stelle markiert.«*

Die Ermittler in Wuppertal schicken einen Rundspruch an alle Polizeidienststellen sowie ein Telegramm an die Wasserschutzpolizei.

»Am 9. September 1949 wurde in Rees vermutlich ein Arm des in Wuppertal-Barmen aufgefundenen Torsos aus dem Rheinstrom geborgen. Unmittelbar vor dem treibenden Leichenteil passierte ein Strohsack, der den Anschein mysteriösen Inhalts erweckte, die Bergungsstelle.
Da der Verdacht begründet ist, dass der Strohsack mit gefundenen Leichenteilen in Zusammenhang steht, wird um Überprüfung der beiden Ufer und des Rheinstroms gebeten. Fischer und Schiffer verständigen!«

Am 12. September 1949 wird Haftbefehl erlassen. Ellen Rinsche, geborene Fischer, wird beschuldigt, ihren Mann vorsätzlich getötet zu haben. Das wäre ein Verbrechen nach § 212 StGB. Sie ist der Straftat dringend verdächtig. Fluchtverdacht ist gesetzlich begründet. Deshalb bleibt sie in Untersuchungshaft. Zunächst in Wuppertal; später im Gerichtsgefängnis von Hagen, wo der Prozess stattfinden soll.

In Abwesenheit der Verdächtigen werden neue Spuren untersucht. Die Ermittlungsbehörden wollen die Frage klären, ob die Blutspuren hinter der Tapete von der Zerlegung eines toten Körpers herrühren. Oder gibt es Anzeichen, dass der Ehemann noch am Leben war, als die Beschuldigte auf ihn einschlug? Experten aus der Gerichtsmedizin verweisen darauf, dass die Zersetzung des Blutes kurz nach dem Todesfall beginnt. Sie drängen darauf, die Blutsubstanz noch einmal gründlich zu untersuchen.

Die Beschuldigte behauptet, ihr Mann sei tot gewesen. Nur die Klärung dieser Frage kann darüber entscheiden, ob die Staatsanwaltschaft Anklage wegen Mordes oder Totschlags erhebt.

[5]

»Die Rinsche beschwert sich.

Am Dienstagvormittag rasselte der Schlüssel in der Hagener Gefängnistür. Die Gevelsberger Gattenmörderin Ellen Rinsche überschritt in Begleitung einer Wärterin die Schwelle des Gefängnisses. Mit schnellen Schritten strebte sie auf dem Flur des Landgerichtsgebäudes dem Zimmer 158 zu, wo Staatsanwalt Dr. Kaumann auf sie wartete.
In blauer Sträflingskleidung, weißer Schürze und derben Schuhen machte sie nicht mehr den mondänen Eindruck von damals. Ihr wasserstoffblondes Haar hatte einige dunkelbraune Strähnen. Die Vorführung dauerte drei Minuten. Es handelte sich um einen ›Haftprüfungstermin‹.
Ein Reporter versuchte, sie auf die Fotoplatte zu bannen. Aber sie ließ sich vom Staatsanwalt begleiten, weil sie Angst vor dem Fotomann hatte.
›Das muss ich mir nicht gefallen lassen‹, sagte sie dem Gefängniswärter. ›Ich werde mich beschweren!‹«
Westdeutsche Rundschau, 17.11.1949

APLERBECK

[1]

Auf der Polizei-Sanitätsstelle sagt sie dem Arzt, dass sie aus einer guten Familie stammt. Aber sie hat keinen Beruf erlernt. Sie war selten krank. Sie heiratete trotz des Widerstands der Eltern ihren Mann.

Sie hatte eine Totgeburt, die durch seinen Jähzorn ausgelöst worden war. Sie hatte vor, ihn auf seinen Geisteszustand überprüfen zu lassen. Sie hat sich nicht getraut. Ihre Ehe war schlecht, von Anfang an. Der Mann schlug sie viel. Sie wird von ihm mit Syphilis infiziert. Er war im fortgeschrittenen Stadium. Sie wurde mit Penicillin behandelt.

Sie ist mäßig bei Kräften. Blasse Gesichtsfarbe. An Kopf und Gliedmaßen einzelne Prellungen. Es handelt sich vermutlich um das Ergebnis stumpfer Gewalt.

Sie ist erregt. Zeichen von Geistesgestörtheit finden sich nicht. Sie ist zeitlich klar orientiert und berichtet anschaulich. Ohne Hemmung erzählt sie von ihrem Freund und den Geschlechtskrankheiten.

Auf die Testfrage *»Warum darf man sein eigenes Haus nicht anzünden?«* sagt sie: *»Weil man dann bestraft wird.«* Auf die weitere Frage, warum wird man bestraft, kommt die Antwort: *»Dann hat man nichts, wo man wohnen kann.«*

Während der Untersuchung weint sie. Man hat den Eindruck, dass die Veränderung der Stimmungslage nur oberflächlich ist.

> *»Zu der wesentlichen Frage, ob die Syphilis bei Frau R. eine krankhafte Auswirkung hervorgerufen hat, lässt sich sagen, dass ein krankhafter Befund des Zentralnervensystems nicht festzustellen ist.«*

[2]

Die Banalität des Bösen. Sie können es nicht glauben. Solche Sachen sind barbarisch. Die monströse Tat einer Frau. Wenn einem das Blut kocht. Von Menschen und Monstern. Unfassbar.

Es gibt keine Erklärung. Das Verbrechen gibt immer neue Rätsel auf. Josefs Geliebte Ursula hat bei ihr übernachtet. Sie sind gemeinsam in den dunklen Keller gegangen. Dort, wo das Holzbeil stand. Vorher haben sie in der Küche geschwatzt. Ihr Bügeleisen stand auf dem Schrank. Später hat die Geliebte in seinem Bett geschlafen. Genau in dem Zimmer, wo Ellen Rinsche ihn zerhackte und verpackte.

Die muss doch verrückt sein. Auf jeden Fall nicht mehr normal. Vielleicht gibt es eine dunkle Ecke in ihrer Persönlichkeit, die sie dazu brachte, die Tat zu vollbringen. Ganz sicher ist sie hysterisch. Oder sogar schizophren. Lässt sich das medizinisch erklären?

Fast alle Straftaten werden von geistig Gesunden begangen. Das zeigt die Erfahrung. Ein psychisch Kranker kann das Unrecht seiner Tat nicht erkennen, weil er schizophren ist und unter Einfluss von Wahnvorstellungen tötet. Ihm steht Hilfe zu, auch Mitgefühl.

Wer in einem Wahn lebt, der befindet sich nicht in der realen Welt. Aber er sieht seine eigene Welt wie die wirkliche. Lebte sie in einem Wahn? Das müssen die Experten herausfinden. Das ist ein schwieriger Fall, abgesehen davon, dass man einen solchen Mord nie vergisst. Er frisst sich ein bis an das Ende aller Tage.

Ellen und Josef Rinsche klammerten sich wie Ertrinkende aneinander, bis sie keinen Halt mehr fanden. Sie war vor seiner Geilheit nicht sicher. Er war brutal und hatte oft Schaum vor dem Mund. Er setzte vorher seine Brille ab. Warum? Auch der Rinsche war vielleicht nicht ganz normal.

Das Wahnwitzige ihrer Tat. Offenbar hat sie nicht anders gekonnt. Es gibt nichts Böses, außer man tut es. Ein Mord verlangt nach einer Erklärung. Aber wir sind alle gut und böse.

Mörder hatten meist einen eisig strammen Blick, große Eckzähne und blutunterlaufene Augen. Tatsächlich hat sie große Zähne. Aber sie hat ein gesundes Ich, das ihren Willen steuert. Sie hat niemals Tiere gequält, nie geprügelt. Sie hat den Kopf verloren. Aber sie ist trotzdem voll schuldfähig.

Sie hat ihr Kind geliebt. Die Geschichte mit dem Elch. Das Märchen vom bösen Tier. Wenn sie sich stritten, sollte der Junge nichts hören. Deshalb droht sie mit dem Elch. Davor hat das Kind panische Angst, steckt den Kopf unter die Decke und schläft. Oder auch nicht.

Sie ist wie eine Wolfsmutter, die sich am Eingang der Höhle vor ihr Junges legt.

Wenn jemand sich normal verhält, dann ist er schuldfähig. Aber verhielt sie sich normal? Haben nicht normale Männer Blutbäder im Krieg angerichtet? Waren Hitler und Stalin normal? Oder am Ende verrückt? Im Anfang war Hysterie. Die Psychiater haben zu tun.

Sie hat Kräfte wie ein Mann. Sie hat ihn erschlagen! Mit einem Bügeleisen oder Beil! Erstaunlich. Da kann man sehen, wozu Frauen fähig sind. Aber nur, wenn sie in Raserei geraten. Alles in einer biederen Kleinstadt. Und niemand hat Verdacht geschöpft.

[3]

Die psychiatrische Anstalt heißt Aplerbeck und liegt in einem Stadtteil von Dortmund. Eine »Klapsmühle«, wie die Leute hier sagen. Nur für Verrückte. Die Böden sind kalt und aus hartem Linoleum, leicht sauber zu halten, weil die Patienten spucken und auf den Boden machen. Die Mauer wird mit Glassplittern geschützt; am Tor sitzen zwei Männer in Uniform, die Wache halten. Tag und Nacht.

Die Betten sind schmal, mit harten Matratzen. Wie im Gefängnis. Die Fenster sind aus dickem Sicherheitsglas. Davor die Gitterstäbe. Nachts wacht sie von den Schreien auf.

Einmal feiern sie ein Fest. Sie tanzen Samba und singen Karnevalslieder: »Wir sind die Eingeborenen von Trizonesien, wir sind zwar keine Menschenfresser, doch wir küssen umso besser.« Die Krankenschwestern erzählen es Journalisten. Später steht in der Zeitung:

»Kreuzfidel in der Anstalt. Gattenmörderin im Sambatakt.«

Nach drei Monaten wird sie entlassen. Nach dem Urteil der Gutachter ist sie keineswegs verrückt. Ziemlich normal. Der Gerichtstermin wird dreimal verschoben. Jetzt soll der Prozess im Frühjahr beginnen.

DAS RÄTSEL

»Erst im Gerichtssaal wird sich uns – wenn die Sachverständigen und die Psychologen gesprochen haben – ein halbwegs abgerundetes Bild der Mörderin enthüllen. Erst dann wird sich entscheiden, ob die furchtbare Tat in ihren Motiven und Hintergründen so einmalig in der Kriminalgeschichte ist, dass man von ›der Rinsche‹ sprechen wird.
Und doch selten sind Wuppertal und Gevelsberg im Tagesgespräch innerlich so aufgewühlt gewesen wie gestern, als die ersten Untersuchungsergebnisse der Kriminalpolizei bekannt gegeben wurden.
Es wäre für Psychologen und Sittengeschichtler vielleicht ein hochinteressantes Material gewesen, wenn man all die Stimmen, die an diesem Tage in der Öffentlichkeit laut wurden, mit einem Magnetophon hätte einfangen können, um nicht nur die Aussprüche, sondern auch den Tonfall festzuhalten. Dem Berichterstatter wird jedenfalls noch lange die unmittelbare Reaktion einer Frau im Gedächtnis bleiben, die hinter ihrem Verkaufsstand stehend die Nachricht, ihr von der Nachbarin zugerufen, mit seltsam bebender Stimme beantwortete: ›Mit der müssten se aber mal wat machen …‹
Wir haben immerhin heute wieder sehr klare Formen des Strafvollzuges. Und auch in diesem Fall wird Recht gesprochen!
Es ist aber wohl in uns und besonders in den Frauen durch diese Bluttat ein jähes Gefühl der Abwehr heiß aufgestiegen. Blitzartig schien einer der tiefsten und dunkelsten Abgründe der menschlichen Seele schauerlich erhellt zu werden. Dass diese Tat von einer furchtbaren Dämonie überschattet bleibt, ist offenbar. Wir stehen vor einem Rätsel. Die Frage, wie konnte eine Frau mit dieser Konsequenz und Energie dies alles vollbringen, dürfte jeden beschäftigen.

Indessen hält die Kriminalpolizei es keineswegs für ausgeschlossen, dass hier eine Frau schier Unmögliches vollbrachte. Dann allerdings wäre dieser Kriminalfall mit all seinen ungeheuerlichen, dramatischen Umständen ziemlich einmalig in der Kriminalgeschichte. Nicht nur die physische Kraft, die diese zart gebaute Frau aufbrachte, um die Leiche zu beseitigen, auch die Härte ihrer Nerven wäre dann unfassbar.

Man braucht sich nur die einzelnen Etappen vor Augen zu halten, die hier von einem weiblichen Wesen, dazu von der Mutter eines Kindes, überwunden werden mussten, bis sie alle Leichenteile unter primitiven Umständen zerstreute und in ihrer Wohnung alle Spuren verwischte. Tagelang hat diese Frau allein geputzt und gewaschen, um alles zu vertuschen. Und bei ihren ersten Vernehmungen zeigte sie keine Spur von Verwirrung, freilich, auch als sie gestanden hatte, auch kein Zeichen von Reue.

Nur einige hysterische Ausbrüche bei der Gegenüberstellung mit den Leichenteilen wurden verzeichnet.

Wer ist diese Frau? Eine kaltblütige Verbrecherin, wie die Tat es auszuweisen scheint? Zwar ist ihr Ruf nicht der beste, aber schwerwiegende Verbrechen hat ihr bisher niemand nachsagen können. Ein ›Abbild verkommener Bürgerlichkeit‹ nannte sie jemand, der sie im Verhör beobachtete. Vielleicht trifft das zu.

Aber es dürfte nicht ausreichen, das Bild zu umreißen. Wesentliche Steine fehlen in diesem Mosaik. Die Psychiater werden zu tun haben. Vielleicht werden sie eines Tages sagen: ›Im Anfang war die Hysterie.‹«

Westdeutsche Rundschau, Nr. 114, 4. Jahrgang, 14.9.1949

URTEIL

[1]

Sie haben ihre Zelle durchsucht, weil sie Angst haben, dass sie sich etwas antut. Alles Verdächtige haben sie ihr weggenommen. Eine Nagelfeile, die kleine Schere, selbst die Lockenwickler für das Haar. Aber die Zeichen an der Wand haben sie gelassen.

Die Inschriften sind nicht gelöscht. Das Kreuz, der Name des Kindes, der Kalender. Sechs Striche von oben nach unten, direkt nebeneinander, den letzten von links nach rechts quer.

Damit ist eine Woche zur Vergangenheit geworden. Weil sich nichts ändert, ist alles Gegenwart. Tag und Nacht, Woche für Woche. Oder die Erinnerung an eine Zeit, die es gab. Dann träumt sie sich fort. Weit weg, bis zu Chris und ihrem Rausch vor vier Jahren.

Sie sehnt sich nach Berührung. Manchmal denkt sie nach vorn. Ihre Zukunft ist der Tag, an dem die Wärterin die Zellentür öffnet und sagt, dass es heute sein wird. Der Prozesstag. Ihre allerletzte Chance.

Bis dahin ritzt sie die Striche ein. Sechs von oben nach unten, den letzten von links nach rechts quer.

Sie hat Angst vor dem Prozess, der im Mai auf sie zukommen wird. Gleichzeitig schöpft sie Mut, weil sie den Beginn des Verfahrens mehrere Male verschoben haben. Vom Februar auf März, dann auf April, später auf den 22. Mai 1950. Das ist der Geburtstag ihrer Mutter.

Sie hört ihrem Anwalt Jakob Asbach gerne zu. Er hat braune sanfte Augen und schönes dichtes Haar. Er ist gebildet und vermittelt das Gefühl, ihre Situation zu begreifen. Am Tag nach jener Nacht, in der sie so laut schrie, dass sie nach dem Arzt rufen mussten, hat er sie wieder aufgerichtet. Er sagt, dass sie hoffen soll. Es sei nichts verloren. Weil die Ermittlungen länger dauern, als man vorher annahm, sei schon die Verzögerung ein Beweis, dass nicht alles klar sein kann.

Offenbar haben sie Schwierigkeiten mit der Beweisaufnahme.

Es dauert lange, bis sie das begreift. Dass der äußere Tatbestand, also die Zerstückelung der Leiche, nicht für eine Bestrafung genügt. Schwierigkeiten bei dem Nachweis einer strafbaren Handlung – so deklamiert Anwalt Asbach – ergeben sich daraus, dass kein Zeuge zugegen war.

Sie haben den Jungen verhört. Er hat gesagt, dass seine Mutter den Vater nicht mit dem Bügeleisen, sondern mit der Hand bedrohte. Im Übrigen habe der Papa schlafend im Bett gelegen. Also sind ihm die tödlichen Schläge nachträglich zugefügt worden, wie drei von vier Gutachtern vermuten. Aber ein Sechsjähriger ist kein Zeuge.

Dagegen wird der Anwalt Widerspruch einlegen. Darauf kann sie sich verlassen. Sie hat zugegeben, ihren Mann getötet zu haben. Aber sie hat in Notwehr gehandelt. Er bestärkt sie, das zu behaupten. Aber sie hat den Eindruck, dass er selbst nicht daran glaubt.

Wäre das die Wahrheit, dann hätte sie nicht widerrechtlich, sondern in »erlaubter Weise« gehandelt. Sie könnte sogar freigesprochen werden.

Das kann sie nicht glauben. Aber so ist die Lage. Das entspricht der komplizierten juristischen Wahrheit. Auf einen Freispruch darf sie nicht hoffen. Aber auf ein milderes Urteil. Hoffentlich kein Lebenslänglich. Vielleicht passiert ein Wunder. Sie lebt zwischen Hoffen und Bangen.

Sie lernt zu verstehen, was der Paragraph 213 ausdrückt, den sie inzwischen auswendig kennt.

»War der Totschläger ohne eigene Schuld durch eine ihm zugefügte Misshandlung oder schwere Beleidigung von dem Getöteten zum Zorne gereizt und hierdurch auf der Stelle zur Tat hingerissen worden, so tritt Gefängnisstrafe nicht unter sechs Monaten ein.«

Sie gehen alles durch. Wollte sie sich verteidigen? Oder sich und das Kind? War sie beleidigt worden? War sie gereizt oder bestürzt? Mord oder Totschlag im Affekt: Das bestimmt in diesem Verfahren die Höhe der zu erwartenden Strafe. Entscheidend ist, ob der furchtbaren Tat ein kalter, berechneter, unbarmherziger Plan zugrunde lag. Dann gilt der Paragraph 211; kam eine Affekthandlung zustande, sind Totschlag und Notwehr zu prüfen.

Gegen einen kalt berechneten Plan spricht nach Jakob Asbachs Meinung alles. Der Charakter des Ehemannes, die völlig zerrüttete Ehe, die bösen Misshandlungen, die alle Zeugen bestätigen können. Es hat ein Vorspiel gegeben, das zum Affektsturm führte.

»Du und dein Kind! Mit den Händen werde ich dich erwürgen.«

Diese Drohung sei als auslösendes Moment der Affekthandlung zu werten. Die Beschuldigte wurde zu ihrer Tat provoziert. Man hat zu einer milderen Beurteilung zu kommen. Das macht ihr Mut.

[2]

Der Saal 201 des Hagener Landgerichts ist viel zu klein. Die Zeitungen haben den Prozessbeginn lange vorher angekündigt. Jetzt kommen Zuschauer aus Gevelsberg, Wuppertal, Düsseldorf und Hagen, aber auch aus München, Hamburg und West-Berlin. Die meisten wollen nicht nur eine spektakuläre Verhandlung verfolgen, sondern auch erfahren, wie die neue deutsche Strafjustiz in diesem komplizierten Rechtsfall entscheidet. Zum ersten Mal darf über ein Strafverfahren ausführlich berichtet werden. Vorne im Schwurgerichtssaal sitzt ein hochmütig dreinblickender Offizier der britischen Besatzungsmacht. Mehr als ein Dutzend Journalisten von Radio und Presse sind zugelassen. Vor dem Gerichtsgebäude steht ein Übertragungswagen. In der letzten Reihe sitzt ein grauhaariger Mann. Er trägt einen braunen Anzug mit Krawatte. Es ist Inspektor Heinrich Faust. Er hat eine der letzten Zuhörerkarten bekommen und nimmt sich vor, diesen Prozess bis zum Urteilsspruch zu verfolgen.

Zwei Fotografen laufen herum und suchen nach Motiven. Sie knipsen die Axt, das Bügeleisen und das Küchenmesser, die als Beweisstücke auf dem Richtertisch vor dem hölzernen Kruzifix liegen. Als zusätzliches Beweismaterial gibt es Josefs Herrenhose, seine braunen Halbschuhe und ihren Morgenrock, an dem Blutspritzer entdeckt worden sind. Blitzlichter flammen auf, als die sechzehn Zeugen und sechs Sachverständige den voll besetzten Gerichtssaal betreten. Die meisten blicken zur Anklagebank hinüber, wo die Beschuldigte jeden Moment erscheinen muss.

Der Prozess soll insgesamt drei Tage dauern. Von Montag, dem 22. Mai 1950, bis Mittwoch, wo das Urteil verkündet werden soll. Die Anklage der Staatsanwaltschaft lautet auf Mord. Während die Rinsche beschwören will, ihren Mann während eines Streits in einer Art Notwehr mit dem Bügeleisen erschlagen zu haben, behauptet die Anklage, dass sie ihren Mann vorsätzlich tötete und damit einen Mord gemäß Paragraph 211 des Strafgesetzbuches verübte.

Die Spannung ist groß. Jedermann fragt sich, wie dieser Prozess ausgehen wird. Neben dem Vorsitzenden des Schwurgerichts, dem Staatsanwalt und den zwei beisitzenden Richtern haben die sechs Geschworenen Platz genommen. Sie verrichten ihre ehrenamtliche Tätigkeit zum ersten Mal. Man sieht ihnen die Nervosität noch an. Sie blicken starr geradeaus. Einer von ihnen hat kleine Schweißperlen auf der Stirn. Sie haben sich nur widerstrebend zu dieser Aufgabe überreden lassen. Nun sitzen sie hier in diesem Saal und müssen in einem Verfahren entscheiden, über das in sensationellen Schlagzeilen berichtet wird. Dabei erfüllen die sechs nur ihre demokratische Pflicht: ein Gewerkschaftssekretär und ein Werkmeister aus Gevelsberg, ein Krankenhausdirektor aus Herdecke sowie drei Geschworene aus Hagen, ein Diplom-Ingenieur, ein kaufmännischer Angestellter und ein Klempner. Auch der Urkundsbeamte ist ein Mann. Er sitzt dem Staatsanwalt direkt gegenüber.

Der Vorsitzende Richter gilt als forensischer Experte. Er hat sechs Gutachter aufgeboten, von denen drei von den gerichtsmedizinischen Instituten in Münster, Hamburg und Düsseldorf kommen. Sie legen Ergebnisse vor, die angeblich detailliert beweisen, dass Ellen Rinsche ihren noch lebenden Mann nicht mit dem Bügeleisen, sondern mit dem Beil erschlagen haben muss. Ein behandelnder Medizinalrat des Wuppertaler Gesundheitsamts berichtet über die Folgen der Syphilis auf ihre Psyche und über ihren allgemeinen Gesundheitszustand. Neben diesen Experten sind der Direktor der Heilanstalt in Aplerbeck sowie ein Allgemeinmediziner aus Düsseldorf zugegen.

Siebzehn Männer gegen eine Frau.

»Es wird nicht einfach sein, die Angeklagte zu überführen und ihr Mord nachzuweisen, zumal es sich um eine Frau handelt, die sich mit Berechnung die Dinge zurechtzulegen sucht.«

So die »Gevelsberger Zeitung«, die ihre Reporterin Hanne Schmidt in den Schwurgerichtssaal entsendet. Das Lokalblatt berichtet kompetent. Aber von Verständnis für die Beschuldigte ist kaum etwas zu spüren.

Die Angeklagte wird zehn Minuten nach neun in den Gerichtssaal geführt. Sie haben ihr früh die Sachen gebracht. Das blaue Kleid mit dem weißen Gürtel. Die schweren Schuhe. Erst kurz vor der Tür zum Gerichtssaal nehmen sie ihr die beiden Handschellen ab.

> *»Die kleine Frau ist nervös. Ihr Körper zuckt. Kamerascheu, wie sie ist, verbirgt sie das Gesicht. Auf das Blitzlicht reagiert sie ungehalten.«*

Der Anwalt sitzt vor ihr, durch eine Holzbarriere von der Anklagebank getrennt. Er trägt seine schwarze Robe. Er sieht ernst und nachdenklich aus. Manchmal beugt sie sich zu ihm hinüber, flüstert ihm etwas zu und stößt ihn leicht in den Rücken. Sie tut mit ihm sehr vertraulich. Sie legt ihre rechte Hand, in der sie ein Taschentuch zerknüllt, an die Stirn, um sich vor den Blitzen der Kameras zu schützen. Aber die Reporter lassen sie nicht aus den Augen und tauchen so nah vor ihr auf, dass sie sich hinter Asbach versteckt.

Sie wirkt unsicher und sehr verängstigt. Nach drei Monaten im Gefängnis und zwölf Wochen in der Heilanstalt fühlt sie sich unsäglich allein und verhält sich wie eine Ausgestoßene, lange bevor das Urteil gesprochen ist. Sie tut so, als gehöre sie nicht dazu. Manchmal taucht sie weg, verschwindet unter der Bank und lässt ein lautes Schluchzen hören. Bevor der Prozess überhaupt beginnt, erinnert sie an ein waidwundes Tier, das sich nicht mehr wehren kann. Nur ihr Blick scheint um Hilfe zu flehen. Ein Zuhörer vergleicht sie gar mit einem Hund und nennt sie eine »herrenlose Frau«.

Als sie hört, dass ihr Sohn als Zeuge geladen ist, kann sie nicht länger an sich halten. Sie legt den Kopf auf den Tisch. Sie weint so laut, dass man es in den ersten Stuhlreihen hören kann. Dort sitzt ihr Vater, grau und schmal. Er hat nur einmal herübergeblickt.

Die Apothekenhelferin Ursula Eckermann schaut sie an und nickt ihr aufmunternd zu. Sie scheint die Einzige, die sichtlich Mitgefühl empfindet. Im Saal ist es ganz still geworden. Nach ihrem Ausbruch wird sie herausgeführt, damit sie sich in einem Nebenraum beruhigen kann. Die Presseleute starren zu ihr herüber, zücken ihre Blöcke und schreiben. Im Gerichtssaal hängt schwerer Tabakrauch. Einer der Gutachter pafft eine Zigarre.

Dem Einwand, dass es unverantwortlich sei, das Kind aussagen zu lassen, kommt das Gericht nicht nach. Aber es fürchtet, dass der Junge beim Anblick der Mutter, von der er nichts anderes weiß, als dass sie im Krankenhaus liegt, nicht die Wahrheit sagen könnte. Deshalb zieht sich das Gericht zur Beratung zurück. Später führen sie das Kind trotzdem in den Saal hinein. Alle drehen den Kopf. Die Journalisten notieren:

»Ein netter, kleiner Kerl, der offenbar nicht weiß, was um ihn herum vorgeht.«

Die brisante Frage, ob es juristisch möglich ist, ein noch nicht rechtsfähiges Kind als Zeuge zu vernehmen, löst der Vorsitzende wie ein nachsichtiger Vater. *»Du musst nichts sagen«*, sagt er zu dem Sechsjährigen, der verlegen vor ihm steht. Darauf das Kind:

»Ich will lieber nicht.«

Es sind einige unter den sechzehn geladenen Zeugen, welche die Stimmung aufkochen lassen. Man hat der Angeklagten geduldig zugehört, als sie mit stockender Stimme von ihrem bisherigen Leben, dem schrecklichen Dasein an Josefs Seite und schließlich von der verhängnisvollen Tatnacht erzählt.

Aber sie spürt schon während ihres Auftritts, dass man sich dafür im Saal nicht interessiert. Die Leute schauen gelangweilt an die Decke. Sie reden miteinander. Einige blicken sich um und ziehen Grimassen. Die Journalisten sitzen auf der Pressetribüne und schwatzen. Einer der Gutachter kratzt sich am Kopf. Er fühlt sich gelangweilt. Immer diese Litanei! Alles Hirngespinste einer armen Frau! Man bringt doch nicht den eigenen Mann um und schmeißt ihn dann in die Trümmer! Das geht doch über den normalen Verstand.

Sie kann noch so viel reden. Wer einmal lügt, dem glaubt man nicht. Das Gericht wird schon die Antwort finden.

[3]

Die Zeugen belasten die Angeklagte schwer. Das Fräulein aus Wuppertal, das mit ihren Eltern im Zugabteil saß, empört sich:

> *»Eine Unverschämtheit, mit einem solchem Gepäck in ein so kleines Abteil zu kommen.«*

Frau Rinsche habe gesagt, sie habe die Erlaubnis, im Abteil ein Ferkel mitzunehmen. Als der Bahnbeamte erzählt, er habe geglaubt, dass ein Kind transportiert werde, ist vernehmliches Murren zu hören. Welcher Zynismus, den Ermordeten als Schwein auszugeben! Wie kalt und abgebrüht darf man eigentlich noch sein?

> *»Ich kenne die Frau seit vielen Jahren. Sie machte einen gefassten Eindruck. Als ich den Vorraum des Bahnhofs ausfegte, habe ich vor dem Gepäck gestanden und gedacht: Irgendetwas stimmt hier nicht.«*

Später wird der Vorsitzende Richter diese Aussage wörtlich in seine Urteilsbegründung aufnehmen:

»Diese Tat hat eine solche Abscheu erregt, dass man lange in der deutschen Kriminalgeschichte suchen kann, um etwas Vergleichbares zu finden.«

Die Sätze des Staatsanwalts, der für sie die schwerste dem deutschen Strafrecht bekannte Freiheitsstrafe, nämlich fünfzehn Jahre Zuchthaus, beantragt, dröhnen wie schwere Hammerschläge. Was das Geschehen so furchtbar mache, sei nun einmal die Leichenzerstückelung. Dass sie alles öffentlich fortschaffte und die Geliebte in seinem Bett hat schlafen lassen! Hier kann es sich nur um Mord handeln.

»Wer am Tatort war, der muss einsehen, dass ihre Aussagen nicht stimmen. Alles ist unwahr, was sie sagt. Die Angeklagte ist für Tötung mit Vorsatz verantwortlich zu machen.«

Sie hat mit Wissen und Wollen ihren Mann getötet. Sie nahm die Möglichkeit des Todes billigend in Kauf. Deshalb kommen nur die Paragraphen 211 oder 212 in Frage. Keine Notwehr, obwohl sie das behauptet.

Sie will ihn mit dem Bügeleisen getötet haben. Aber es ist möglich, dass sie diese Tatwaffe überhaupt nicht benutzte. Es kann ja sein, dass sie sich alles nur ausgedacht hat. Sie ist eine Lügnerin, die immer Ausreden braucht.

Sie wurde von ihrem Mann mit dem Satz bedroht: *»Ich bringe dich um.«* Aber das war kein Anlass zur Notwehr und bot keinen Vorwand, das Beil zu holen. Vermeintliche Notwehr kann nicht als Entschuldigung gelten. Der Getötete hat keine Hiebverletzungen an den Armen. Also hat er sich nicht mehr gewehrt. Weil er nicht konnte und längst kampfunfähig war.

Auch ihr Argument, sie habe in »panischer Angst« reagiert, lässt die Kammer nicht gelten. Nach dem Strafgesetzbuch wird nicht bestraft, wer »aus Verwirrung, Furcht oder Schrecken«

die Grenzen seiner Notwehr überschreitet. Die Juristen sprechen hier von einem »intensiven Notwehrexzess«. Die Abwägung dabei ist äußerst kompliziert. Die Täterin muss durch ein »gesteigertes Maß an Angst« zur Notwehrüberschreitung hingerissen worden sein. Die bloße Furcht reicht demnach nicht aus, um sich auf den Paragraphen zu berufen.

Josef Rinsche hat nach Auffassung von Richter und Staatsanwalt schlafend im Bett gelegen, als seine Frau ihn heimtückisch tötete.

»Sie ist eine Frau mit eisiger Leere und einer dünnen Schicht Gefühl.«

Sie hört es sich an. Dass ihr Mann als roh und egoistisch dargestellt wird. Aber dass sie ihm durchaus ebenbürtig war. So habe sie seine sichere Stellung in der Kriegswirtschaft nur aufheben lassen, weil sie ihn erledigen wollte. Später hat sie die Post der Soldaten gestohlen, die für Deutschlands Ehre im Felde waren.

Sie hatte wechselnde Liebhaber und Amouren. Sie ging in eine Bar und war ständig hinter fremden Männern her. Sie ist keine Märtyrerin. Mit ihrer Treulosigkeit wollte sie sich bei ihrem treulosen Gatten revanchieren.

»Bei der Strafzumessung konnten die ehelichen Treuebrüche des Ehemannes nicht zu ihren Gunsten ins Gewicht fallen, da die Angeklagte durch ihren treulosen Lebenswandel selbst zur Zerrüttung ihrer Ehe beigetragen hat. Strafmildernd fiel ins Gewicht, dass ihr Ehemann sich häufig dazu hat hinreißen lassen, sie erheblich zu misshandeln. Insbesondere war sie in der Tatnacht von ihm so empfindlich misshandelt worden, dass sie sich zum Zeitpunkt der Tat in einer gewissen Erregung befand.«

War sie überhaupt in seelischer Not? Bei ihr kann man zwischen Dichtung und Wahrheit nie unterscheiden. Es ist nicht leicht, die Grenze zu markieren. Sie hat ein kaltes Herz und ist von oberflächlicher Natur. Sie wollte sich an ihm schadlos halten. Sie ist ganz primitiv.

»Auf der anderen Seite fiel strafverschärfend ins Gewicht, dass die Angeklagte ihre Tat in roher und brutaler Weise durchgeführt hat und sich weder durch die Gegenwart ihres schlafenden Kindes noch durch Gedanken an dessen Zukunft davon abhalten ließ, ihren Ehemann und den Vater ihres Kindes zu töten.«

Sie allein weiß, was in der Nacht passierte. Nur sie allein. Der Staatsanwalt bezichtigt sie offen der Lüge.

»Sie hat nicht die Wahrheit gesagt. Sie hütet ein furchtbares Geheimnis. Sie versucht immer noch, das Gericht zu verhöhnen.«

[4]

Auch für ihren Verteidiger ist sie ein schwacher und labiler Mensch. Aber das Bild des Geschehens darf nach seiner Ansicht eine Beurteilung nicht trüben. Wer ist hier Täter, wer ist Opfer?

»Ich bitte das Gericht, zu einer mildernden Beurteilung zu kommen. Eine schwere Gewissenslast begleitet die Angeklagte durch das weitere Leben. Was ist noch nötig, um ein Maß der Sühne zu finden?«

Jakob Asbach ist ein redegewandter und gebildeter Mann. Er spricht in den Gerichtssaal hinein, schaut den Richter beschwörend an und blickt nur hin und wieder auf seine Notizen, die er vor sich auf den Tisch gelegt hat. Seine Stimme schlägt die Zuhörer in ihren Bann.

Er plädiert für Anwendung des Paragraphen 213, redet von Motiven, die eine Provokation erklären könnten, fleht das hohe Gericht an und fordert nachdrücklich, auch die grausame Misshandlung der Angeklagten zu beachten: Diese furchtbare Ehe, die eine Hölle war.

Er ist ein Verteidiger, der sich ungewöhnlich engagiert für seine Klientin einsetzt und diesen Fall zum Anlass nimmt, um auf die neuen politischen Verhältnisse in der Bundesrepublik zu verweisen. Die Diktatur ist vorbei, die Demokratie hat begonnen.

Er ist in Wuppertal geboren, hat in Bonn Jura und Theologie studiert und ist nach dem Staatsexamen zurück in seine Geburtsstadt gegangen. Er stammt aus einer Familie, die Juden versteckte. Der Vater war in der Bekennenden Kirche und hat sogar versucht, sich gegen die Gestapo zu wehren. Er hat sich nie einschüchtern lassen.

Der Sohn hat diese Zeit nicht vergessen. Er redet über Konzentrationslager und Nazi-Richter, über willfährige deutsche Beamte und Mitläufer, die wieder so tun, als sei nichts gewesen. Er will wachsam bleiben und verhindern, dass so etwas wieder passiert.

»Das Unmenschliche muss vom deutschen Richter menschlich bestraft werden.
Die Angeklagte soll eine Hoffnung auf ihr weiteres Leben sehen. Das Urteil möge von Gerechtigkeit und Menschlichkeit getragen sein.«

Damit schließt er. Der Vorsitzende des Schwurgerichts fragt, ob sie von ihrem Recht des letzten Wortes Gebrauch machen wolle. Sie sagt mit erstickter Stimme:

»Um meines Kindes willen bitte ich um ein milderes Urteil.«

Es ist Mittwoch, der 24. Mai 1950. Am frühen Nachmittag wird nach dreitägiger Verhandlung das Urteil gesprochen. Schon vorher verbreitet sich die Sensation, dass die Anklage der Staatsanwaltschaft nicht gehalten hat und das Strafmaß voraussichtlich niedriger ausfallen wird. Die Zweifel des Schwurgerichts haben sich auf den Fluren herumgesprochen.

Es ist still im Saal, als der Vorsitzende verkündet, dass die Angeklagte sich wegen Totschlags zu verantworten hat und zu zwölf Jahren Zuchthaus verurteilt wird. Sechs Monate der Strafe sind durch die Untersuchungshaft verbüßt. Weil die Beschuldigte ehrlos gehandelt hat, werden ihr die bürgerlichen Freiheitsrechte für sechs Jahre aberkannt.

Das Zuchthaus war bis zu seiner Abschaffung im Jahr 1969 eine Anstalt zur Vollstreckung einer besonders harten und abschreckenden Strafe. Man sah in den Nachkriegsjahren nicht selten Zuchthäusler, die schwer bewacht im Steinbruch, beim Torfstich oder in der Landwirtschaft arbeiteten, oft bis zur völligen körperlichen Erschöpfung. Die Strafe galt als besonders entehrend, sodass ein Zuchthäusler nach seiner Freilassung selten Arbeit oder Wohnung erhielt. Deshalb war die Rückfallquote unter diesen Gefangenen hoch, die zusätzlich mit dem Stigma leben mussten, sich im Zuchthaus nicht wirklich gebessert zu haben.

[5]

Gegen den Schuldspruch und das Strafmaß des Hagener Schwurgerichts legt ihr Verteidiger beim Bundesgericht Revision ein. Der Verteidiger begründet sein Vorgehen mit der Tatsache, dass im Urteil der Hagener Geschworenen die »Provokation zum

Totschlag«, also die Herausforderung des getöteten Ehemannes, der seine Frau oft und besonders in der Mordnacht schwer misshandelte, nicht zur Genüge strafmildernd berücksichtigt worden sei.

Der Strafsenat des Bundesgerichtshofs hebt am 21. November 1950 in seiner ersten Entscheidung nach der Verkündigung des Grundgesetzes das Urteil des Schwurgerichts auf und gibt es zur Verhandlung zurück. Man könne die Akten noch nicht schließen. Im Urteil des Hagener Schwurgerichts sei eine Lücke vorhanden.

Das eingelegte Rechtsmittel und der Vorwurf einer Urteilslücke wirken wie ein Schock. Das ganze Verfahren muss neu aufgerollt werden.

Der Fall Ellen Rinsche soll offenbar auch zum Testfall für ein neues Strafgesetz im Nachkriegsdeutschland werden. *»Kommt die Gattenmörderin frei?«*, fragen einige Zeitungen besorgt. Das Urteil des Bundesgerichthofs ist nicht im Schuldausspruch, sondern im Strafausspruch aufgehoben, sodass ein Freispruch nicht in Frage kommen kann. Die Entscheidung von höchster Stelle ist jedoch für den engagierten Verteidiger ein grandioser Sieg. In der neu aufgerollten Verhandlung muss es jetzt erneut um die komplizierte Frage gehen, ob nicht doch, entgegen dem Urteil des Schwurgerichts, mildernde Umstände im Sinne des Paragraphen 213 vorgelegen haben. Besonders der Umstand der Provokation muss vom Gericht aufs Neue geprüft werden. Hat sie in Notwehr gehandelt? Oder in einem Notwehrexzess? Alles, was damals verneint wurde, wird nun auf Geheiß der Bundesrichter noch einmal untersucht.

»Wie in der Hauptverhandlung nimmt ein großer Kreis von Zuhörern teil. Wieder spiegelt sich das Entsetzen in den Gesichtern, als die grausame Tat in allen Einzelheiten geschildert wird.«
Gevelsberger Zeitung, 1.2.1951

Es bleibt bei dem Urteil von zwölf Jahren Zuchthaus unter Anrechnung der Untersuchungshaft. Das Gericht sieht keinen Anlass, auf ein Strafmaß unter zwölf Jahren zu erkennen. Allen voran der Staatsanwalt hegt starke Bedenken, ob sich die Tat so zugetragen hat, wie sie von der Beklagten immer wieder geschildert worden ist. Die neuerliche Beweisaufnahme habe keine Momente erkennen lassen, der Angeklagten mildernde Umstände im Sinne des Paragraphen 213 zuzuerkennen.

Die Chancen, dass das Gericht der Angeklagten glaubt und das Urteil revidiert wird, sind beim zweiten Anlauf eher schlecht. Revisionsverfahren haben in der Regel nur geringe Aussicht auf Erfolg. Das hat die zweite Runde dieses komplizierten Strafverfahrens gezeigt.

Als sie zum Tatort fahren, ist die Menschenmenge wieder da. Die Leute warten. Man liegt in den Fenstern und zeigt mit den Fingern auf sie, die in Handschellen vorgeführt wird. Ein Hund springt sie an. Schulkinder, kaum älter als ihr sechsjähriger Sohn, machen eine lange Nase. Zwei Rentner im Lodenmantel rufen: »Mörderin«, und laut und vernehmlich: »Hängt sie auf!« Als sie im Schutz ihrer Wärterinnen das Polizeiauto erreicht, stammelt sie, dass sie das nicht mehr länger aushalten kann.

»Ich kann nicht mehr. Ich will endlich Ruhe in meinem Kopf.«

Aber das hat niemand gehört.

Das Heute ist wie das Morgen. Das Morgen wie das Gestern. Die monotone Vergänglichkeit des Lebens. Sie ist älter geworden, seitdem man sie damals eingeliefert hat. Das ist jetzt über drei Jahre her. Die Zeit mit den geritzten Strichen an der Wand ist vorbei. Das hat sie aufgegeben.

Zukunft ist für sie nur etwas, durch das man hindurchmuss. Aber die Gefangene Ellen Rinsche, die ein Drittel ihrer Zuchthausstrafe abgesessen hat, will keine Zukunft. Ihre Haare werden grau, bis sie eines Tages weiß sind. In einigen Jahren ist sie fünfzig. Manchmal könnte sie wahnsinnig werden.

Sie legen das Kruzifix in die Mitte. Der Geistliche sitzt ihr gegenüber. Er trägt eine schwarze Soutane und hat ein freundliches, weiches Gesicht. Sie erzählt ihm alles. Sie redet so lange, bis sie weiß, dass es kein Geheimnis mehr gibt. Bis sie endlich Klarheit hat, wonach sie verlangt. Sie hört ihm zu, beugt den Kopf und faltet die Hände.

»Tilge meine Sünden nach Deiner großen Barmherzigkeit,
vergib uns unsere Sünden um Deines Namens willen.«

Sie steht auf und geht in die Zelle. Sie blickt sich nicht um. Sie nimmt das Kruzifix und hängt es an die Wand. Sie wartet, bis sie die Tür verschlossen haben. Bald wird es dunkel. Im Dezember kommen die Nächte schneller. Aus dem Fenster kann man Sterne sehen. Manchmal ziehen Wolken wie Schiffe vorbei. Sie denkt an die Zeit, als sie klein war. Sie liegt auf dem Heuwagen, hört die Pferde und schaut in den Himmel. Ihre Kindheit voller Seligkeit.

Sie nimmt die Schnur, die sie heimlich aus dem Saum des Gefängniskittels geschnitten hat. Mit Nadel und Faden ist sie geschickt. Es war schwierig, die Stelle zu finden. Sie steigt auf den Schemel, zerrt die Kordel durch, prüft den Knoten und zieht mit festem Griff nach. Sie steckt ihren Kopf in die Schlinge.

Und stößt sich ab.

Quellen und Literatur

Der in diesem Buch beschriebene Fall hat sich tatsächlich ereignet. Die Darstellung folgt im Wesentlichen dem Ablauf der Geschehnisse. Persönlichkeiten der Zeitgeschichte werden mit ihren richtigen Namen zitiert. Das gilt auch für die beiden Hauptpersonen. Wo Zitate von Zeitzeugen verwendet werden und aus dem amtlichen Schrifttum zitiert wird, ist der Text kursiv gesetzt. Einige Namen der engsten Anverwandten, der ermittelnden Beamten und Zeugen wurden jedoch verändert, wobei eventuelle Namensgleichheiten mit Unbeteiligten absichtslos und reiner Zufall sind.

Auszug aus der Niederschrift über die 5. Sitzung des Entnazifizierungsausschusses der Stadt Gevelsberg vom 14.3.1946.

Mordsache Rinsche, Ermittlungsakte. AZ StA. Hagen, 4 Js. 1021/49. Seite 1–222.

Mordsache Rinsche, Lichtbildmappe.

Mordsache Rinsche, Schwurgerichtsanklageschrift vom 31. März 1950. Der Oberstaatsanwalt bei dem Landgericht, 4 Js. 1021/49.

Mordsache Rinsche, Durchschläge der in Gevelsberg vorhandenen Vorgänge, 1949–1950.

Mordsache Rinsche, Pressemappe.

Westdeutsche Allgemeine Zeitung, 10.11.1949–20.8.1953.

Gevelsberger Zeitung, 10.11.1949–21.8.1953.

Mordsache Rinsche, Zeitungsausschnitte.

Westdeutsche Rundschau 1949. Westdeutsche Allgemeine 1949. Westfalenpost 1950. Westfälische Rundschau 1951.

Gevelsberger Zeitung, Jg. 1940–13.11.1944.

Bienek, Horst: Die Zelle. Roman, München 1972.

Husemann, Ralf: »Er faltete die Hände und weinte leise vor sich hin«, in: Süddeutsche Zeitung, 18. Februar 2009, Nr. 40.

Polixa, Karl/Wils, Herbert/Jung, Mathias: Rote Sirene. Streiflichter der Gevelsberger Arbeiterbewegung und des antifaschistischen Widerstandes im Ennepe-Ruhr-Kreis/Süd, Neuss 1978.

Remmert, Otto: Die Stadt Gevelsberg in den Tagen des Umsturzes, MS Manuskript, April 1945, Gevelsberg 1945.

Kriegschronik des Gevelsberger Stadtarchivs 1939–1945, mit einem Nachtrag, geführt von Stadtarchivrat Dr. Bruno Zierenberg und Luise Zündorf.

Korn, Margret: Bürger erinnern sich! Ein Lesebuch für Erwachsene zur hundertjährigen Stadtgeschichte Gevelsbergs. Hrsg.: Stadt Gevelsberg, 1987.

Korn, Margret: Gevelsberg – Geschichte und Gegenwart. Plaudereien über eine Stadt. Mit einem Vorwort von Claus Jacobi, Gevelsberg 2007.

Nau, Peter: Peter und Emil Nau. Architekten. Bauten 1896–1940 in Gevelsberg und Ennepetal, Gevelsberg 1996.

Reichardt, Sven/Zierenberg, Malte: Damals nach dem Krieg. Eine Geschichte Deutschlands 1945 bis 1949, München 2008.

Dank

Ich danke Sabine Heldt und Hanne Wiemer, die mich zu diesem Buch ermuntert haben. Detlef Raufelder vom Gevelsberger Stadtarchiv war ein wichtiger Helfer und Berater. Sein Interesse für diesen Fall hat mich beflügelt. Werner Engelhardt, Lisa Kiepe, Hans Gerd Schäfer, Wolfgang Stamm und Peter Caspar Schulte informierten über wichtige Details aus der Gevelsberger Lokalgeschichte. Claus Jacobi half in einer schwierigen Situation. Inge Knorr redigierte mit viel Sprachgefühl. Margret Korn hat das Manuskript vor Drucklegung gelesen, stellte sich für lange Gespräche zur Verfügung und half mit wertvollen Tipps.

Joe Bausch und Jan Hinter assistierten beim Einstieg in die Kriminalistik. Andreas Baier überprüfte das Juristische. Marion Heister, Stefanie Rahnfeld und Christel Steinmetz waren souveräne Lektorinnen und Ansprechpartner. Hermann-Josef Emons ist ein verständnisvoller Verleger. Ingrid Ponce Cabrera hat die Interviews mit großer Sorgfalt übertragen. Tochter Julia kämpfte um den Titel. Ohne meine Frau Ulrike wäre nichts. Sie weiß schon, was damit gemeint ist.